中国禅宗美学智慧读本

雅道诗词

甘达 编著

文匯出版社

序 言

在传统的雅道内容中，不论是"琴棋书画"，还是"茶花香画"，诗都不作为雅道的主要项目，当我们提倡雅道八项"茶花香琴书画藏诗"时，诗终于可以跻身其间，这或许是一种意外与偶然，却又是一种传统与必然。

《雅道诗词》的编著者甘达先生首创以雅道的角度编辑与品注中国诗词，是一件十分难得的贡献。在编著者看来，诗词在雅道八项中既是独立的一雅，又作为一个载体，翔实记录和传播着茶道、花道、香道、琴道、书法、绘画、收藏另外七雅的发展和变迁，所以诗词可以戏称为八雅的"总统"。

将诗文与雅道相关联，并有意将两者融合在一起，并不是现在就有的事。"雅"字，指"正，合乎规范"。《诗经》分为风、雅、颂三部分，《大雅》和《小雅》是《诗经》的组成部分之一。《雅》为周王畿的乐调，《大雅》多为西周王室贵族的作品，主要歌颂周王室祖先乃至武王和宣王等人的功绩；《小雅》最突出的是关于战争和劳役的作品。"广大而静，疏达信者，宜歌《大雅》；恭俭而好礼者，宜歌《小雅》。"《诗经》的艺术技法被总结成"赋、比、兴"，与"风、雅、颂"合称"六义"。

《论语·述而》记："子所雅言，《诗》《书》、执礼，皆雅言也。"说孔子平常说方言，但在吟诵《诗经》《尚书》以及行礼时，都使用合乎规范的"雅言",那时的"雅言"是先秦时代汉民族的共同语,类似如今的普通话。《汉书·艺文志》指出:"古文读应尔雅,故解古今语而可知也。"《尔雅》作为中国一部古代训诂学的开山之作,取"尔雅"两字为书名,其义可见一斑。

在唐代,诗与雅道在一定程度上是重合的概念,郑谷有五律诗句"雅道谁开口,时风未醒心",其中的雅道应首指吟诗。与他唱和的诗僧齐己也有五律诗句"近闻为古律,雅道更重光",也是把雅道与听诗等同起来了。成语典故"一字之师"中的两位主人公,在不同情景之下的妙手偶得,心领神会一吟一闻配合得那样默契,是一对十分难得的诗友。

除了郑谷和齐己将诗与雅道相联系之外,对于雅道的理解,在历代诗人心中的答案也是不完全一致的,这反而扩大了雅道的外延,使其内涵更丰富。白居易晚年参禅问道后,自称所有的爱好都可舍弃,尘俗的习性都可抛弃,但"爱咏闲诗好听琴"绝不可丢弃,也就是留下了写诗与听琴两个最根本的雅好。

宋代寇准在五言律诗《感兴寄莲岳一二诗禅友》中将禅视同雅道:"禅应同雅道,贫合长天机。"在这位宋初良相看来,禅应该就是雅道的精神;"贫合长天机",是反用庄子之语"欲深者,其天机浅",他觉得安贫乐道才能天机深厚,这是在经历叱咤风云、纵情享乐之后的深刻反思。

宋代洪咨夔在七言律诗《又答景扬》中将烹茶视为雅道,"冰齑荐饭乡风古,雪汗烹茶雅道多。"这是在宋人的诗句中第一次这样提出。如今,茶道正是雅道八项中的第一项,谁能想到,早在一千年前的宋代,已经有人将茶道与雅道相提并论了。

明代祝允明将抚琴视为雅道,在《隐者》中写道:"枕中藏雅道,一卧即羲皇。"此处雅道意指抚琴与藏书,"琴传雷氏斫,书是汲丘藏"。而"一卧即羲皇",却又想成为像陶渊明一样的诗人,因为陶渊明炎夏卧于北窗,称"遇凉风暂至,自谓是羲皇上人"。唐代白居易写有一百多首琴诗,常常"舟中只有琴""琴诗雅自操""唯对无弦琴一张"。

这本《雅道诗词》有众多开创之举:首先它是中国第一本以雅道八项为主轴汇编中国古代优秀诗词的诗集,有不少诗词在其他诗集中难得一见,有些作者虽然名不见经传,但其留下的诗词却独放异彩,在如今雅道盛行的年代里,恰如滴滴甘霖,及时飘洒久旱的大地。

其次,《雅道诗词》所选诗词及其品注,极有特色,与一般诗词汇集中的注释不同,编著者集多年敬佛修禅的感悟,于品注中化为细雨,沁人润物,因此在赏读中隐含着诸多佛理禅义,一经点拨,顿时可以助人豁然开朗,因此它必将得到禅宗美学爱好者的青睐。

最后,《雅道诗词》视野极其宽广,入编的诗人和诗词既有历代名家,如屈原、陶渊明、谢灵运、王维、李白、杜甫、白居易、欧阳修、韩愈、李商隐、司马光、苏轼、黄庭坚、王安石、陆游、李清照、袁宏道、曹雪芹等诗人的名作;也有僧人道士,例如皎然、灵澈、贯休、齐己、寒山、释绍昙、玉芝和尚、中峰明本、了庵清欲、楚石梵琦、释师范、释道璨、释道川、释敬安、王处一等先贤的诗偈;更有才子佳人,如陆龟蒙、晁补之、晁冲之、葛绍体、叶绍翁、晁公溯、吴皇后、上官婉儿、卢祖皋、陶梦桂、方蒙仲、侯善渊、沈宜修、叶小鸾、刘子翚、薛媛、揭傒斯等的杰作。做这样的安排,一方面表明雅道早已进入各个阶层与人群,另一方面也说明雅道离我们其实很近，邻家才子佳人可以有，吾家豆蔻弱冠也可以有。

中国号称诗国，自古以来创作了大量优秀的诗词，如满天繁星般光芒闪耀。如今，诗词被视为上雅之作，似乎只有文化人才能吟诵与创作。其实，最早的诗歌恰恰来自最朴实的生活之中，远古时期的诗人，来自民间，诗人就是平凡的百姓，诗歌所反映的内容正是百姓身边的自然景象与生活状况，识文断字者将大家喜欢的句子记录下来，经过传播，即有了最初的歌谣，也就是最早的诗歌。可以说，最初的诗人就是芸芸众生中的你我他，而没有只会咬文嚼字的职业诗人这一群体。

苏轼曾评论说："诗至于杜子美，文至于韩退之，书至于颜鲁公，画至于吴道子，而古今之变天下之能事毕矣。"这句话是说，诗歌到了杜甫，散文到了韩愈，绘画到了吴道子，书法到了颜真卿，那么就到了古往今来能人的最高境界了。因此，雅道并非通俗文化而已，它低可至平民百姓的日常，高可达文化艺术的最高境界。

诗，是我们与万物互为感知的人文载体与表现方式，能让人趋于高华，脱于俗世，净于凡尘。古人作诗，如水遇风，自然成波，此为"诗心"。现代人常常疲于应付庸碌的日常，心同枯井，胸无清泉。唐代诗人贾岛有云："一日不作诗，心源如废井。"希望人们在读了这本书后，可以让"诗心"重新萌发，心源不再干涸。

诗，让我们与众不同。

纯道

2021年1月1日

于太湖禅艺会

目 录

第一章 雅道诗词

002/劝农其六(陶渊明)　　　又答景扬(洪咨夔)/010
003/静法师东斋(王昌龄)　　淡庵倪清父(白玉蟾)/011
004/郊园(郑谷)　　　　　　赠乐间居士(方凤)/013
005/寄武陵微上人(齐己)　　行香子·水竹之居(中峰明本)/014
006/感兴寄莲岳一二诗禅友(寇准)　隐者(祝允明)/016
007/小隐自题(林逋)　　　　戊戌初度二首其一(袁宏道)/017
008/望江南·超然台作(苏轼)　偶成三首其二(袁枚)/019

第二章 茶道诗词

023/九日与陆处士羽饮茶(皎然)　三日雪后饮烟雨馆(葛绍体)/043
025/与赵莒茶宴(钱起)　　　幽居即事(陆游)/044
026/走笔谢孟谏议寄新茶(卢仝)　与刘景明晚步(杨万里)/045
028/夜闻贾常州崔湖州茶山境会想羡欢宴因寄此诗(白居易)　和葛天民呈吴韬仲韵赋其庭馆所有/046
　　　　　　　　　　　　　　(叶绍翁)
030/茶中杂咏·茶瓯(皮日休)　解佩令·茶无绝品(王哲)/048
032/奉和袭美茶具十咏·茶籯(陆龟蒙)　偈颂·一百零二首(之一)/049
　　　　　　　　　　　　　　(释绍昙)
033/烹北苑茶有怀(林逋)　　即景四首(之一)(杨基)/050
034/依韵答杜相公宠示之作(欧阳修)　题品茶图(文征明)/051
035/茶诗十首采茶第四(蔡襄)　呈梦居(玉芝和尚)/052
038/试院煎茶(苏轼)　　　　某伯子惠虎丘茗谢之(徐渭)/053
040/满庭芳·茶(黄庭坚)　　竹枝词(郑燮)/054
042/他乡(张耒)　　　　　　题竹林茶隐图(阮元)/055

第三章 花道诗词

059/奉和随王殿下诗（之十四）(谢朓)
060/杏花诗(庾信)
061/芍药(韩愈)
062/送酒与邵尧夫因戏之(司马光)
063/新花(王安石)
064/惜花(苏轼)
066/戏题菊花(苏辙)
068/题胆瓶秋卉图(吴皇后)
069/春来风雨，无一日好晴，因赋瓶花二绝句（之一）(范成大)
070/梅花数枝，簪两小瓷瓶，雪寒一夜……(杨万里)
071/瓶中花(周南)
072/渔家傲·檐玉敲寒声不定(卢祖皋)
赋瓶中花七首（之七）(元好问)/073
一莲(赵崇嶓)/074
春日瓶花(张埴)/075
鹧鸪天·春暮(黄升)/076
折梅(方蒙仲)/077
不买花(顾逢)/078
减字木兰花·益寿美金花(侯善渊)/079
伤周生(袁宏道)/080
寄王百穀(徐勃)/081
梦江南·昏鸦尽(纳兰性德)/082
簪菊(蕉下客)(曹雪芹)/083
情诗（之五）(仓央嘉措)/084

第四章 香道诗词

087/四坐且莫喧(无名氏)
088/香炉铭(萧绎)
089/东林寺寄包侍御(灵澈)
090/和陆司业习静寄所知(张籍)
091/香印(王建)
092/和乐天斋戒月满夜对道场偶怀咏(刘禹锡)
香球(元稹)/093
隋宫守岁(李商隐)/094
香(罗隐)/096
清真香歌(丁谓)/097
香(苏洵)/098
翻香令·金炉犹暖麝煤残/099
(苏轼)

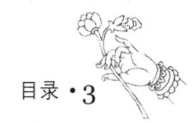

100/减字花木兰·天涯旧恨(秦观)
101/苏幕遮·燎沉香(周邦彦)
102/和四兄清泉香饼子(晁冲之)
103/东轩小室即事五首
　　（之五）(曾几)
104/凝香迳(曾协)
105/行香子·谢公主惠香二首
　　（之一）(王处一)

纪旧游(赵孟頫)/106
七言偈颂(了庵清欲)/107
题小鸾所居疏香阁/108
(沈宜修)
雨夜闻箫(叶小鸾)/109
酬诗以香(梁氏)/110
四和香·小小春情先漏泄/111
(朱彝尊)

第五章 琴道诗词

114/鹿鸣(诗经)
114/琴赋（节选）(蔡邕)
116/赠兄秀才入军诗其十六
　　(嵇康)
117/答庞参军其一(陶渊明)
118/清思诗(江淹)
119/相如琴台(卢照邻)
120/听蜀僧濬弹琴(李白)
121/湘灵鼓瑟(钱起)
122/猗兰操(韩愈)
124/废琴(白居易)
125/司马相如琴歌(张祜)
126/瑶瑟怨(温庭筠)
127/锦瑟(李商隐)

赠无为军李道士二首（之一）/128
(欧阳修)
浣溪沙·小院闲窗春色深/129
(李清照)
同张守谒蔡子强观砚论琴偶书/130
(刘子翚)
小雨(陆游)/131
琴歌·古怨(姜夔)/132
琴(周芝田)/133
听徐天民琴(连文凤)/134
和渊明新蝉诗(楚石梵琦)/135
宫词(朱权)/136
病中漫兴八首（之七）(袁中道)/137
除夕感怀(谭嗣同)/139

第六章 书法诗词

143/飞白书势铭(鲍照)
145/书(李峤)
146/李潮八分小篆歌(杜甫)
149/书诀(张怀瓘)
151/张伯英草书歌(皎然)
152/送外甥怀素上人归乡侍奉(钱起)
154/石鼓歌(韦应物)
155/题酸枣县蔡中郎碑(王建)
156/笔(贯休)
157/敦煌廿咏其十三·墨池咏(佚名)
158/柳氏二外甥求笔迹二首（之一）(苏轼)
160/李君贶借示其祖西台学士草圣并书帖一编二轴以诗还之(黄庭坚)

减字木兰花·平生真赏(米芾)/162
孙过庭摹洛神赋赞(岳珂)/164
偈颂七十六首（之一）(释师范)/165
纪梦(释道璨)/166
鹧鸪天·凤尾鬖香再叠梳/168
(利登)
赠笔生杨君显(杨维桢)/169
病起观书诀(詹英)/171
冬夜观树影(邵宝)/172
访友(祝允明)/173
寄陈以可乞米(文征明)/174
题竹兰诗(郑燮)/176
潘星斋少宰属题浙江和上画卷因其近有……/177
(何绍基)

第七章 绘画诗词

180/乐府(曹植)
181/拘象台(江淹)
184/咏画屏风诗之二三(庾信)
185/题梅妃画真(李隆基)
186/丹青引赠曹将军霸(杜甫)
189/金陵晚望(高蟾)
190/写真寄夫(薛媛)

答大愚禅师(荆浩)/191
墨君堂(文同)/193
郭熙秋山平远二首（之一）(苏轼)/195
题郑防画夹五首（之一）/197
(黄庭坚)
东窗梅影上有寒雀往来/198
(杨万里)

199/偈颂·金刚经注(释道川)　　和令则题画(陈继儒)/207
200/次韵梅山弟(陈著)　　　　更漏子·一重山(陈洪绶)/208
201/题秀石疏林图(赵孟頫)　　题西瓜图(朱耷)/210
203/题九珠峰翠图(杨维桢)　　题送别诗意图四首（之三)(王原祁)/211
204/题洞庭渔隐图(吴镇)　　　惠山听松庵观王孟端竹炉诗画卷次
206/咏溪南八景之东畴绿绕　　吴文定公韵(厉鹗)/213
　　　　　　　　　(祝允明)　罗苏溪前辈赠石溪上人画幅(何绍基)/214

第八章 收藏诗词

219/宝鼎诗(班固)　　　　　　笋石铭（黄庭坚)/236
220/砚赞（节选)(繁钦)　　　 研山铭（米芾)/237
221/卖玉器者诗（鲍照)　　　 西江月·汉铸九金神鼎（张孝祥)/238
223/和牛相公题姑苏所寄　　　题方竹杖松根枕二首（之二)/240
太湖石兼寄李苏州（刘禹锡)　（张镃)
225/题文集柜（白居易)　　　 廉公子家藏元石名武夷春雨（仇远)/241
227/杨生青花紫石砚歌　　　　题姑苏陆友仁所藏卫青印
　　　　　　　　　　（李贺)　（揭傒斯)/242
228/诮虚器（皮日休)　　　　 拜长耳和尚肉身（袁宏道)/244
230/二遗诗（陆龟蒙)　　　　 题仇十洲箜篌图（梁清标)/245
231/藏墨诀（李廷珪)　　　　 齐天乐·汝哥官定闲题品（高士奇)/246
232/珊瑚笔格（钱惟演)　　　 题寿山石（黄任)/248
233/古瓦砚（欧阳修)　　　　 铜雀瓦砚歌（纪昀)/249
234/李士衡砚（刘敞)　　　　 题程木庵所藏彝器拓本（何绍基)/252

第九章 诗词歌赋

256/晨风（诗经）
258/九章之怀沙（屈原）
262/拟古其一（陶渊明）
264/斋中读书诗（谢灵运）
266/休沐寄怀（沈约）
267/游东田（谢朓）
269/于长安归还扬州九月九日行薇山亭赋韵(江总)
270/江亭夜月送别二首（之二）(王勃)
272/游长宁公主流杯池二十五首（之二十一）(上官婉儿)
273/诗偈·第二百七十五（寒山）
275/偶然五首（之三）（皎然）
276/一七令·诗（白居易）

二十四诗品之纤秾/278（司空图）
寄郑谷郎中（齐己）/280
送参寥师（苏轼）/281
论诗（元好问）/283
水口行舟二首（之一）/285（朱熹）
丑奴儿近·博山道中效李易安体/286（辛弃疾）
鹧鸪天·元夕有所梦/287（姜夔）
虞美人·听雨（蒋捷）/289
秋尽（戴表元）/290
遣兴（袁枚）/292
咏史（龚自珍）/293
梦洞庭（释敬安）/294

297/ 后记
299/ 参考文献

第一章　雅道诗词

《毛诗序》中说"雅者，正也，言王政之所由废兴也"，《白虎通·礼乐》词条"雅者，古正也"，所谓的"雅"，最早指的是古代的标准语言，也就是以《诗经》为代表的诗歌作品。《诗经》所说的话是雅言，《诗经》所写之事是雅事，而《诗经》所传承的精神，就是上古雅道。《诗经》中许多内容都成为后世雅道的源泉。譬如"昔我往矣，杨柳依依"的乡愁离绪逐渐演变成"折柳送别"的雅事，又进一步演化成"折柳插瓶"的花事。再如"我有嘉宾，鼓瑟鼓琴"中的待客之道，比酒食更重要的是以琴道为代表的礼乐。中古时期的雅事活动大致离不开归隐和雅集这两条主线，从庄周的"逍遥游"到陶渊明的"归去来兮"，是孤独中的自觉和修行；另一条线路顺着兰亭修禊一路飘遥至西园雅集，文人群体的雅道交流蔚为大观。诚然，如今所说的雅道八项，其思想内涵和艺术形式的完善当在唐宋之时；以"雅道"一词指称赋诗、饮茶、插花、焚香、抚琴、书画、收藏等雅事之内涵，则是出自宋人手笔。不过，它必然是包含了周代礼乐、先秦哲思和魏晋风雅，同时吸收了孔孟之道以及道教和佛教文化，不然不能够成为中国历代文人的精神家园，流芳百世。以下选取的14首诗词是论及雅道或多项雅事的综合呈现，可以借此管窥先人的雅道之心。

四言古诗·劝农其六

〔魏晋〕陶渊明

孔耽道德,樊须是鄙。
董乐琴书,田园弗履。
若能超然,投迹高轨,
敢不敛衽,敬赞德美。

【品注】魏晋之时战乱频仍,民不聊生。更迭不断的政体不但无暇顾及雅道文化的传播,时常还成为破坏者。与此同时,士族门阀出于家族传承和自身精神需要,开辟出另一片雅道天地。当时所谓风雅的具体表现形式主要有"玄谈"和"琴书"。谢安原本轻视戴逵,见面后不与他谈玄而先论琴书,但戴逵对琴书的理解和体悟也很高妙,谢安才知道他雅量非凡。作为隐逸田园诗人之宗,陶渊明对于名门士族的雅道却有一番反省,他抛弃了玄谈之雅而不废琴书之道,为之注入了一股活泉。

陶渊明(约365—427),名潜,字渊明,又字元亮,自号"五柳先生",世称靖节先生,浔阳柴桑(今属江西九江)人。靖节先生"归去来兮"的呼唤回荡在文人雅士的耳畔,千年不绝。他在这首诗中说道,孔子耽于道德礼教,鄙视樊须。弟子樊须向其请教耕田种园之事,孔子回答说"吾不如老农""吾不如老圃"。樊须离开后,孔子说"小人哉,樊须也"。他认为士大夫知书识礼,治理国家就好了,耕田种菜的事自然会有"小人"去做,没有必要去了解学习。董仲舒依照孔子的教诲,唯以琴书雅道为志,"三年不窥园"。对此,陶公别发雅声:躬耕田垄、灌园养花虽是俗人所为,若能超然物外,行迹高洁,亦是雅事一桩,怎敢不整饬衣襟,礼敬其人之美德呢？雅道在"心超然，行高轨"而不在事。依此俗事亦雅，反之雅事亦俗。虽然陶渊明自己"委怀在琴书"，但却主张回归田园，身体力行；反对远离世情，无病呻吟。从形式上说，后世的文人大抵是不愿学陶渊明彻底放下的，不过在心境上总是"敬赞德美"，只因那种简朴低调的高雅，回归本心的高雅。

五律·静法师东斋

〔唐〕王昌龄

筑室在人境，遂得真隐情。
春尽草木变，雨来池馆清。
琴书全雅道，视听已无生。
闭户脱三界，白云自虚盈。

【品注】 王昌龄（698—757），字少伯，并州晋阳（今山西省太原市）人，盛唐边塞诗人，号称七绝圣手。这首五律中赞颂的静法师或指唐代云游僧安静法师。其人原居西域，有神通，开元十五年（727）振锡东游，沿长安、洛阳一线直至山东。同年王昌龄进士及第，授秘书省校书郎，其间可能与安静法师有所交集。

与其他僧人在寺院挂单不同，安静法师住在民居斋房，所以说是"筑室在人境"。颔联以自然季节的变化反衬出法师了悟无常的空寂之心，"琴书全雅道，视听已无生"。"无生"，佛教用语"无生法忍"的简称。从字面上讲，不生不灭，不再轮回，就是涅槃的意思。"三界"，佛教用语"欲界、色界、无色界"的统称，同属"迷界"的不同层次，出离"三界"，即入佛道。最后一句妙在"虚盈"二字，白云充满斋室毕竟是一片虚空，这是对"空即是色、色即是空"的诗意表达。更重要的是，诗中提示出琴书雅道背后的哲学境界，是物我两忘、不生不灭的涅槃状态。在研究复兴雅道八项的精神内涵时，值得人们参详思索。

五律·郊园

〔唐〕郑谷

相近复相寻，山僧与水禽。
烟蓑春钓静，雪屋夜棋深。
雅道谁开口，时风未醒心。
溪光何以报，只有醉和吟。

【品注】郑谷（约851—910），字守愚，宜春（今江西宜春袁州区）人，晚唐著名诗人，存诗不下千首。唐末藩镇割据时退隐宜春仰山，修建草堂读书不辍。他的诗风清新通俗，北宋初年家喻户晓。后世不传的原因是文人贬过于褒，例如欧阳修说，其诗"亦多佳句，但其格不甚高"。明代胡震亨评论"非不尖鲜，骨体太孱"。欧阳修对格调高古的要求大概是如李白"扶摇直上九万里"的仙风道骨，杜甫"哀民生之多艰"的慈悲清苦，又或是范仲淹的"先天下之忧而忧"的无私忘我。不过郑谷的人生哲学是"邦有道则智，邦无道则愚"，这一点，从他的字"守愚"便可明白，虽无治国平天下之功，却也能雅训蒙童，启发诗心，堪为晚唐文人中的一股清流。

"相近复相寻，山僧与水禽"，人与自然和谐相处的画境扑面而来。郑谷作诗有一趣论，"诗无僧字格还卑"，所以他的诗作常出现"僧"字。试想一下，如果画面中的"山僧"换作是"饥民"，或是"老饕",便雅不起来了。颔联是唐诗中常见的炼句,将人带入春江烟雨蓑衣独钓,冬夜飞雪雅客对弈的景象之中。在兵荒马乱、世风日下的时代,谁能来倡导风雅,为雅道发声呢?既然时风未醒,还是饮酒赋诗才不辜负这溪声水光吧。雅道在和平时代自然萌发,如春花秋月,到了纷纭乱世,却成了奢侈品。难得此时诗人还保有一份优雅,所以他只是轻轻地呼唤"雅道谁开口",而没有悲愤或哀鸣。所幸期盼雅道重光的并非只有他一个人,还有他的诗友——齐己。

五律·寄武陵微上人

〔唐〕齐己

善卷台边寺,松筠绕祖堂。
秋声度风雨,晓色遍沧浪。
白石同谁坐,清吟过我狂。
近闻为古律,雅道更重光。

【品注】齐己(863—937),晚唐五代诗僧,于仰山慧寂禅师座下皈依三宝。俗名胡得生,自号衡岳沙门,长沙(今湖南长沙)人。平素不喜坐禅,唯好吟诗,传八百余首,多为寄赠酬答、唱和追思之作。齐己与退隐仰山的郑谷交善,曾以《早梅》诗请教郑谷,郑谷将"昨夜数枝开"改为"昨夜一枝开",更合乎早梅意境,齐己拜谢郑谷,称其为"一字之师",成为典故。

"善卷台"即"善卷坛",在柱山,其侧有古寺。窦常前往武陵赴任途中寄赠刘禹锡时提及"幸得柱山当郡舍",可知柱山在武陵,即朗州(今湖南常德)所在地。刘禹锡后来被贬谪于此,破关证悟,并留下了《善卷坛下作》及《谒柱山会禅师》的诗作。齐己诗题中的微上人或为会禅师法嗣,故称台边寺为其"祖堂"。在善卷台边的寺院里,松荫竹影掩映的佛堂内,虽然听着秋风秋雨的一片肃杀,但拂晓的阳光还是会照遍江湖。谁能与微上人同坐白石上,更加无所顾忌地吟诗唱和?近来听闻微上人诗作古律,不为近体,有朝一日雅道定能光复发扬。显然,齐己率先与微上人唱和了,希望后继有人令雅道重光。从这首诗中,提取雅句"白石同谁坐",或"白石同坐",用于茶席布置、禅花小景、香案陈设或入画作书,都是颇为雅致的。也许这便是我们今天解读雅道诗词的现实意义之一,读这本书的人都希望"雅道更重光"吧。

五律·感兴寄莲岳一二诗禅友
〔宋〕寇准

西风伤远别,前计竟成非。
芳草此时暮,故山何日归。
禅应同雅道,贫合长天机。
翻忆云溪伴,无惨对落晖。

【品注】 寇准(961—1023),字平仲,华州下邽(今陕西渭南)人。作为宋初良相,寇准忠直刚毅,他早年词作却有晚唐遗风,婉然可读。比如词牌《江南春》:"波渺渺,柳依依。孤村芳草远,斜日杏花飞,江南春尽离肠断,萍满汀洲人未归。"由于少年得志,位高权重,他早期的生活颇为奢靡,喜欢大量饮酒和通宵达旦歌舞视听,算得上是个文人却非雅士。自从朝廷中少了太宗以"魏征"

视之的雅量、同僚王旦以德报怨的宽仁,寇准的刚直使其树敌过多。虽有"澶渊之盟"的旧功,还是被一贬再贬,最后客死广东雷州。诗题中的"莲岳"指华山,这是他晚年被人构陷、贬谪雷州时的诗作,遥寄远在华山的诗友禅客。说明他的心态和生活作风已有极大改变,俨然不同于青壮年时代的感悟。

西风,通常指秋风。首句点出了离别萧索之苦,更何况自己对国家的忠心和谋略都被一一否定。芳草渐渐淹没在暮色中,故乡何时才能归还?不禁令人感伤。接下来两句真真是他数十载宦海沉浮的人生感悟:"禅应同雅道",禅的精神应该就是雅道的精神,反观自己当年所谓的风雅太过轻狂,不合于禅。"贫合长天机",是反用庄子之语"其耆欲深者,其天机浅",安贫乐道才能天机深厚。这是一个曾经叱咤风云、纵情享乐之人的反思。回想少年时云溪悠游的小伙伴,如今只能百无聊赖独对落日余晖。"无憀",音义同"无聊",无可寄托之意。

五律·小隐自题

〔宋〕林逋

竹树绕吾庐,清深趣有余。
鹤闲临水久,蜂懒采花疏。
酒病妨开卷,春阴入荷锄。
尝怜古图画,多半写樵渔。

【品注】林逋(967—1028),字君复,奉化(今浙江宁波奉化)人。古代隐者大多从官场退居林泉,懒问世事。像林逋这样终身不仕、终身不娶的极其罕见。穷其一生,在西子湖畔,梅边鹤岸,诗茶邀僧,琴酒论道，将草庐生生变成了仙境。宋真宗闻其高节，钦赐粟帛；宋仁宗也感其清雅，赐谥"和靖先生"。心、知、行皆和于陶靖节的，恐怕也只有林逋了。

"竹树绕庐"后来成为文人雅居的标准配置之一，缺少了便会觉得不够雅致。倒不单单是竹林令人清静，树林使人幽深，而是因为竹树绕庐可以为隐逸生活平添许多优雅的意象，诸如"幽篁独坐""秋问霜筠""松间照月""苍柏立雪""桐阴觅句""夕浴枫亭"，不一而足，是谓"清深趣有余"。领联写观鹤看蜂，"闲"而"久"、"懒"而"疏"的物态也是诗人的状态。但这只是心态，行动上还是要勤勉的。因此后两句说，酒醉了会影响读书，草木的阴翳下正好耕种。最后道出诗人所爱的古轴画卷之中，大多描绘的正是渔樵耕读的意象。渔樵耕读本是平民生活的状态，不乏高人逸士隐匿其中。"多半写樵渔"只因世俗中淳朴的生活反而蕴藏了真正的风雅，也更得文人雅士的垂青。

望江南·超然台作

〔宋〕苏轼

春未老，风细柳斜斜。试上超然台上看，半壕春水一城花。烟雨暗千家。

寒食后，酒醒却咨嗟。休对故人思故国，且将新火试新茶，诗酒趁年华。

【品注】北宋熙宁七年（1074），苏轼自杭州改任密州太守，治所在今天山东诸城。第二年，他便命人修葺城北旧台，以观民情，俯览山川。苏辙当时在济南府听说此事，以《道德经》

中"虽有荣观,燕处超然"之句题名,作《超然台赋并序》,自是声名远播。

仲春转暮,清明之际,烟雨凄迷客思家,常常是人们惜春、伤春的时节。东坡先生却说不要感伤,"春未老",不信请上超然台去看看。接着便描绘出了一幅青绿城郭的画卷。台下春风细细吹,杨柳斜斜飞;登台南望,半边城壕春水荡漾,满城桃杏落英缤纷,千家万户青砖黛瓦隐现烟雨之中。能跳出城中烟雨,登台遥望,别有一番超然的意味。上阕写景抒情,下阕借事言志,这在宋词的格局中不太常见,不过超然台上的东坡先生本非常人。寒食节为的是纪念葬身火海的贤士介子推,禁火三日,只吃冷食。"咨嗟",意为叹息。酒醒后却是几声叹息,叹息之后自我劝慰,"休对故人思故国",否则只能平添感伤罢了。寒食后解除火禁,最是用新火煮水,点试新茶的时候。赋诗饮酒须趁今朝,莫要辜负了这大好年华。再后来,苏东坡中秋之夜于超然台赏月,因思念苏辙,填了一阕《水调歌头》,传唱千年,"人有悲欢离合,月有阴晴圆缺,此事古难全"。

苏东坡(1037—1101),字子瞻,号铁冠道人、东坡居士,眉州眉山(今四川眉山)人。历代中国人都爱极了苏东坡,除了他的诗文风流之外,也爱他的东坡巾甚至是东坡肉。更令人倾心的是他那种无论身居庙堂之上,或流徙江湖之远,始终如一、达观雅致的心境,从不端着,也不颓废,于雅道之中,最得一个"真"字。他半生的贬谪流离却是活出了超然的风雅,革新除弊,兴学教育;筑台修堤,寻幽探秘;交僧访道,抚琴弈棋;流连农家,饮酒赏花;出入高轩,论书品画;在荆楚煮肉挖笋,播稻采芝,在江南种柏植柳,闲话桑麻;在岭南食龙眼、啖荔枝、嚼槟榔、采椰青,不论风俗风雅,全都可以入诗填词,自然天成,无有造作。作为宋代雅道第一传承人,他向往和赞颂陶渊明的生活,唱和了陶公《古诗》9首,《杂诗》11首,《读山海经》12首,《饮酒》20首,却非单纯附和,别有出世入世的思考。他继承了白乐天的闲适,连"东坡"这个字号都是当年白居易开荒种树的地名。他戏称自己就是白乐天,"我甚似乐天,但无素与蛮",只是身边少了樊素和小蛮这两个歌姬相伴而已。他比白乐天更多了一分诙谐,自嘲嘲人也嘲世,恰到好处的雅谑却没有疾愤之情。在不经意中,他以自身的雅思、雅言和雅行继承了汉唐风雅,开创了宋代雅风。

七律·又答景扬

〔宋〕洪咨夔

朝家久设礼为罗,小寄禅窗共讲磨。
红锦障泥飞骤裹,黄金宝校琢盘陀。
冰斋荐饭乡风古,雪汗烹茶雅道多。
领取单传心法去,会将佛祖一时呵。

【品注】洪咨夔(1176—1236),字舜俞,号平斋。临安(今浙江杭州)人。宋宁宗嘉泰元年(1201)进士,因弹劾权相史弥远被罢官,居家七年读书,宋理宗亲政后起用为御史,累官至刑部尚书、翰林学士。据说他任成都府通判时广收古籍,离任时没有金银细软,唯有藏书千卷,与父亲洪钺二人考据整理,学识益博。景扬,其人不详,可能是平斋先生的晚辈学人。

首联说朝廷陈腐的礼法如罗网一般,与其抗辩不如寄身于禅堂窗下,听闻讲习琢磨。颔联暗讽以奢为雅的世风,抑或暗喻追求功名的俗心。"障泥"是马鞍处垂下的长方形织物，用于遮挡马蹄飞溅出的泥浆，以红锦织就。"骠裹"音"遥鸟"，古骏马名，嘴赤而身玄，日行千里。"宝校"，饰以黄金珠宝的马具，交放于鞍前用于置物。"盘陀"，指鞍垫。杜甫《魏将军歌》中有"星缠宝校金盘陀"之句形容魏将军坐骑之奢华。飞奔的骏马身披红锦织就的障泥，黄金珠宝装饰的校具连接着华丽的雕垫。在平斋先生眼中，这些却都是华而不实的东西。接着带出颈联"冰薤荐饭乡风古，雪汗烹茶雅道多"，他认为能称之为"雅"的风物。"薤"音"饥"，本义为捣碎的姜蒜韭菜等，引申为咸菜。冰冷的腌菜下饭，是古朴的乡风；像扫雪烹茶这样古雅之道还有很多。最后一句是引用"呵佛骂祖"的公案，禅宗"不立文字，教外别传"，唯以心法相传，不拘一格，若是佛祖以色相现前说教，也是要被骂回去、打破头的。

　　平斋先生将烹茶称为雅道之一，大概是第一次出现在宋人的诗句中。妙就妙在"雪汗"二字，不是将雪块直接入壶烹煮，而是任其自然融化，待冰肌雪肤滴落成水，然后再取用。这样的风雅不费一文，只需要闲适的心境和雅兴。在意境和形式上都与上联的"冰薤"形成了简而闲、古而雅的对仗。整首诗对于景扬提出的何谓风雅以及如何参悟和印证的问题，做了高妙的回答。

七律·淡庵倪清父

〔宋〕白玉蟾

地僻人闲春昼长，了然物我两相忘。
薄披明月归诗肆，细切清风入醉乡。
蜡味溪山闲里嚼，齑羹松竹静中尝。
把琴弹破世间事，净几明窗一炷香。

【品注】白玉蟾（1134—1229），原名葛长庚，字白叟，号琼山道人，世称紫清先生，琼管安抚司琼山县（今海南琼山）人，大致生活在南宋中期。曾云游罗浮、武夷、天台、庐山、阁皂等地，最后归于武夷山止止庵收徒传道，创立道家金丹派南宗。白玉蟾12岁便举童子科，24岁主持朝廷斋醮大典，却不为功名所累。由于长年游历名山，寻师访道，餐霞饮露，诗词中自带仙风道骨。他擅长草书，颇有怀素面目。亦通抚琴弈棋，当时许多文人都慕名来学。他在思想上极力推崇朱熹的理学，诗词则尊崇苏轼，称之为"坡仙"，呼为"道友"。早年也曾钻研禅理，颇有心得。不过他的"华夷之辨"导致他判读佛教追求"寂灭之乐"，而道教追求"长生之乐"，作为中国之人，当然习中国之道，修纯阳之真精，超天地而独存，在当时代表了一部分士人的观点。此诗题赠倪清父，堂号"淡庵"，其人生卒事迹暂不可考。

"物我两忘"的概念，早见于南北朝诗人沈约的《郊居赋》"惟至人之非己，固物我而兼忘"，是体现庄子哲学思想"至人无己"的一种境界。在这里说的是淡庵先生远离人世喧嚣，了悟"物我两忘"的境界。颔联的词意俱佳，兼具豪迈和细腻，又生动雅致。月光洒在肩上，如披白纱，此时归还之处不是"诗屋"或"诗斋"，而是"诗肆"，平添逍遥放纵之情。这个"老饕"以何物佐诗邀醉呢？"细切清风"而已。颈联延续了以俗说雅的风格，常人嚼之如蜡的食物，和着溪山的闲情品尝却是越嚼越有味道。普通的一碗咸菜粥，在松竹的幽静间吃自得其中真味。独对明窗净几焚一炷清香，"把琴弹破世间事"。其中的"破"字新奇，因为有超脱尘世的心境才能"弹破"吧。

白玉蟾的金丹南宗教派没有全真教那样闻名于世，后世亦少人间津,但他对雅道的理解无疑是通透而自成一体的,故而他对后世文人的影响远高于其对道教的影响,有一首自题《慵庵铭》最能说明他的雅道理念。"慵"并非慵懒,而是无功无利,不徐不疾,恰到好处的悠闲。慵读经,慵看书,有诗慵吟,有琴慵弹,有酒慵饮,有棋慵弈,慵观溪山,慵对风月,慵陪世事,慵间寒暑,慵居慵庵,于雅道中拈得一"慵"字。辗转千年,这种"慵雅"或许又会成为一种时尚。

五律·赠乐闲居士
〔宋〕方凤

市远尘嚣隔,神闲幽事并。
埽花怜竹影,煮茗讶松声。
月与诗如约,琴将鹤互赓。
冷香生碧落,秋梦不胜清。

【品注】 方凤(1241—1322),字韶卿,号岩南老人。浦江后郑村(今属浙江金华浦江)人。屡试不第,恩授容州文学,南宋灭亡后隐遁浦江仙华山。其人精通《诗经》,反对堆砌辞藻、搬弄典故的文风,倡导朴实无华的创作。

"尘嚣"即"尘嚣",意为世间的纷扰喧嚣。首联说的是隐居之地远离市井尘嚣,神闲气定所以能够幽事并举。"幽事"也就是雅事。"埽"同"扫"。"埽花怜竹影,煮茗讶松声"写得很有趣,扫花和煮茶本来是诗人自娱自乐,竹影微动似乎也想助扫花人一臂之力,候火听声的茶人耳畔传来的竟似松涛阵阵,"怜"和"讶"令周边的景物都变成了雅士,参与到雅事中来。"月与诗如约,琴将鹤互赓"的意象也妙，在诗人的笔下月与诗变成了情人，琴与鹤变成了知音，出乎事理之外又在情理之中。"赓"音"庚"，酬答、唱和之意。以上这些风雅之事令人心旷神怡，又有幽冷之香好像从天上飘来，陪伴诗人入眠，秋梦清长。"冷香"泛指花木之香，与檀麝等借助火力的"热香"相对而言。"碧落"意指天上。

人们通常认为隐居生活是枯燥乏味的，物质生活方面或许如此。但反过来说，在隐士的眼中，世俗中人的精神生活大多是无聊和贫乏的。雅与俗的分野恰恰在精神层面而非物质层面。诗中蕴含的风雅意象是古人精神生活的凝练，其中并不强调器物的精良与华丽。这些意象中，"扫花""煮茗""吟诗""抚琴""闻香"在广义上是雅道八项的内容，另外"观竹""听松""候月""玩鹤""清梦"也是文人传统的雅趣。在不同流派的花道理念中，都有善待花木如友人的传统，虽然"扫花"不是花道的正式内容，但也可以看作是赏花、插花之余的雅事，《小窗幽记》的作者陈眉公也是一位花道爱好者，他有一个雅号就叫"扫花头陀"。

行香子·水竹之居

〔元〕中峰明本

水竹之居，吾爱吾庐，石粼粼乱砌阶除。轩窗随意，小巧规模，却也清幽，也潇洒，也安舒。

懒散无拘，此等如何，倚阑干临水观鱼。风花雪月，赢得工夫，好炷些香，图些画，读些书。

【品注】中峰明本（1263—1323），法号智觉，俗姓孙，钱塘（今浙江杭州）人，元代著名禅师、诗僧，杭州天目山师子院住持。少习佛理，15岁受持五戒，24岁出家，禅坐诵经，精进不辍。明本禅师毕生以头陀行云游浙江、安徽、江西、江苏各地，广为说法，后来回到天目山继承高峰原妙法嗣，元仁宗钦赐"佛慈圆照广惠禅师"。其间因修行圆满名声在外，各地官员善信纷纷恳请他住持名山广刹，却被他一一婉拒。每到一处，明本禅师离尘结庐而居，起名"幻住庵"，俨然僧中陶渊明。后来日本禅宗著名的"幻住派"便是中峰和尚的东瀛弟子远溪祖雄等人回国后创立的。

词曲全用白话，通俗易懂，这一段段，一行行，让人读着看着都那么优雅惬意。从"吾爱吾庐"的字句来看，正是对五柳先生的追摹。乱石为阶，不拘装饰，小巧清雅，便是"幻住庵"的写照。风花雪月在禅师的心头拂过，了无痕迹。明本禅师一贯反对枯坐之禅，所以静坐之余的雅事活动也是参禅破境的手段，词中提及焚香、绘画以及读书，但禅师之雅远不止于此。

在明清一些文人笔记中记载中峰明本禅师曾填词《行香子》九首，但是明代释行冈所编《春花集》中只录得明本禅师的八首《行香子》，这首"水竹之居"很可能就是遗失的第九首，被清代沈辰垣收在《历代诗余》之中。从另外八首《行香子》的内容来看，明本禅师的雅趣还有吃茶和插花。历来被册封为国师的僧人每每正襟危坐，了无雅趣；而活跃于民间为百姓称道的僧人，大多不修边幅，甚至鞋儿破，帽儿破。中峰大和尚不但上正圣听，下安黎民，其雅心、雅言、雅行更令同时代的文人自愧弗如，翻破元代高僧传记恐怕也找不出第二个。明本禅师的道心和禅境、学养和雅韵令士大夫顶礼膜拜，无怪乎赵孟頫与之交游密切，执弟子礼抄写他的108首净土诗，题跋并赞，可见尊崇之至。

五律·隐者

〔明〕祝允明

白石薜萝房,青山云水乡。
琴传雷氏斫,书是汲丘藏。
鹿友同无我,蜂分亦让王。
枕中藏雅道,一卧即羲皇。

【品注】 祝允明(1461—1527),字希哲,长洲(今江苏苏州)人。因右手枝生,比常人多一指,故自号枝山。明孝宗弘治年间举人,正德年间曾任兴宁知县(今广东梅州兴宁县),嘉靖初迁南京应天府通判。祝枝山工诗善书,与文征明、唐寅、徐祯卿并称"吴中四才子"。嘉靖五年(1526),他用一篇章草写就《书述》评点历代书家,辨雅说俗,一针见血,也为他古雅焕新的艺术生涯画上了圆满的句号。

诗中隐者的生活状态无疑是祝枝山所向往的。从外部的环境来看,身处青山白云、小桥流水的乡间,山房以白石垒砌,墙上爬满了薜萝,屋内则是琴书自乐的景象。古琴传说是唐代雷氏斫制,古雅而清逸。雷氏是唐代制琴世家,善辨音,雷威有风雪中听松选材的逸事。古籍也许是晋代汲冢所出,古雅而奇趣。汲丘或指汲冢,是战国魏襄王的墓葬。晋代被盗掘时发现了大量竹简,以先秦蝌蚪文书写。踏足石屋四周,一派鹿群和怡、蜂花翻飞的景象,不过这也可能仅仅是诗人内心的精神向往。佛经中关于"鹿野苑"一节,记载了鹿王为了拯救怀孕的母鹿甘愿牺牲自己的故事,"鹿友"后来被赋予无私无我的精神象征。

祝允明将雅道理解为一种生活方式,"无我"和"谦卑"的生活方式，有点像今天所说的"生活禅"。虽说雅道的法度形式和技巧功力都很重要，但熟练掌握、运用自如后的突破，行住坐卧皆合雅，吃饭睡觉无非禅，末句道出真谛："枕中藏雅道，一卧即羲皇。"典故出自陶渊明炎夏卧于北窗，称"遇凉风暂至，自谓是羲皇上人"。

七律·戊戌初度二首其一
〔明〕袁宏道

闲居心似夹冰鱼，雪里轮蹄亦自疏。
研酒和来香泛帖，瓶花吹落湿沾书。
艰深乍觉诗如谶，消散方知道是虚。
一卷杂华繙未了，被人邀得过僧庐。

【品注】 袁宏道（1568—1610），字中郎，号六休，又号石公，公安（今湖北公安）人。晚明公安诗派的领袖，明确反对明朝诗坛的复古运动，提出文章应"独抒灵性，不拘格套"。中郎自幼便卓然不凡，在拜访"狂禅"李贽后，更坚定了离经叛道的心，不再拘泥于古人之陈言牙慧。万历二十三年（1595）进士及第三年后，袁宏道被任命为吴县（今苏州）县令，不久便辞官游历东南名胜，寻僧访友去了。在游历中，他结交了众多诗朋禅友，创作了大量清新通俗、隽永流畅的诗歌、散文，逐渐形成了自己的风格。

这首诗作于万历二十六年（1598），在他游历闲居生活的尾声。首联便是新鲜爽口的句子，"闲居心似夹冰鱼"，冬天江湖结冰，有些鱼被困在冰层中间。这里比喻闲居的心境和乐趣,冰上之人不懂，水底之鱼不解,旁人看着都觉得凄凉难耐却是其妙无穷。"雪里轮蹄"一句,本意指雪中车轮和马蹄的痕迹稀疏,延续上句,也表明闲居生活与尘世的疏远。"研酒"一词听着很怪,但中郎著有《觞政》一书论述古今酒文化,正是研习酒事之人写的诗,和着酒香飘散到书帖。他还著有《瓶史》一卷,阐论插花艺术的雅俗、宜忌。"瓶花吹落湿沾书"一句画面清雅,他一面为雅道呼吁发声,一面积极践行,绝非只停留在理论层面的书生。他接着说,自己的诗读着似乎如谶语般深奥难解,消除了文字障碍才知"道"是虚空。翻阅一卷《华严经》意犹未尽时,友人又来相邀到僧舍吃茶去了。"杂华",是《华严经》的别名。"繙",通翻。对于六休居士而言,这个"繙"却有翻译注释的意思,他所写的《西方合论》正是以《华严经》为框架手段,弘扬净土思想的著作,可不是随便翻翻看看就算的。

袁中郎一生著述颇丰,涉猎广博,除了诗词歌赋之外,对戏曲小说也颇有研究,对于饮酒插花亦有论述,乃至斗蟋蟀、斗蚂蚁、斗蜘蛛这类市井俗玩都有涉及。在佛学思想研究方面,他早年著有《金屑》,后期由禅入净时有《西方合论》,不但享誉士林,莲宗高僧也评价颇高。更有读《庄子》各篇之心得论文,如《逍遥游论》中说愚痴的儒生总放不下一个"我",以比"我"大者为大,小者为小;以比"我"贵者为贵,卑者为卑。如果"不以一己之情量与大小争,斯无往而不逍遥矣",这可视作是袁中郎以"灵性"游戏根尘的一个论述,为雅道平添了一个"灵"字。

五绝·偶成三首其二

〔清〕袁枚

吟罢自书竹,茶烟吹入窗。

轻云含雨重,孤蝶得花双。

【品注】 袁枚(1716—1798),字子才,号简斋、仓山居士、随园主人、随园老人,钱塘(今浙江杭州)人。他反对儒家腐朽的道统,也不信佛不信道,高举"性灵"的大旗,"两脚踢翻尘世路,一肩担尽古今愁"。又独独拈出"情欲"二字,劝人趁青春年少,及时行乐,俨然一副享乐主义者的做派。然而在清代文字狱后沉闷禁锢的文坛,却是一种积极的反叛。他辞官回到南京后购得随园,倾其所有,将日渐荒芜之地改建成一处典雅的园林,不设围墙藩篱,供游人随意游览赏玩,这大概是中国历史上最早免费开放的公园。公园门口有一副对联:"放鹤去寻山鸟客,任人来看四时花。"

袁枚偶作的这首小诗,处处都透露出雅道内容。从"吟罢自书竹"来看他是有画墨竹的,不过是聊以自娱不流传于世罢了。童仆在屋外煮茶,"茶烟吹入窗",不由搁笔出去吃上一盏。后两句可见屋外的活泼生趣,空中轻霭凝聚,云脚含雨,两朵花儿摇曳上下,一只蝴蝶左右逢源,如同随园主人一般在雅与俗之间出入自如。袁枚的诗词造诣自不必说,他对茶叶的储存、烹煮的火候、冲泡的方法都有独到的见解,对喝茶的环境、配乐都有讲究,以至于有人感叹说,喝了一辈子茶,到随园后才算是喝了第一杯好茶。不知道袁枚是否插花,但可以肯定的是,他是爱花之人,不然也不会有"水云深处抱花眠"的句子。在罗聘为他画的小像上,袁枚就如"孤蝶得花双",手拿一枝两朵黄菊,眯眼观瞧世人。他雅好收藏，随园之中"奇峰怪石，重价购来，绿竹万竿，亲手栽植。器则用檀梨文梓、雕漆戗金，玩物则晋帖唐碑，商彝夏鼎……"随园主人还是个老饕食神，他写的《随园食单》记录了数百种南北大菜、东西小吃以及具体的配方和烹饪方法。当然，他也好色好游玩，但毫不隐讳。同时代的"正经"文人笑话他乃至痛斥他，如同看待今天的"网红"，但他们或许想不到袁枚"红"了三百多年，而且还将继续"红"下去。袁枚浸淫雅道的方式不一定值得众人效仿，但他对雅道的态度却是值得学习的，不随波逐流、人云亦云，而是不拘一格地活出自己的风雅。

借以上 14 篇诗词，简单谈了一下不同时代不同风格的雅道内涵，包含了雅道八项茶道、花道、香道、琴道、书法、绘画、收藏和诗词，其内在和外现的精气神是相同的。需要说明的是所谓的精气神，是广义的中国古典哲学概念，"精"是构成事物的基本要素；"气"是这个事物运行的内外环境氛围；"神"则是其与生俱来的神识，不过可能需要通过后天的修行去发现。如果将雅道比喻为一个人，可能会方便理解一些。

雅道的"精"，应该是"真"和"趣"，这是雅道生存和传承之本。这本是每一个人与生俱来、平等无差的，只因后天的流俗蒙蔽了。另外，如果一个人了无生趣，恐怕早已自寻短见。这个"真"和"趣"似乎不好把握，但如果我们回到最初婴儿的状态，就容易理解了。东坡先生就是这样，如孩童般表达自己的想法，从不藏着

披着；如孩童般发现生活的乐趣，满心欢喜着，乐此不疲着，正如老子所说：能如婴儿乎？

雅道的"气"，是"简"和"闲"，这是雅道的内在和外部环境。很多人说，我没钱又没闲哪里雅得起来？这就是说他没有雅的环境氛围。当然，有钱有闲是相对的，雅道崇尚的不是奢华而是简约，这个"简"恰恰是对治"贫者无雅事"错误观念的良方，陋巷斗室，明窗净几，瓶中一枝花，案上一杯茶，一样可以雅到天荒地老。至于"闲"，一个终日忙于俗事的人确实很难感受到雅。这个"闲"字，除非退了休，多数人是要靠"偷"的。或在候机等车时"偷"，或于孩子熟睡后"偷"，若能"偷"得半日，已是极奢侈的了。

雅道的"神"，则是"禅"和"隐"，这是雅道内在的神识。不过，这里的"禅"是一个广义文化符号而非单指佛教概念，而"隐"也是如此，并非纯粹的道教概念。许多文人雅士都已指出雅道应该合乎于禅，雅道活动就是参禅的一种方式，从中体悟禅理，获得禅悦。"隐"则是中国历代文人的精神追求，遗世而独立的追求，独智而入圣门的追求。无论是大隐还是小隐，都令人高山仰止。

如果我们能了解并把握雅道的精气神，也就是真、趣、简、闲、禅、隐，那么我们就能在这条雅道上景行行止了。

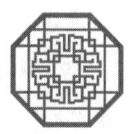

第二章　茶道诗词

　　关于茶的起源有"神农说""西周说""秦汉说""南北朝说",历代文人批阅古籍,引经据典,各擅胜场。不过,茶真正成为饮品并提升至雅道的高度却是始于陆羽。陆羽(733—804),字鸿渐,又名疾,字季疵,号竟陵子、桑苎翁、东冈子,又号茶山御史,被尊为"茶圣""茶神"。在此之前"茶"字一般写作"荼",但是"荼"字含义太广,通假生灵涂炭之"涂",也指周天子朝会时诸侯手执的一种玉板。即便是指植物,也可以指称苦菜、白茅花、杂草、野菜等。在遍游大江南北的茶山茗园、甘泉冽井之后,陆羽立志写一本书,记录茶的种植、饮用、器具等方面的心得。如果继续称之为"荼"自然容易产生歧义,于是陆羽首先倡导使用"茶"字来专指这种植物,并将此书命名为"经"。通常能称之为"经"的古代文献是先哲所著或已在民间长期流传广受好评的,陆羽当时大胆地以《茶经》命名此书就是希望将其提高到茶道的高度。无疑他是极其成功的。《茶经》的成功离不开陆羽的"缁素之交",诗僧皎然。二人如茶一般的交往留下了许多美妙的诗篇,一起谱写了茶道的风雅序曲。

五绝·九日与陆处士羽饮茶

〔唐〕皎然

九日山僧院，东篱菊也黄。

俗人多泛酒，谁解助茶香。

【品注】九月九，重阳日的清晨，皎然禅师在妙喜寺山门看着陆羽轻快地拾级而上，抚掌微笑。二人在东篱赏菊吟咏后，回到方丈室歇息。重阳日照例是要饮菊花酒的，但陆羽一进屋便煎茶与皎然品鉴，随后讨论起《茶经》的内容，竟忘了此事。最后二人省起不由得相视而笑，于是皎然吟道"俗人多泛酒，谁解助茶香"。陆羽拍手称善，低头暗想：是啊，谁能了解茶呢？如何让世人了解茶呢？《茶经》已备述茶品、茶作、茶具诸事，但这些都是茶的形式，茶的精神应该如何表述呢？如果不能将茶提升到一个高雅的境界，那么它仍只是"助茶"，聊助解酒、祛热、消渴罢了。

陆羽一直在思考这个问题，酒令人昏，茶令人醒，精进精行之人宜茶不宜酒。酒事铺张，茶事简明，修身俭德之人爱茶不爱酒。于是，陆羽提笔在《茶经》第一卷"茶之为用味至寒"后加了一句"（茶）为饮最宜精行俭德之人"。嗯，自古道德文章已经太多，只需这样将茶道精神藏匿其中，令好茶者品味回甘就可以了。茶的精神有了，但世间的模范又在哪里呢？他反复吟着"俗人多泛酒，谁解助茶香"两句，猛然想起皎然禅师不正是这"精行俭德"之人吗？朝中之人，于頔、颜真卿等贤良与其交善酬唱；历任湖州刺史也都会慕名拜访。如果皎然禅师开以茶代酒之先，势可燎原。

陆羽向皎然说明了想法，禅师欣然同意。不久，新任湖州刺史崔石登门拜会，皎然以剡溪茶相待。其间崔刺史执意要上酒助兴被婉拒，便举魏晋名士饮酒之雅例责难禅师。皎然听罢哈哈大笑，作《饮茶歌诮崔石使君》道：

越人遗我剡溪茗，采得金牙爨金鼎。

素瓷雪色缥沫香，何似诸仙琼蕊浆。

一饮涤昏寐，情来朗爽满天地。

再饮清我神，忽如飞雨洒轻尘。

三饮便得道，何须苦心破烦恼。

此物清高世莫知，世人饮酒多自欺。

愁看毕卓瓮间夜，笑向陶潜篱下时。

崔侯啜之意不已，狂歌一曲惊人耳。

孰知茶道全尔真，唯有丹丘得如此。

诗中说茶饮胜过琼浆玉液，三饮之下便可"涤昏""清神""得道"。世人嗜酒多半是酒瘾成病，自欺欺人，借口"消块垒""助诗兴"罢了，请看看毕卓盗酒被绑了一夜的窘态和陶潜醉卧在篱下的困境，难道是使君您想要的吗？茶饮之道既真又全，只有仙家才能了解啊。

皎然（约720—803），俗姓谢，字清昼。吴兴（今浙江湖州）人，自称谢灵运十世孙，杼山妙喜寺住持。从诗中可知"茶道"一词首见于皎然禅师笔下，并非所谓的"日文汉字"，只是被我们遗忘了一千多年。今天文化圈或政商界的朋友要选择茶室的书轴，"茶道皎然""精行俭德"也是不错的选项，因为这本是茶道的初心。当然不能只是随便挂挂就算，最好还能说一说上面的故事，念一念这两首诗。

七绝·与赵莒茶宴

〔唐〕钱起

竹下忘言对紫茶,全胜羽客醉流霞。
尘心洗尽兴难尽,一树蝉声片影斜。

【品注】钱起(约722—780),字仲文,吴兴(今浙江湖州)人。唐代宗大历年间翰林学士,作诗有急智之才,尤擅借景言情的赠别之作,与郎士元齐名,是当时的实力派诗人。士卿每逢出迁外放,若是没有钱、郎二人赠诗送别,算是一件很没面子的事。但钱起有点看不起郎士元,不屑与他并列。安史之乱后,钱起退隐蓝田,与王维时有交集。王维故去后,他便与逸士山僧为伴,醉心茶道。晚年的钱起少了一分恃才傲物,多了一分恬淡谦逊,多次投诗寄予郎士元。他在《夜宿灵台寺寄郎士元》中写道:"万里故人能尚尔,知君视听我心同。"

在陆羽、皎然等人的推动下,茶饮逐渐形成了雅正之风。文人的茶宴或茶会成为时尚,席间已看不到酒,却多了僧人的身影。也没有多余的高谈阔论,只是静静地品茗。这更像是以茶道为主题的一日禅修。炎炎夏日,数人静坐于竹林下,忘言而专注于茶的状态,进而专注于内心,胜过仙人饮露餐霞的修行。"紫茶"一般指紫笋茶,最早由陆羽品鉴后进贡皇室,依照《茶经》"紫者上,绿者次,笋者上,牙者次"的标准甄选。关于饮茶胜过修仙的说法,钱起还有另一首《过长孙宅与朗上人茶会》,言及"松乔若逢此,不复醉流霞",与此意类同。"松",赤松子;"乔",王子乔,都是传说中的仙人。诗中戏称如果他们有幸参加茶会,估计不会再沉醉于餐霞修仙了。洗尽尘心,唤醒禅心,茶心却未尽。树上嘶鸣不已的知了也不能打扰雅兴,因为这"蝉声"与"禅声"并没有什么不同,众人继续饮茶直至片影疏斜,日薄西山。

　　修禅的茶人写一幅"不醉流霞"悬于中堂,想必是颇为有趣的,不解之人听了这典故会恍然大悟:原来是不醉流霞只醉茶。

古体·走笔谢孟谏议寄新茶

〔唐〕卢仝

日高丈五睡正浓,军将打门惊周公。
口传谏议送书信,白绢斜封三道印。
开缄宛见谏议面,手阅月团三百片。
闻道新年入山里,蛰虫惊动春风起。
天子须尝阳羡茶,百草不敢先开花。
仁风暗结珠蓓蕾,先春抽出黄金芽。
摘鲜焙芳旋封裹,至精至好且不奢。
至尊之余合王公,何事便到山人家。
柴门反关无俗客,纱帽笼头自煎吃。
碧云引风吹不断,白花浮光凝碗面。
一碗喉吻润,两碗破孤闷。
三碗搜枯肠,唯有文字五千卷。
四碗发轻汗,平生不平事,尽向毛孔散。
五碗肌骨清,六碗通仙灵。
七碗吃不得也,唯觉两腋习习清风生。
蓬莱山,在何处?
玉川子,乘此清风欲归去。
山上群仙司下土,地位清高隔风雨。

安得知百万亿苍生命,堕在巅崖受辛苦!
便为谏议问苍生,到头还得苏息否。

【品注】卢仝(约795—835),号玉川子,祖籍范阳(今河北涿州),著有《茶谱》一书,世称"茶仙"。他一生不仕,性癖孤冷,隐居山林,只与韩愈、贾岛等少数文人友善。唐文宗"甘露之变"时,他偶然到宰相王涯府中访友,夜宿相府无辜被捕,后被宦官杀害。此后宦官专权一直到朱温灭唐,所以卢仝这个"罪人"的诗书难以广泛流传。另外,卢仝长期生活在民间,他的诗句里常有讽刺权贵、同情民生的意味。诗题中送茶的孟谏议,即孟简,唐宪宗时的贤臣,元和六年(811)因直谏外放常州刺史,有治水之功。这三百片月团是孟简任常州刺史之时从贡品中匀出来给卢仝的"口粮"。孟简治水于常州百姓虽有五代之益,赠茶卢仝于中外茶界更有百世之功,激发出"茶仙"如此瑰丽之奇文。

前六句直叙诗题,"日高丈五"大约是辰时,即7点到9点之间,诗人还在熟睡,被军士的拍门声惊醒。门童传话是孟谏议差人送来书信,还有月团形制的阳羡茶三百片,用白绫包裹,朱漆三道封缄。卢仝开门迎客,见字如面,感激涕零。接下来14句说的是春茶的采摘时节在惊蛰之初、百花未开之时,趁新鲜摘下金黄的茶芽,马上烘焙封装,进呈天子王公。皇帝要尝新茶,百花不敢先开;剩余的贡品应该献给权臣贵戚,哪里就轮到我这山野村夫了?以一副受宠若惊的样子反讽权贵。讽刺归讽刺,看到好茶管不了这么多了,关门掩扉,见客时戴的纱帽都来不及摘下,只顾埋头煎茶。只见茶汤如碧云重重,风吹不散。茶沫似白花浮水,满溢碗面。后面这七碗茶,碗碗引人入胜,饮出了大唐的豪情,饮出了诗国的清灵，更饮出了一个茶仙，直欲乘风归去。卢仝是仙去了，但他还挂念着天下苍生，尤其是在峭壁春寒中命悬一线的茶农，最后发出了一声悲天悯人的呐喊。如果说茶商多供奉陆羽，念其恩德泽被千秋，那么茶农则更应供奉卢仝，感其慈悲代言万世。

有唐一代，卢仝的茶名被笼罩在陆羽的翼下，更在身故后湮没了几百年。然而在日本遣唐使的传播和歌颂下，他的茶书被奉为与《茶经》同样重要的经典。日本茶人将其与陆羽并列供奉。到了明治时期，继承发扬黄檗宗隐元禅师煎茶之风的青湾茶会更是借用卢仝的"七碗茶诗"来命名七个茶席仪轨，一曰喉润，二曰破闷，三曰搜肠，四曰发汗，五曰肌清，六曰通仙，七曰风生。依茶席不同风格或低悬素琴挂画，或陈设檀几插花、古鼎香炉，案头布置老砚旧笔、宋盏明瓷。茶主装扮或儒生或渔樵，或神道或缁衣，七个茶席依次饮毕，真如成仙一般。

七律·夜闻贾常州崔湖州茶山境会想羡欢宴因寄此诗
〔唐〕白居易

遥闻境会茶山夜，珠翠歌钟俱绕身。
盘下中分两州界，灯前合作一家春。
青娥递舞应争妙，紫笋齐尝各斗新。
自叹花时北窗下，蒲黄酒对病眠人。

【品注】白居易（772—846），字乐天，号香山居士，下邽（今属陕西渭南）人。有唐一代其诗名虽在李杜之下，不过他在汉文化圈的影响却是绝无仅有的，以苏东坡为代表的后世文人对其林泉雅致赞叹不已，对其清寂乐天的精神亦步亦趋；以日本为代表的邻国更是对其闲适侘寂一往情深，令人如痴如醉的大概是其人如茶一般的品性。陆羽《茶经》中论及江浙产地之时说"浙西以湖州上，常州次……苏州又下"，从此湖州长兴的紫笋茶名扬天下，贡茶数量益增，与之相邻的常州阳羡（今属无锡宜兴）也开始种植和进贡紫笋茶。故而每年莺飞草长之时，湖州刺史、常州刺史都会在两州之间的顾渚山境会亭举办茶宴，称为"茶山境会"，品鉴茶叶的优良等级以备朝贡。白居易时任苏州刺史卧病在家，晚间收到两州刺史的邀请，却无法成行，感叹之余唏嘘成诗，遥寄茶宴。蒲黄，中药名，能活血散瘀，可制成药酒服用。白乐天之病虽是坏事，却是病出了一首好诗，更引得后世好茶之人身心向往。据说茶山境会的准备工作从清晨就开始，天将欲晓，茶农分别从两地茶园采取新鲜的紫笋茶，送达境会亭。随后有专人烘干捣碎，压制成团。夕阳西下之时，茶宴正式开始。钟鼓齐鸣，歌舞助兴。境会亭所处之地本是两州边界，品试的茶叶分别置于盘中传递给名流茶客。灯下观瞧，这边是湖州的极品春色，那边是常州的惊蛰珍鲜，或卷曲或丰腴，或条达或肌健，如浮云出岫，如快风拂水，难分高下。席间伴舞的青衣水袖，分擅绝妙。"遰"音"递"，此处指舞姿高远缥缈之状。即刻煎好的紫笋茶汤，各有新香。在想象茶会的种种美好后，白居易感叹道：在这春花烂漫之时，我却只能蜷缩在北窗之下，饮罢药酒卧床一声轻叹。这声轻叹引来了好友刘禹锡的慰藉，他调侃说酒是药的伴侣，茶与诗才是真爱。（"诗情茶助爽，药力酒能宣。"《酬乐天闲卧见寄》）。

按白乐天年谱所记，唐敬宗宝历元年（825）五月白氏任苏州刺史，次年二月落马伤足，卧床休养一个多月方才痊愈，所以错过了这次茶宴。第三年春，文宗征为秘书监回到长安。这一次错过便是一生，此后他再也没能踏足顾渚山。每每念及此诗，唯有一声叹息。若是有人能恢复茶山境会，于早春二月比试品鉴太湖春色，当先敬茶圣陆羽三盏，次敬茶仙卢仝七碗，再敬诗王白居易五瓯，以慰先贤。

五律·茶中杂咏·茶瓯

〔唐〕皮日休

邢客与越人，皆能造兹器。
圆似月魂堕，轻如云魄起。
枣花势旋眼，蘋沫香沾齿。
松下时一看，支公亦如此。

【品注】皮日休（约838—883），字袭美，一字逸少，号鹿门子，襄阳竟陵（今湖北天门）人。皮日休与陆龟蒙齐名，二人惺惺相惜，颇多唱和，世称"皮陆"。他一生怀才不遇，唐末参加黄巢起义，后不知所终。皮日休的诗作中有不少怀古题材，多以史为鉴，讽喻唐末的腐败和混乱；也有一些类似杜甫风格的乐府诗"哀民生之多艰"，故而鲁迅先生说他是"一塌糊涂的泥塘里的光彩和锋芒"。不过，袭美先生参加农民起义只是被裹挟其中。他最大的痛苦在于，他所秉承的"民为贵君为轻"的思想既无法被唐朝统治者接受，也不能见容于盐商出身的黄巢。他最大的乐趣在于，与陆龟蒙畅游吴山越水，沉醉于渔樵耕读之间。在唐末的夜幕中，如一道温暖余晖而非耀眼的闪电。他奉和陆龟蒙的15首渔具诗，既是研究唐代渔业、渔乐的珍贵资料，也隐约透出诗人高洁的志向。陆龟蒙唱和他的10首茶诗，也是如此，内容涉及茶坞、茶舍、茶人、茶籝、茶笋、

茶焙、茶灶、茶鼎、煮茶、茶瓯十项。

这首诗写茶瓯的内容,也可以证明晚唐茶瓯并非专指瓯窑之器,北方的邢窑和南方的越窑都有烧造。这是一种饮茶专用的小碗,圆口或花口,一般配有盏托。中唐至晚唐,邢窑出产的精细透影白瓷,隔着碗壁可观察到茶汤的颜色。而越窑的青瓷更是得到陆羽的推崇,认为其质地、色泽更胜邢窑白瓷。陆龟蒙有名句"九秋风露越窑开,夺得千峰翠色来",说的是越窑宛若天成之色。徐寅《贡余秘色茶盏》诗云"巧剜明月染春水,轻旋薄冰盛绿云",更是说明越窑的轻薄透亮,将茶色衬托得绝美,而且这还是御供挑选剩下的。皮日休在此诗中以"月魂堕""云魄起"来形容茶瓯,意境更胜,更是绝美,有点睛之妙。"枣花势旋眼,蘋沫香沾齿"是茶汤乳花在茶瓯中的呈现。枣花,如枣树的花细碎多蕊,其色青白,形容茶乳在越瓷中呈现出的状貌;蘋沫,如水萍间浮沫,其色白黄,比喻邢窑茶器中的汤色。在松下饮茶不时欣赏着茶盏,想必当年支公也是如此啊。支公,即魏晋名士支道林,善玄谈通佛理,曾养马弄鹤,只爱其神而不拘于形。在一番赞叹溢美之后,结尾两句拔高了格调:我虽爱此茶瓯的精妙,却如支公一样并不耽于物欲啊。

此情此景,陆龟蒙也盛赞茶瓯质地胜过珪璧,色泽好似烟岚,更拿顶级和田玉做比较,恐怕于阗国君也没见识过。他唱和道:

昔人谢堩埏,徒为妍词饰。

岂如珪璧姿,又有烟岚色。

光参筠席上,韵雅金罍侧。

直使于阗君,从来未尝识。

五律·奉和袭美茶具十咏·茶籝

〔唐〕陆龟蒙

金刀劈翠筠,织似波文斜。

制作自野老,携持伴山娃。

昨日斗烟粒,今朝贮绿华。

争歌调笑曲,日暮方还家。

【品注】陆龟蒙,字鲁望,号天随子、江湖散人、甫里先生,长洲人。生年不详,卒于唐僖宗广明二年(公元881年)。陆龟蒙早年屡试不第遂归田园,开荒于松江甫里种稻,辟园于顾渚山下栽茶,泛舟于太湖汊湾垂钓。不同于卧龙先生躬耕南阳,审时而飞;也不同于靖节先生采菊东篱,以醉怡情,陆龟蒙将自己彻彻底底变成了渔翁、耕夫、茶农,这些文人士大夫不屑一顾的职业。除了在劳动中浸淫出的渔诗和茶诗外,甫里先生还写了一本《茶书》,惜已失传,其中想必有第一手的经验之谈,特别是陆羽《茶经》中没有涉及的内容和实践。

茶籝,竹编的篮筐,"籝"音"赢",原指茶农采茶的工具,后世逐渐演变为文人盛放茶叶和茶具的竹箱。读着这首诗,茶籝的制作和使用的画面鲜活地蹦了出来,锋利的刀剖出青色的篾条,编织出斜波纹。为什么不是直纹的呢?直纹较密一般用在竹盒等器具,采茶的茶籝则需要斜编,交叉处形成小孔,便于透气。制作茶籝的一般是老人,砍竹、破竹、开片、剖篾、定型、封边、锁口、编织等十几道工序要做得精妙,少不得十年功夫,除了技艺的纯熟更要耐得住寂寞,一件茶籝才能在布满老茧的双手中变幻出来。而使用茶籝的往往是山中采茶的少女,背着茶筐三五成群地在云山雾罩中时隐时现。指尖不时掐下还凝着烟雾的茶粒，不一会儿筐中铺满了鲜绿的精华。她们比试着，嬉戏着，唱着乐府的《调笑曲》，直到夜幕降临才尽兴而归。这哪是劳作的山娃，分明是茶山仙境中的金童玉女。这首唱和之作，从浅近生趣方面胜过皮日休的原作，但皮诗的好处是你总能品出一些超尘脱俗的道理，例如下文中的"满此是生涯，黄金何足数"。所谓"李杜""小李杜"都是后人凑合的，并无太多交集。反观"皮陆"，志趣相投，一个至理，一个至情，皮陆顾渚一相逢，便胜却唐人无数。皮日休在《茶籯》中写道：

筤筹晓携去，蓦个山桑坞。
开时送紫茗，负处沾清露。
歇把傍云泉，归将挂烟树。
满此是生涯，黄金何足数。

七绝·烹北苑茶有怀

〔宋〕林逋

石碾轻飞瑟瑟尘，乳花烹出建溪春。
世间绝品应难识，闲对茶经忆故人。

【品注】 林逋隐居西湖孤山，终身不仕不娶，自谓"以梅为妻，以鹤为子"，世人雅称"梅妻鹤子"。历史上的隐士大多闪现在王朝末期的昏暗中，又或是政权更迭之际的哀声里，像和靖先生这样盛世归隐的是少之又少，从未希求功名，完全是一种自觉的需要，所以我们在他的诗中看不到半点愤世嫉俗的况味，只有自得其乐的闲适。

建茶产于建州建安，也就是今天的福建建瓯。建安县以东 25 里凤凰山一带所产北苑茶更是建茶中的上品。五代十国之时，闽国已经设立北苑御茶园，南唐攻灭闽国后在此设北苑使，管理贡茶的采收和制作。北宋统一后，宋太宗于太平兴国二年（公元 977）遣使制作团茶进贡，模压龙凤之形，后袭其制。和靖先生自然是茶的知音，所以才知道石碾与茶叶律动的瑟瑟之声，碾到极细时两侧会飞出茶尘。他也深知北苑茶的妙处，点出一盏细腻如膏的乳花，满溢着建溪的春色。然而这世间的绝品难觅知音，只能闲对《茶经》追忆故人，向陆羽说说建茶的绝妙了。陆羽对福建的茶不太了解，《茶经》说"福建泉、韶、象十一州未详，往往得其味极佳"，故诗中有此一说。最后一句，《四库全书》作"闲对茶经忆故人"。通行版本作"闲对茶经忆古人"，以为陆羽之于林逋乃是古人而非故人，虽合乎逻辑却有违诗意。林逋以陆羽为茶中知己，正是故人。"世间绝品应难识"，字面上说的是北苑茶，和靖先生又何尝不是这样的绝品之人呢。古之隐者在当世难得知音，多是讥讽，少数同情，所以他是孤独的。好在他可以在古书中找到知音，后世也会有知己，所以他并不寂寞。

七律·依韵答杜相公宠示之作

〔宋〕欧阳修

醉翁丰乐一闲身，憔悴今来汴水滨。
每听鸟声知改节，因吹柳絮惜残春。
平生未省降诗敌，到处何尝诉酒巡。
壮志销磨都已尽，看花翻作饮茶人。

【品注】欧阳修（1007—1072），字永叔，号醉翁，晚号六一居士，吉州人（今江西吉安）。唐宋八大家之中苏洵、苏轼、苏辙、王安石、曾巩五人都受到过他的提携赞赏，可以算作欧阳修的门生，永叔是为开一代风雅之宗师。杜相公，即杜衍，庆历四年（1044）拜相，因支持范仲淹的庆历新政与欧阳修一道被贬谪外放。这一贬，贬出了欧阳修名垂千古的《醉翁亭记》和《丰乐亭记》。皇祐年间宋仁宗将欧阳修召回汴京任翰林学士，负责编修《新唐书》。这个在滁州纵情山水间的闲人，如今一身憔悴来到汴水之滨。每闻杜宇啼遍、布谷声声便知季节更替，因见柳絮纷飞、杨花飘零，叹息春残迟暮，令人感伤。"改节"二字或有深意，欧阳修三度被贬，却不随境转，未改清节，乐观豁达的心态无疑给弟子门生做出了表率。颈联说平生诗词文章总想高人一筹，宴乐酒巡中未尝停杯，"诉"，此处意为辞酒声明，例如三巡后罢饮。如今壮志消磨殆尽，不复少年风流。赏花之时已是无酒有茶。垂暮的欧阳永叔不再是当年的醉翁，只是个茶客罢了，他在《次韵再作》中道出心境："吾年向老世味薄，所好未衰惟饮茶。"永叔青年之时纵情宴乐，晚年醒悟抛却酒杯，茶盏在握，老而弥雅。明代袁宏道在《瓶史》中说赏花之时品茗为上，聚谈次之，饮酒为下，便是对此句最好的注释。

五言古诗 · 茶诗十首采茶第四

〔宋〕蔡襄

春衫逐红旗，散入青林下。

阴崖喜先至，新苗渐盈把。

竟携筠笼归，更带山云泻。

【品注】 蔡襄（1012—1067），字君谟，兴化军仙游（今福建仙游）人，在当时是与苏轼齐名的学士，也是书法"宋四家"之一。他出任福建路转运使之时始作小团茶进贡，以其精益求精的吏治和绝妙的文辞，将北苑茶推至历史巅峰。蔡襄著有《茶录》一卷，更有咏北苑茶10首，俱为六句五言古诗，是研究当时北苑茶制作流程的珍贵资料。对一般读者而言，这10首诗更像一部记录片，以远景动画和近景图片的形式交替呈现。第一首《出东门向北苑路》，从建安县城东门出发往北苑行进，一路上建溪的风光和远处的山色依次展开，背景音乐是溪声和鸟鸣。第二首《北苑》，走到山前，岭如双臂，怀抱北苑，绿树成荫，清泉淙淙，令人忘俗。第三首《茶垄》，登上岭头，俯瞰茶垄，造物眷顾，人力护持，茶树长势喜人。《采茶》是第四首。督茶官手擎红旗，茶农统一穿着春衫紧跟其后入林采茶，这大概是蔡襄首创的标识，更便于茶官监管。茶农争先到阴崖采茶，此处与陆羽《茶经》中"阴山坡谷者不堪采"的说法刚好相反。考其原因，其一北宋贡茶以色白为佳，阴崖日照较少生长较慢，茶芽白嫩。其二建州较湖州纬度低且日照充足，茶树多为岩生小乔木，背阴之处的茶芽也没有阴寒郁结之患。这极品龙茶的原料产量极低，采了半天也不过是盈把而已。茶农携篮而归时，带回的不单单是茶芽，还带回了山色云气。

第五首《造茶》说的是采回的茶争分夺秒地筛选、入模，形如满月；龙形图案蛰伏欲动，焙出的茶的香味和色泽恰到好处。第六首《试茶》使用兔毫盏与建茶相得益彰，取用当地的甘泉，煮到蟹眼初沸，碾茶、细筛、点茶、击拂，看到如雪似云的茶沫，"愿尔池中波，去作人间雨"，不单希望龙颜大悦，更希望如此妙味能

够普惠天下。第七首《御井》让我们了解好水的出处,御井平日上锁,有着严格的取用制度。第八首《龙塘》、第九首《凤池》分别描写北苑凤凰山附近两处水质颇佳的水源。第十首《修贡亭》,是监茶官将制成的御茶交付驿丞的地方,之后便快递进京,诗中记录了穿朝服、净手、函封等极有仪式感的进呈御贡的程序。

看完这部北苑茶的纪录片,我们不禁感到这极品贡茶并非浪得虚名,真是凝聚天时地利人和的天宝物华,更与蔡襄的严谨是分不开的。欧阳修曾跟苏东坡说,他可以理解丁谓这类善于钻营之人精心制作贡茶的目的,但想不到蔡君谟也会这样做。细细看完蔡襄的《茶录》和茶诗,可以发现他是将所谓茶事末流当作学问文章一般一丝不苟,这是同时代的清高文人所不齿的。至于说蔡襄开启了宋代贡茶奢靡之风,更是偏颇。仁宗之时,龙凤小团每年进贡的数量只有十斤,其首要目的在于供佛、敬神、祭祀宗庙,所以制作包装精美一些本无伤大雅。另外蔡襄在《茶录》中如实记录皇家使用的各类精美茶具时,已另外说明民间应该使用朴实适宜的茶具,不应跟风。倒是澶渊之盟后,北宋君臣民众都沉醉在一派和平繁荣之中。宋代重文轻武,高薪养士,是中国历史上最尊重和优待文人的朝代。在这种宽松的政治和经济环境下,文人士大夫醉心于斗茶品鉴的雅乐则是茶道发展的大势所趋,虽不值得今人泥古照抄,却是历史的一面镜子,值得好好端详。

由于富弼、欧阳修、苏东坡等人的讥讽,再加上孙子蔡京的恶名,蔡襄所做的那些值得称道的事大都被时人淡忘了。明代董其昌倒是有几句鸣不平之语,说蔡襄所作所为是点缀太平世界的清雅之事。更为有趣的是,他以东坡书体抄写了《茶录》一卷,代坡翁向蔡襄道歉。其实大可不必,因为苏门学士赏玩称颂团茶的众多诗词,已是对蔡君谟最好的怀念和礼赞。

古体·试院煎茶

〔宋〕苏轼

蟹眼已过鱼眼生,飕飕欲作松风鸣。蒙茸出磨细珠落,眩转绕瓯飞雪轻。银瓶泻汤夸第二,未识古人煎水意。

君不见,昔时李生好客手自煎,贵从活火发新泉。又不见,今时潞公煎茶学西蜀,定州花瓷琢红玉。我今贫病长苦饥,分无玉碗捧蛾眉。且学公家作茗饮,砖炉石铫行相随。不用撑肠挂腹文字五千卷,但愿一瓯常及睡足日高时。

【品注】熙宁四年(1071),时年35岁的苏轼上书神宗反对王安石的科举改革,随后经常被御史以莫须有的问题弹劾,苏轼不堪其扰自请外放,于是被派到西子湖畔担任通判,这相当于太守的副职,同时也担负监督太守的职责,总的来说是个没有实权的闲职。不过,东坡先生的到来是杭州的福音,杭州也是东坡先生诗词创作的福地。第二年杭州乡试,苏轼担任监官,一边监考,一边煎茶;一边饮茶,一边吟诗。如此风雅的考官无疑可以令应试举子放松心态,但于此煎茶赋诗却非有些雅量器识才行,不然御史风闻弹劾"罔顾朝纲、本末倒置"之罪就不好收场了。所以后世延续风雅的大概只有像清代阮元这样的宿儒,于珠江药洲试院依东坡原韵作《试院煎茶》。不过他用的是龙井茶,也只是煮水泡茶而非宋代的煎茶。

前四句写煮水和研茶。自唐以来煎茶用水和火候已形成定例。容器底部微微冒泡如"蟹眼"是初沸,出现连续的"鱼眼"是二沸，水面如波涛翻滚的是三沸，三沸一过水就已经老了，不堪饮用。唐代煮茶一沸加盐，二沸投茶，三沸离火，趁热饮用。宋代则以二沸之水最宜点茶，但宋代改用小口瓶煮水，不易观察，东坡先生怕人们分不清"蟹眼"和"鱼眼"的区别，补充解释说"鱼眼"出现之时，水声飕飕像松风吹拂。南宋人李南金诗中对三沸的声音描述更形象，初沸声如"砌虫唧唧"，砖缝中隐约的虫声；二沸如"万蝉催"，蝉声齐鸣；三沸时如"千车捆载来"，车轮辚辚的车队经过的声音。读者可用炭火小壶煮水验证，声音确实如此，而电水壶升温过快，三沸声音不太明显。"蒙茸"，细蒙蒙毛茸茸的样子，说明茶已经碾得极细，周围溅落了细密的颗粒。点茶时一边旋动击拂茶汤，一边注水，飞出轻盈的雪花。"银瓶泻汤夸第二，未识古人煎水意"一句，宋代注水瓶以金为上，银为次。另外点茶时瓶中第一道汤倒掉，取第二道汤点茶。但东坡先生认为这种注水击拂，搅匀茶沫的方式，没有理解唐人的意境。按陆羽《茶经》中茶沫在注水时自然形成，是茶汤的精华，如同米汤面上的米油、豆浆面上的豆皮。茶沫轻盈的像池塘漂浮的枣花、曲水初生的青萍；稍厚的如丛生的水金钱，又如菊英纷落；最厚的如积雪皤然。这各具美感的茶沫，为什么要去搅动呢？后两句"君不见"说的是唐代李约首倡的"活火煎活水"的方法，"活火"是有焰无烟的炭火，"活水"是缓缓流动的泉水或溪水。"又不见"之句是文彦博效仿川人煎茶用定州花瓷的故事。定州花瓷即定窑的暗刻花瓷器，"琢红玉"估计指"粉定暗刻花"这一品种。东坡先生接着说：我如今长在病中口苦腹饥，更无美人捧着玉碗分茶。姑且学着官家饮茶的样子，让随从带着砖炉石铫就地煮茶。不用像卢仝喝到第三碗搜出满腹五千卷文字，只愿睡到日上三竿之时有一瓯茶足矣。

随着东坡先生的诗名、茶名远播,他是走到哪儿喝到哪儿,根本无须"砖炉石铫行相随",在杭州结识的歌姬朝云后来成为他的侍妾,无论流放黄州、惠州,常伴左右,唱曲奉茶,"分有玉碗捧蛾眉",也算是一段风流佳话。

满庭芳·茶
〔宋〕黄庭坚

北苑春风,方圭圆璧,万里名动京关。碎身粉骨,功合上凌烟。尊俎风流战胜,降春睡、开拓愁边。纤纤捧,研膏溅乳,金缕鹧鸪斑。

相如,虽病渴,一觞一咏,宾有群贤。便扶起灯前,醉玉颓山。搜搅胸中万卷,还倾动、三峡词源。归来晚,文君未寐,相对小窗前。

【品注】作为苏门学士之首,黄山谷的雄奇深幽是其他人无法比拟的,实际上他的诗词创作思路和风格与东坡先生迥异,精神相通而已。如同这首词,将北苑茶比作一位驰骋沙场的将军,杯酒盏茶释去豪情,纵情吟咏,醉倒温柔。读来荡气回肠,且叹且赞。

方形的玉圭和圆形的玉璧自周代以来便是祭祀的礼器,《周礼》曰:"以玉作六器,以礼天地四方,以苍璧礼天,以黄琮礼地,以青圭礼东方,以赤璋礼南方,以白琥礼西方,以玄璜礼北方。"方圭圆璧后来也成为身份的象征,北苑的贡茶虽然称为团茶,但形制也有方形的、菱形的和花形的。北苑的茶将军驰骋万里,名动京师。碾压成末,粉身碎骨,应该被供奉在凌烟阁。凌烟阁是唐太宗为表彰开国功臣所建阁楼,其中供奉有魏征、房玄龄、尉迟恭等人。一杯小小的茶如何能与这些功臣并列?且听我道来,茶

的风雅在宴会中战胜了酒肉，一举降服春睡的叛乱，开拓并安定了愁苦的边疆，难道不是鞠躬尽瘁的功臣吗？茶的骨灰正合以纤纤玉手小心捧着，点注出膏乳，盛放在口沿镶金的鹧鸪斑建盏中，让人膜拜。黄鲁直一本正经戏说的功夫也令人膜拜。下阕画风一转，茶神化身为司马相如，虽然病渴，喝一杯酒吟一首诗，坐中群贤毕至，莫能争先。扶着宫灯摇摇晃晃站起来，醉态如玉山倾颓，收罗搅动胸中万卷经典，涌动的三峡诗词将要喷薄而出。归家时辰已晚，文君还没歇息，站立小窗边痴痴地等候着……之后的剧情如何发展呢？你说如何？相如都醉成这样了，难道还能你侬我侬？当然是文君煎茶给夫君解酒了。

　　黄庭坚（1045—1105），字鲁直，号山谷道人、涪翁，洪州分宁（江西九江修水）人。他一生宦途坎坷，先是因苏轼的"乌台诗案"牵连被贬，后因修"神宗实录"被目为元祐党人流放南疆。黄鲁直的这首词妙就妙在让人分不清他是借茶讽世还是溢美于茶。贪嗜贡茶的权贵看了拍手称赞，清简遗世的寒儒看了舒展眉头。词作的背景是北苑茶的进贡愈演愈烈，哲宗时增至一万多斤，徽宗朝岁贡四万多斤，民众不堪其苦。黄庭坚是爱茶的，他也爱北苑茶，但他爱的不是盛世之下被名利裹挟的北苑贡茶，而是"相对小窗前"，文君递上的一碗茶，无论它叫什么名字。这首戏说北苑茶还有一个雅正的版本，词句典雅缱绻，正写北苑茶的趣味和意境，据说是黄鲁直早年之作，也有人认为是秦少游的手笔："北苑龙团，江南鹰爪，万里名动京关。碾深罗细，琼蕊暖生烟。一种风流气味，如甘露、不染尘凡。吟绝倒，一觞一咏，潇洒寄高闲。松月下，竹风间，试想为襟抱。玉关遥指，万里天衢杳。笔阵扫秋风，泻珠玑、琅琅皎皎。卧龙智略，三诏佐升平，烟塞事，玉堂心,频把菱花照。"

五律·他乡

〔宋〕张耒

春寒客古寺,草草过莺花。
小榼供朝酒,温炉煮夜茶。
柏庭鸣晓吹,楼角丽朝霞。
莫叹萍蓬迹,心安即是家。

【品注】张耒(1054—1114),字文潜,号柯山,人称宛丘先生、张右史,亳州谯县(今安徽亳州市)人。他是苏门四学士中年纪最小的,17岁时就以文章闻名,先得苏辙厚爱。苏轼访弟于陈州,对其青眼有加,遂跟随东坡先生到杭州受教。元祐元年(1086)太学学士考试,他与黄庭坚、晁补之从两千多人中脱颖而出,拔擢授官。元祐三年(1089),秦观也被召至京城,任太学博士,苏门四人得以欢聚,诗茶共欢,把臂同游。后来新党得势,张耒虽然被贬仍不改清节,始终以苏门弟子自居。

建中靖国元年(1101),坡翁从海南放还卒于半道。张耒时为颍州太守,披麻引柩,哀服恸哭。徽宗怒其擅自为罪臣治丧,贬为房州别驾,黄州安置。按规定张耒不得住在府院官舍,只能自寻住处并定期汇报思想。此时张文潜在春寒料峭中,客居古寺,看着草长莺飞的繁华匆匆而过,清晨供一碗小酒,悼念恩师;晚间煮一壶清茶,寄托相思。庭中柏树森森,晓风呜呜,楼角飞檐绚丽,朝霞掩映,音容宛在。何必哀叹人生如浮萍飞蓬漂泊不定,心安放于何处,何处便是家乡。当世人唯恐避之不及与苏轼撇清关系时,张文潜依然故我,但求问心无愧。所以他的流离生活并不需要借酒浇愁,因他有茶可以解忧,有茶可以安心。这也是一个茶人值得尊敬的地方。

七绝·三日雪后饮烟雨馆

〔宋〕葛绍体

旅融残雪点团茶,碧净红鲜朵上花。
客散亭闲半湖水,月梳斜掠晚晴霞。

【品注】葛绍体,生卒籍贯历仕不详。察其两百多首存诗,与南宋画家赵伯骕有寄赠,另有数篇诗歌与抗金名臣叶适题赠同一上款人,应该是南渡文人。未曾出仕,主要游历在浙江一带,生逢高宗前后。他的诗风脱出江西诗派之窠臼,偏向田园山水一脉,却不像南宋田园诗主要吟咏种养之乐,格调平实质朴,饶有趣味。如《有感》吟道:"过了青梅杏子红,担头和雨卖匆匆。催人节物如流水,流到东头更向东。"

初三雪后放晴,在湖畔烟雨馆饮茶的景象,也是清新冰爽。"旅融"用字颇奇,意喻残雪与诗人皆如过客。雪霁云开,正好融残煮水,碾团点茶。融雪洗过枝叶,更显翠色;残霜消融花间,分外鲜红,这时傲霜斗雪的大概只有山茶花了吧,或许还有留心观赏它的过客。葛绍体有十多首诗吟咏烟雨馆四季景象,也许他就是"烟雨馆主人"。天色将晚,客人散去亭台空,低头闲看半湖碧水半湖冰,抬头只见弦月初升,如一把玉梳,浅浅斜斜地插上晚霞的云鬟。意境唯美如斯,堪为黄昏绝唱。

李太白说"古来圣贤皆寂寞,唯有饮者留其名",早先我是不大苟同的。若非有诗歌传世，他就算酒量再大，喝酒再快，哪怕是破了开元天宝纪录，后世恐怕也不会有人记得。若是将这"饮者"的范围扩大到爱茶之人那就差不多了。其实无论是酒名还是茶名最终留名的还是诗词文章，酒或茶不过是诗文之媒。酒这个媒人口才虽好，多少是有些高调浮夸的，还是茶这个说客能够平淡地娓娓道来，一如葛先生之风雅。倘若他不饮茶不作诗，千年之后我们也许不会知道南宋之间曾有这样一位雅士。

五律·幽居即事

〔宋〕陆游

小磑落雪花，修绠汲牛乳。
幽人作茶供，爽气生眉宇。
年来不把酒，杯榼委尘土。
卧石听松风，萧然老桑苎。

【品注】陆游（1125—1210），字务观，号放翁，越州山阴（今浙江绍兴）人。陆游被称为"伟大的爱国主义诗人"是极恰当的，尤其以豪放之情热爱他的"诗之国""茶之国""花之国""香之国"。如果有一天雅道能收复大好河山，我愿在祭奠时奉上一诗一茶一花一香告之慰之。在兵荒马乱的南宋初年，陆游能活到"没有朋友"的85岁简直是个奇迹。这得益于他晚年回到家乡绍兴，过着"消极"的隐居生活，"贱贫交易绝"。得益于诗书的浸淫，"百年穷达守书诗"，当然也得益于茶。

"磑"音"未"，意为石磨。"绠"音"耿"，即井绳。小小的石磨残留着雪花，长长的井绳汲上一桶乳泉。这户外的景象和茶席间碾碎的茶末击拂的乳花竟如此相似。幽居之人虽是独自饮茶，一样沿袭古法，心怀恭敬和感恩。几碗茶汤入口，清爽之气生于眉宇间。雄心老去，近年不曾饮酒，杯盏已满是尘埃。闲来卧于青石，侧听松风，空寂之情，很像是陆羽的晚年心境。陆羽晚号桑苎翁，隐居在绍兴剡溪，他或许想不到四百年后有一位陆氏子孙步其后尘，在此幽居，以茶为伴。

七绝·与刘景明晚步

〔宋〕杨万里

行尽南溪溪北涯，李花看了看桃花。

归来倦卧呼童子，旋煮山泉瀹建茶。

【品注】杨万里（1127—1206），字廷秀，号诚斋。吉州吉水（今江西吉水县）人。语句清新自然，朗朗上口，善用重字是"诚斋体"的特征之一，因其好以口语入诗，虽历经千年，今人读来不费吹灰之力却别有韵味。刘景明是诚斋先生好友，善狂草，喜画牛马，能得诚斋先生垂青，料非泛泛之辈，大概不愿名显于世罢了。二人饭后沿溪漫步，行到尽处涉溪游览北岸，走了一圈。夹岸李花绽放，桃红缤纷，远观近赏，意犹未尽。兴致中不觉，归来时竟有些疲倦。卧榻唤童子快去将山泉煮来，冲饮建茶，等不得慢慢研茶点花了。

一般认为，唐人煎茶，宋代点茶，明清瀹茶。"瀹"音"月"，有两个意思：一为煮，二为浸渍。诗中的"瀹建茶"通常被解释为煮建茶。但是诗人回到家，又倦又渴，急急命童子奉茶，如果再慢条斯理地研茶、煮茶、点茶、分茶显然与文义不合，此处的

"瀹"应该是煮山泉水以浸泡茶叶的意思。今天中国冲泡饮茶的方式从明代"废团改散"后开始流行世间。但一种生活方式并不可能"忽如一夜春风来",溯其根源,南宋之时已经出现了冲泡浸渍的饮茶方式,杨万里和陆游都是这样的先行者。南宋偏安,斗茶炫富的风气蔓延朝野,无论士人商贾,无端耗费了大量时间和金钱。一些文人不屑拘泥形式,渐渐发展出了这种清简实用的冲泡法。当然在南宋时期,这种饮茶法是小众的,也没有形成什么定式,一般是在没有太多时间情况下的方便之道。如陆游诗作《青溪道中行古松间因少留瀹茶而行》说的就是在路途中少留,没时间慢慢研茶、点花,冲泡饮取茶汤后就上路了。

五律·和葛天民呈吴韬仲韵赋其庭馆所有

〔宋〕叶绍翁

江远潮痕细,城回路势斜。
竹行穿砌笋,风堕过墙花。
篆叶虫留字,衔泥燕理家。
主人清到骨,相对只杯茶。

【品注】 叶绍翁,字嗣宗,号靖逸,龙泉(今浙江龙泉)人。生卒不详,大约在宋宁宗之时。他常年隐居钱塘西湖一带,与理学家真德秀过从甚密,和葛天民多有酬唱。从他隐逸的状态和"靖逸"的字号来看,说他的偶像是靖节先生及和靖先生大概是不错的。现存诗仅 55 首,各有妙处,无一滥竽之作。其中"春色满园关不住,一枝红杏出墙来"更是家喻户晓。

这首诗便是靖逸先生与葛天民应邀到吴韬仲家中游玩时的唱

和之作。首联写的是主人家在远离江岸的高处，回望钱江，澎湃的浪潮像是细微的皱痕。也能看见临安的来路曲折迂回，通向山岗。颔联和颈联都是精雕细琢的文字，道出主人家的清雅之境。"竹行"用字既奇且妙，竹子本身并不会走，这是行人主观视角造成的错觉。一路行来竹子丛生，粗细高矮相仿，不时从砌砖缝间冒出的一两尖竹笋作为参照物，更加深了这种错觉。"风堕过墙花"也有相似的妙处，风吹过墙头后顺势下坠，造成了似乎花瓣被从墙后抛过撒落的感觉。庭院清幽，似乎了无人迹。叶子上有虫儿爬过的痕迹，如同篆字笔迹。堂中燕子衔泥，好像在打理家园。"留""理"二字最妙，虫儿燕儿都变成了清雅的主人。那么真正的主人身在何处？在做何事？他才是此处最清的人，清雅到了骨头里，与宾客相对只有一杯清茶。全诗句句或浮动，或灵动，或妙动，反而生出一股清幽雅致的静。

　　这种"清到骨"的风雅，大概源于东坡先生。有一次刘贡父下帖请他吃"皛饭"（"皛"音"小"，皎洁），他兴冲冲赴宴却见席上只有一碟白盐、一碟白萝卜和一碗白饭，才知道是刘贡父的雅谑。几日后苏东坡也派帖回请刘贡父"毳饭"（"毳"音"翠"，细毛），刘贡父百思不得其解，东坡这个老饕请吃饭估计是特别的食材吧？于是欣然前往。到了饭点苏轼只是一杯接一杯地劝茶，完全没有开席的意思。饥肠辘辘的刘贡父不禁问道："您这毳饭在哪儿？"东坡认真地说："盐也毛，菜也毛，饭也毛，是谓毳饭。"（蜀音"毛"同"无"）二人哈哈大笑，于是继续喝茶。

解佩令·茶无绝品

〔金〕王哲

茶无绝品,至真为上。相邀命、贵宾来往。盏热瓶煎,水沸时、云翻雪浪。轻轻吸、气清神爽。

卢仝七碗,吃来舒畅。知滋味、赵州和尚。解佩新词,王害风、新成同唱。月明中、四人分朗。

【品注】这首词的作者虽名不见经传,却开宗明义提出"茶无绝品,至真为上",这不是一般人能悟到的。尤其是如今各地争夸御号,自矜贡品的热潮中,如一瀑清凉当头浇下,豁然开朗。其实只需一片清净真心,无有散乱,无有挂碍,所制之茶,所泡之茶,便是上品,却不在品种之珍稀、包装之精良。茶逢知己乃人生幸事,有贵宾佳客往来,亲手煎茶,云翻雪浪。轻轻吸饮,神清气爽。茶仙卢仝,七碗茶吃得畅快,赵州和尚,一味茶吃得通透。王害风新填了词,与之同唱。穿越古今月下四人分茶同饮,岂不快哉!或许有人要问这不是才三个人吗?还有一个正是月中仙啊。

王害风,何许人也?其人姓王名嚞(1113—1170),字知明,金天眷元年(1138)高中武举人,但未获任用,遂自号重阳子,筑"活死人"墓为居。以"害风"即疯子自称,也就是大名鼎鼎的全真派祖师王重阳。诗人王哲,何许人也? 王哲即是王嚞。"嚞"古通"哲",后人不察,以一为二,王哲遂成无名诗人。王哲自叙词云"这王哲知明,见菊花坚操。便将重阳子为号"也是一个明证。遍读王哲所存诗词,或言儒理,或阐禅机,或含道法,正合重阳真人所倡"儒门释户道相同,三教从来一祖风",

而"茶无绝品,至真为上"也是他体味至真、融通三教得出的茶道真谛。

偈颂·一百零二首(之一)
〔宋〕释绍昙

高不高肤寸,低不低太华。
深不深蹄涔,浅不浅溟渤。
法华高低深浅,瞒诸人一点不得。
诸人高低深浅,亦瞒法华一点不得。
尽情画断,更莫论量。
缀钵饭抄云子白,晴瓯茶泛雪花香。

【品注】释绍昙,字希叟。南宋至元初时僧人。先后在浙江奉化佛陇禅寺、雪窦资圣禅寺、瑞岩山开善禅寺以及苏州的法华禅寺修行,元成宗大德元年(1297)圆寂。现存偈颂、诗歌近900首。他继承了临济宗大开大阖的宗风,单刀直入,风趣生动,破愚生智。诗歌赞颂的对象除了中国历代祖师、诗僧之外,还礼赞日本遣唐使最澄上人以及日本净土宗高僧法然上人。门下颇有日本弟子参习,如白云晓禅师、慈源禅师、玄志禅师、景用禅师、光禅师等等,归国后在京都东福寺等寺院弘法。

"肤寸"为古代计量单位,一指宽为一寸,四指宽为一肤,"肤寸"形容掌上之物。"太华",太华山,即西岳华山。"涔"音"岑","蹄涔",蹄印中的积水。"溟渤",溟海和渤海。"法华",为《妙法莲华经》之略。"缀钵",修补过的钵。"云子",围棋子,佳者产自云南,故名。"晴瓯",青白釉的茶碗。前四句以细小肤寸对巍峨大山,微小水洼对辽阔大海，犹言"须弥藏芥子，芥子藏须弥"，诸人之心对比法华奥义亦是如此，大小只是相对，人心可藏法华，法华可纳人心，故而相互都瞒不得。只须依着自性了断，切莫费心思量。破钵盛饭白如云子，晴瓯点茶香似雪花，俱是妙法莲华。

六言·即景四首（之一）
〔明〕杨基

长眉短眉柳叶，深色浅色桃花。
小桥小店沽酒，新火新烟煮茶。

【品注】杨基（1326—1378），字孟载，号眉庵，原籍嘉州（今四川乐山），后随父迁居吴中（今江苏苏州）。元末"吴中四杰"之一，曾入张士诚幕府，后为朱元璋所用，晚景凄凉。其诗清新隽永，有诚斋风度。

这首六言诗，句句用两个重字，既对仗严谨又不失活泼，还增加了音律感，雅致脱俗，在众多春游即景诗作中别出新韵。长眉短眉、深色浅色既是写景又是写人，春花烂漫，欢歌笑语，宛然眼前。小桥边，小店前，卖酒的，买醉的，都是快活的，因一个"小"字，便不觉熙攘局促。寒食之后，新火新烟，煮的是新水新茶，整个场景都被春天洗涤一新，人也新活了起来。杨基这首诗写的并非文人之茶，而是市井郊游之茶，酒馆茶肆中的雅俗共赏，却也其乐融融。也说明饮用散茶已深入大众，简便易行，不再是官宦权贵、文人雅士的专利。

五绝·题品茶图

〔明〕文征明

碧山深处绝尘埃,面面轩窗对水开。
谷雨乍过茶事好,鼎汤初沸有朋来。

【品注】 文征明(1470—1559),原名壁,字征明,后改字征仲,号衡山居士,长洲人。画史称"明四家"之一。官封翰林待诏,不事权贵,旋即辞官归田。文征明不但是书画家、文学家,又富于字画古籍的收藏,是诗书修心、笔墨养生的典范,寿终89岁。他的养生秘方少不得"羽扇茶瓯共晚凉"的闲适心境。因其博雅寿考,门生弟子众多,影响深远,堪称吴中风雅百年之盟主。

这是文征明的一首题画诗,画轴纸本设色,画中央是两间茅屋,一横一直。横屋中四壁萧然,一主一客。案上一壶两杯别无长物,是清简的散茶饮法。主人坐于案前,做请茶状,若有所言。客人坐于凳几,凝神作礼。屋左一树梧桐遮檐,梧桐之后一株孤松笔直如云,几出画面顶端,左右远树杂立。远山一峰缥缈居右,复有一峰矮于其左。溪水从屋后流出,蜿蜒向前渐宽渐缓。右侧直屋中,铫鼎俱全,一童子正在煎茶候火,扭头望向窗外,只见一客从画面左下方迤迤然而来,步过青石板桥,向横屋走去。文征明此画精细处古拙,粗率处真巧,题诗为画之拾遗,画意为诗之补缺,几近圆通。"鼎汤初沸有朋来",念念看看,不禁也想走入画中,做一个不速之客,讨一杯茶吃。此画现存台北"故宫博物院",作于嘉靖辛卯(1531),文氏时年六十有一,是"细文"向"粗文"过渡时期的典型之作,山水依然细腻写实但人物树木都有夸张疏放的画风。尤其是画面中那株高大的松树顶上枝丫断绝得有些莫名其妙，暗示着他断离宦途的决心。案上那只硕大的茶壶似乎透露出主人的心声——此时此地，茶者为大。

七绝·呈梦居
〔明〕玉芝和尚

大地何人不梦居，梦中休问梦何如。
煮茶消得闲风月，不向蒲团读梵书。

【品注】玉芝和尚，释法聚，号月泉，俗姓富，嘉禾（今浙江嘉兴）人，生卒不详。自幼饱读诗书，青年时曾向王阳明求学，出家后到金陵碧峰寺参学于梦居禅师。一日梦居禅师令月泉参"吃茶去"的话头，月泉批阅典籍，彻夜不寐，苦参未果，形容憔悴。梦居禅师喝道："汝在梦中，如何参悟！"月泉当下大悟，呈上这首诗，梦居禅师便予印可。

后来月泉禅师离开南京，独自在湖北荆山结庐修行，常于阳崖松阴处静坐，樵人发现他静坐处长出了罕见的白灵芝，从此人们便尊称他为玉芝和尚。嘉靖年间玉芝和尚驻锡莫干山天池禅寺弘法，一时宗风大振，四方来学。"煮茶消得闲风月，不向蒲团读梵书"，也成了"禅茶一味"的又一个注脚。玉芝和尚证"儒释大同"之理，以诗文趣禅理，深得徐渭崇敬。每次徐渭到禅师处参访常常通宵达旦，不知疲倦。玉芝和尚圆寂后，徐渭作《聚禅师传》并《玉师挽章》。似乎世人顶礼膜拜的文学巨匠、艺术大师的背后通常有一个令他们顶礼膜拜的禅师。

七律·某伯子惠虎丘茗谢之

〔明〕徐渭

虎丘春茗妙烘蒸,七碗何愁不上升。
青箬旧封题谷雨,紫砂新罐买宜兴。
却从梅月横三弄,细搅松风炧一灯。
合向吴侬彤管说,好将书上玉壶冰。

【品注】徐渭(1521—1593),字文长,号青藤老人,绍兴府山阴(今浙江绍兴)人。徐文长自幼聪颖过人,出口成章,世称神童,天分卓绝,恃才傲物。"命途多舛"四字用以形容他的人生是再恰当不过了,然而也是这多舛的人生造就了他的艺术高峰,他不拘一格、游戏写意的画作是小众的,只是到了晚明受陈洪绶等人推崇。郑板桥曾制印一枚,印文曰:"徐青藤门下走狗郑燮。"齐白石也说"恨不生三百年前,为青藤磨墨理纸",于是近代青藤画名大盛。不过青藤老人自己的评价是"吾书第一,诗次之,文次之,画又次之。"他身故四年后诗稿文存被袁宏道偶见,大为激赏,于是刻版刊行,并作传记。多谢袁中郎这位知音,于是我们今天得以读到这首诗,了解到徐文长不单是桀骜的文人、孤僻的画家、悲怆的酒客,也是清雅的茶人。也了解到他效仿陆羽写了一本茶经,可惜已经散佚。今天能看到的只有他根据卢仝茶书分类所作的《煎茶七类》,对于煎茶之要务,第一条便是说人品。"煎茶虽清微小雅,然要须其人与茶品相得,故其法每传于高流大隐,云霞泉石之辈,鱼虾麋鹿之俦。"

伯子,兄长之意。一般答人馈赠之诗少有佳句,纯属应酬的缘故,但赠茶却是可以例外的,因为茶最能激发诗情。这位赠茶的兄台恐怕不是雅道中人，所以青藤道人只以"某"字一笔带过，便一头钻入茶中去了。虎丘出好水，自然也出好茶，虎丘茶适宜制作白茶，只产于苏州虎丘寺内的数十株茶树，在明代也属珍品。茶汤色白如玉，隐有豌豆香。经过妙心巧手烘蒸，连喝七碗定会飞升，这里是借用卢仝"七碗茶"的典故。再看这茶的包装倒也雅致，青翠的竹篾茶篓，用的是旧纸封签，题写"谷雨"字样。打开后，谷雨茶静静地躺在新制的宜兴紫砂茶罐中，如沐春风。如此佳茗，当与何人分享呢？与人对饮太俗，最好是对着月色中梅花三弄，看着松风里残烛一支。这意境应该用吴侬软语向画笔述说，描绘记录这冰清玉洁的茶色。"灺"音"谢"，意为残烛之貌。"玉壶冰"可以理解为虎丘茶如冰似玉的汤色，也可以是"一片冰心在玉壶"的表达，或兼而有之。另外，从诗中我们也可读出，明代中期宜兴紫砂茶具已经成熟，除了泡茶的茶壶，还有储藏茶叶的陶罐。但因紫砂罐透气好、密封性差并不适宜长期存放白茶、绿茶，便没有像紫砂壶那样流行开来。

能尝到这虎丘谷雨，青藤道人无疑是幸运的。青藤道人逝后二十九年，某位朝中大员索茶于虎丘寺未果，将方丈拿去拷问，寺僧遂将茶树悉数连根刨去，以绝后患，可叹这虎丘谷雨茶从此绝迹。还好我们可以在诗中品味一下当年的茶韵。

竹枝词

〔清〕郑燮

溢江江口是奴家，郎若闲时来吃茶。
黄土筑墙茅盖屋，门前一树紫荆花。

【品注】 郑燮（1693—1766），字克柔，号理庵，又号板桥，人称板桥先生，为"扬州八怪"重要代表人物。与刘禹锡、袁宏道等人一样，郑板桥也善于留心《竹枝词》这类活泼的民谣形式，化为己用。这首《竹枝词》中说的溢江在南京，但在各地亦有不同版本流传，"奴家"所在的地方有湖州湖畔、钱塘江上、闽江口边，门前一树花也随地域改成了马缨花、茉莉花等，可见这首民谣曾经风靡大江南北。

短短四句，道出了少女待字闺中见到如意郎君的微妙心思，不是欲说还休，也非轻薄少年，而是大方地表明托付终身的期许。从"黄土筑墙茅盖屋"来看，这并非让媒人踏破门槛的大家闺秀，而是寻常邻家女子的内心告白，更能引起广泛的共鸣。在这里如果将"吃茶"二字换成饮酒、赏花、闻香、抚琴都有点不太对味，唯有吃茶最适宜。明代王象晋《群芳谱》之《茶谱》小序中说："茶喜木也，一植不再移，故婚礼用茶，从一之义也。"明清之时以茶作为聘礼已是成例，故而"吃茶"也是希望如意郎君上门提亲之意。《红楼梦》中王熙凤曾对黛玉戏言道："你都吃了我们家的茶，怎么不给我们家做媳妇？"便是借用了"吃茶"的风俗作为调侃之语。

此时，"吃茶"已经成为深深融入中国人的日常生活，成为雅俗共赏的文化符号，不仅是唐人煮茶、宋人点茶、明人泡茶的文化，也不单是赵州和尚让人参悟的话头，还是平常人家待客接物、婚丧嫁娶的仪式之一。

七律·题竹林茶隐图

〔清〕阮元

万竿修竹一茶炉，试写深林小隐图。
岂得常闲如圃老，偶然兼住亦庐吾。

传神入画青垂眼，揽镜开奁自满须。
二十余年持使节，谁知披卷是迂儒。

【品注】 阮元（1764—1849），字伯元，号芸台、雷塘庵主，晚号怡性老人，仪征（今江苏扬州）人。身为封疆大吏、一代文宗的阮元有一个"不合时宜"的雅好，自称为一日"茶隐"。文人雅士过生日通常邀上三五好友，饮酒赋诗。朝中重臣更是大排筵宴，歌舞鼓吹，族人清客、门生弟子络绎不绝。但从 60 岁开始，阮元每逢生日除非有紧急公务，定例闭门谢客，独自去往山寺幽林，竟日静坐煮茶，吟诗作画。后来他的家人和挚友也加入这个行列共襄雅事，也算是为他庆生。

此诗即作于 60 岁寿，早年阮元在桂林所作《隐山铭》有句"一日小隐，千年古岫。何人能复，西湖之旧"，表达了对林逋隐逸生活的追思和向往。此时阮元在竹林深处置铫煮茶，自画一幅小隐图，即便不能像真正的隐士日日休闲如同老圃，偶尔为之一样能"吾爱吾庐"。"传神入画青垂眼，揽镜开奁自满须"是自画像的状貌，从他传世的《雷塘庵主小像》亦可以品出诗中况味。阮元与白居易生日同为正月二十，门生弟子也以白乐天后身誉之。阮元对镜捋髯写为笔墨，颇为自诩，但这"青眼"是低垂的并无一点傲气。他二十多年来历任浙江巡抚、河南巡抚、江西巡抚、湖广总督、两广总督，颇有政声，但谁知道那个伏案披卷的不过是个迂儒，今日画中的小隐之人才是他本来面目，仿佛一年 365 天只有今天他活成了自己想要的样子。此后阮元"年年茶隐竟成例"，每年茶隐之后便在这幅《竹林茶隐图》后题诗一首，一直题到 80 大寿。忙于政商之客如今若能像阮元一般放下俗务，专注于一日

小隐,既是舒缓身心的妙法,也是参习雅道的方便,何乐而不为?

品读完这24首茶诗,如同自古及今、天南地北走了一遭。对茶的了解或许又进了一步。无论是寻常百姓的开门七件事"柴米油盐酱醋茶",还是文人逸士的七雅"琴棋书画诗酒茶",茶都位列末位。单从实用角度考量,茶在开门七件事中确是最不重要的。退回去几十年,一般人家开门能见到前四件就足以咧开嘴角了。大多数人家偶得一点茶叶,必然珍藏在瓷罐锡盒中,只待佳客光临才肯拿出来,此时茶便担起了接引话头、愉人悦己的重任。这是几捆柴两筒米一瓯酱半瓶醋都难以胜任的。雅艺诸事中,茶既不需要像书画那样临摹,也无须如琴棋一般打谱,端起就吃,吃尽就放,放下更妙。没有太多人会在意你像不像样,靠不靠谱,只须品端心真。更妙的是无论在日常聚会或文人雅集中,茶既可以作为雅事之主,也可以作为其他雅事之佐,任意搭配,都能滋生出别样的雅趣。譬如二人对弈,旁置酒具是怪异的,饮茶却可以。又譬如有人于书斋作画,旁人一旁夹菜吃酒恐怕要被撵出来的,吃茶却是无碍。

酒,固然是中国传统文化的一部分,但其基因离"俗"近一些,离"雅"远一点。今天我们倡导复兴的雅道八项不包括酒,并非对酒有什么成见,或者倡导戒酒。回头看看古代雅士在思想渐趋成熟后,不约而同地放下了酒杯,端起了茶盏,其中的道理值得我们思考。喝酒醉后,很可能跳入江心抱月长眠;饮茶醉后,大概只会安坐舟中指月而笑罢了。

第三章　花道诗词

广义的花道泛指人们以植物为主要载体创造的艺术，其形式包括了对自然山水中花木的欣赏以及园林、盆景的营造，头戴瓶插的装饰，饮馔入药的应用等等。狭义的花道，即折枝花木的装饰艺术，简称插花。一般认为，插花艺术形式起源于魏晋南北朝的佛前供花，唐代佛前供花和宫廷赏花之兴盛达到了顶峰。到了宋代，鼎、瓶、篮、盆、碗等器具更广泛运用，插花成为文人雅士的日常活动，出现了文人插花的高峰。由元入明，插花艺术继续发展，明代中晚期涌现出许多关于瓶花的论著，岁朝清供、文房雅赏、禅室写意，各领风骚，更是将插花艺术推向另一个高峰，进一步普及推广。清代到民国进一步发展出新的固定方法和装饰风格，插花艺术呈现两极化，繁者愈繁，简者愈简，随后在特定的历史环境下中断了较长一段时间。从历史脉络上看，中国花道源流是清晰的，但没有明确的流派传承，论及插花艺术的文章图画相对较少，但我们可以从古典诗词中拾遗补阙，得窥一斑。

五言古诗·奉和随王殿下诗（之十四）

〔南北朝〕谢朓

分悲玉瑟断，别绪金樽倾。

风入芳帷散，缸华兰殿明。

想折中园草，共知千里情。

行云故乡色，赠此一离声。

【品注】谢朓（464—499），字玄晖，祖籍陈郡阳夏（今河南太康），南北朝文学家。与东晋的谢灵运并称"大小谢"，是山水诗的鼻祖之一。他的诗风清丽隽永，名重于世，梁武帝萧衍说"三日不读谢诗，便觉口臭"。他的诗对后来的唐诗有着深远的影响，李白学其清逸并赞叹道："蓬莱文章建安骨，中间小谢又清发。俱怀逸兴壮思飞，欲上青天览明月。"唐代诗僧贯休更直言他们的放纵不羁一脉相承，"有时鬼笑两三声，疑是大谢小谢李白来"。

这首送别诗作于宫廷宴席之间，却无半点宫闱之气，开篇清新雅致。何以分担离愁别绪？唯有拨断玉瑟，饮尽金樽。接着以凄美的物象比兴，一动一静，写尽离愁。风入殿宇吹散了帷幔，人也将离别。兰殿中灯烛照见缸花长明，相聚的欢愉即将结束。想折取御园中草木赠君，希望可以传递千里别情。路途中的云应该与故乡的云一样啊，当你吟唱这首离别的歌。诗中提到的"缸华"或指缸花，也可以将"华"字解作动词，照耀之意。早在唐代之前的南北朝，宫殿中就有用大缸陈设鲜花的成例。皇室、佛堂一般用铜缸，官宦人家用瓦缸。常用花材为莲、兰、牡丹、芍药、海棠、菊花等，南北略有不同。从"缸华兰殿明"之句可推测其花材以兰花为主，形式为缸花陈设，可以想见宫殿是何等清雅幽香。

五言古诗·杏花诗

〔南北朝〕庾信

春色方盈野,枝枝绽翠英。

依稀映村坞,烂熳开山城。

好折待宾客,金盘衬红琼。

【品注】庾信(513—581),字子山,小字兰成,南阳郡新野县(今河南新野)人,南北朝文学家。与谢朓一样,他也出身南朝名门望族,自幼饱读诗书。庾信42岁时作为南梁使臣出使北朝,因战乱羁留,不得已出仕西魏、北周,至死未得归乡。这也是他诗歌创作的一个分野,前期在南梁作为东宫侍臣,风格清婉秀丽,带有明显的宫廷趣味,例如这首诗;后期滞留北朝多悔念际遇、哀怜物华、感怀悲凉之气。例如《秋日诗》写道:"苍茫望落景,羁旅对穷秋,赖有南园菊,残花足解愁。"恰恰是这样的遭遇使得他能够融通南北文学格调,上承南北朝、下启隋唐之风雅。

这首诗写初春踏青之趣,太子与东宫侍从一行出了建康,向西南来到石头城,只见遍野春色,翠英缤纷,令人目不暇接,美不胜收。远处是花树掩映的村落,近前是山花烂漫的城郭,徜徉于此,流连忘返。但总是要归去的,如何留住这春色、分享这春色呢?仔细折些花枝,归去后置于金盘之上,衬托出这晶莹粉嫩的杏花,正是款待宾客的佳物。按今人的眼光,红花配金盘是颇为俗气的,但这是南北朝时期的宫廷审美。更何况与繁缛堆砌花材的宫廷供花相比,折取寥寥数枝杏花置于盘中,已经算是清雅的了。这也从一个侧面反映了昭明太子萧统改革文辞风雅,去繁趋简的风尚。

七绝·芍药

〔唐〕韩愈

浩态狂香昔未逢,红灯烁烁绿盘笼。
觉来独对情惊恐,身在仙宫第几重。

【品注】 韩愈(768—824),字退之,河阳(今河南孟州)人,郡望昌黎,世称昌黎先生,谥号韩文公。他是唐宋八大家之首,也是唐代古文运动的倡导者。韩愈为人耿直,为官作文也是如此,这反映在他的诗作中,不注重婉转的趣味和情调。不过,这无损他以雄浑奇伟的古文著称于世。他对世俗的趣向常抱以讥讽的态度,最著名的当数《谏迎佛骨表》中旗帜鲜明地尊儒反释,劝谏皇帝不要恭迎佛骨舍利。他反对迷信的初心是好的,但因此恐吓皇帝恭迎舍利必定短寿却变成了另一种迷信。与之类似,他对洛阳满城趋之若鹜的牡丹盛会、芍药大赏也是颇有微词的。

对此他说"浩态狂香昔未逢",从未见过如此声势浩大、万人空巷的盛况,从未见过如此逐香若狂、争艳成痴的情形,原来是芍药花开了。在宫殿、在官舍、在民居、在佛寺、在道观,花团锦簇的芍药如一盏盏红灯插在青竹篾编织的盘笼中,被赏花之人带回家。带回家如何陈设呢?昌黎先生没有说明,李贺有诗句"先将芍药献妆台"供我们来猜想。一觉醒来,他对着这些花的心态不是欣赏、不是垂怜,而是有些惊讶,不知身在仙宫第几重?

虽然在有些人眼中韩愈更像是个道学先生而非风雅之士,但他绝非俗人,更不会随着世风时尚载浮载沉。他清醒地看到,当一个雅事活动从皇室到权贵、从文人到百姓都为之疯狂时,竟变得有些俗不可耐。所以他用了"浩态""狂香""红灯""绿盘笼"

这些字眼来表达对世俗的惊恐，末了还不忘讥诮一句"我这是在仙宫吗"。反过来说，韩愈越是讥讽，越是说明唐人对这国色天香有多么热爱，多么痴迷，"红灯烁烁绿盘笼"也恰恰浮现出一个鲜活的插花形式，虽然没有古物可以明证唐代带盘口的花笼到底长什么样，但我们已经可以在脑海中勾勒出大概。另外，大红大绿的配色恰恰代表了唐代的宫廷审美，这一点从李昭道《明皇幸蜀图》中的仕女着装就可以一目了然。

七绝·送酒与邵尧夫因戏之
〔宋〕司马光

林下虽无忧可销，许由闻说挂空瓢。
请君呼取孟光饮，共插花枝煮药苗。

【品注】司马光（1019—1086），字君实，号迂叟，封温国公，陕州夏县（今山西夏县）涑水乡人，时人称涑水先生，后世尊称司马温公。北宋著名史学家、文学家。司马光是一个克己修身之人，以严谨庄重著称。元宵节妻子要求去观灯，他拒绝了，说花灯没什么好看的。妻子解释说：主要是为了感受节日气氛，看看游人。司马光回答说：人更没什么好看的，我不是人难道是鬼？在家看就行了。却没想到严肃如温公也有题诗戏谑朋友的时候，可见他并非毫无情趣之人，倘若觉得司马光无趣是因为和他的交情还不够深。尧夫是邵雍的字，北宋理学家，也精通道术和诗词，与周敦颐、张载、程颢、程颐并称"北宋五子"。邵尧夫悟道后深居简出，关于理学及道家思想著述颇丰，平日只与司马光、富弼等少数人来往。后来友人出资为他在洛阳天宫寺西天津桥南置办了宅院，从此自得其乐，自给自足，并起名为"安乐窝"。安乐先生终身未仕未婚，唯好午后小酌三杯，浅尝辄止。因此，司马光给他送酒之时不忘调侃几句：今天给您送酒而来，隐逸的生活本来无忧无虑，何须借酒消愁？如果劝您少喝点，您会像许由巢父一样洗耳挂瓢。我觉得您还是应该娶一位贤妻，举案齐眉与您对饮；闲来一个插花一个煮药，岂非神仙眷侣？赏花插花在宋代初年已经普遍成为官宦人家的赏心雅事，既可寄托闲情，又可装点居室。空冥忘机如邵雍之辈却也不离花事，他曾吟道："头上花枝照酒卮，酒卮中有好花枝。"此处酒卮中的花枝多半是头上簪花的倒影，但也可能是以酒卮为花器瓶插的情景。

五言古诗·新花

〔宋〕王安石

老年少忻豫，况复病在床。
汲水置新花，取忍此流芳。
流芳柢须臾，我亦岂久长。
新花与故吾，已矣两可忘。

【品注】 王安石（1021—1086），字介甫，号半山，抚州临川（今江西抚州临川）人，世称临川先生。封荆国公，故称王荆公，谥号王文公。宋代文臣中，大概没有人比王安石更具争议的了。王安石在政治、经济、军事方面的改革得失利弊历来众说纷纭，在这里无须论争。我们大概都听说过他是一个典型的工作狂，不近人情的"拗相公"，印象中他还是一个不修边幅的人，常常蓬头垢面，衣着寒酸，对饮食、器服、雅玩都不甚讲究。这与同时代大众偶像苏东坡的儒雅风流恰好形成了鲜明的对比。

宋神宗元丰七年（1084）初春，江宁（今南京）钟山的半山园已被改作半山寺，一位玄衣老者在院中折剪花枝，斜斜插入瓶中。取来新汲的井水一勺一勺灌入瓶中。老者看着瓶中花怔怔出神间，侍者在身后轻声提醒："相公，病中不宜久立，请少歇。"老者摆摆手，唤仆人取纸笔来，略一沉吟，挥毫疾书，笑着吟出这首诗。虽说晚年百病缠身，少有欣乐欢愉，但临川先生彼时已受三皈依，心性近乎物我两忘的境界。"忻豫"意为欢乐，"忻"音"欣"。

一年后哲宗登基，元祐元年（1086）的暮春，新政的各项改革措施陆续被废止，在一片落英缤纷中，临川先生溘然长逝于半山寺的病榻上。按陆游《老学庵笔记》，这是王安石的最后一首诗作，故不见于王荆公文集中。这首绝笔诗写的恰恰是插花以及赏花之感悟：流芳似我，转瞬即逝；新花故吾，两两相忘。

七言古诗·惜花

〔宋〕苏轼

吉祥寺中锦千堆，（钱塘花最盛处）。
前年赏花真盛哉，道人劝我清明来。
腰鼓百面如春雷，打彻凉州花自开。
沙河塘上插花回，醉倒不觉吴儿咍。
岂知如今双鬓摧，城西古寺没蒿莱。
有僧闭门手自栽，千枝万叶巧剪裁。
就中一丛何所似，马瑙盘盛金缕杯。
而我食菜方清斋，对花不饮花应猜。
夜来雨雹如李梅，红残绿暗吁可哀。

自注：钱塘吉祥寺花为第一。壬子清明赏会最盛，金盘彩篮以献于座者五十三人，夜归沙河塘上，观者如山，尔后无复继也。今年，诸家园圃花亦极盛，而龙兴僧房一丛尤奇，但衰病牢落，自无以发兴耳。昨日雨雹，知此花之存者有几，可为太息也。

【品注】东坡先生于雅道诸项中没有不喜爱的，更能融会贯通，于花道也是如此。诗中先是回忆了熙宁五年壬子（1072）的赏花盛事，其时东坡先生在杭州通判任上，两年后再作此诗，随后转任密州知州。熙宁五年对苏东坡是颇有意义的一年，在远离政治旋涡的外放生涯中，他放下了清高的身段，从此多了一个词客的身份。从这首颇具口语化的诗和诗后长注来看，更像是一篇有韵的叙事散文，可以视作是其文风的一个转折点。另外我们也可从中读出当时杭州赏花之盛以及他爱花惜花之情。杭州吉祥寺位于安国坊，北宋时寺僧守璘上人于此地遍植牡丹近千株，凡百余种，名动天下。早在坡翁诗作的二十多年前，蔡襄治丧取道杭州回京时就写过《杭州访吉祥璘上人追感苏才翁同赏牡丹》，其中有句"剪处佳人传烛下，归时明月到云西"。苏才翁即苏舜元，苏舜钦之兄。

清明时节，东坡先生应守璘上人之邀前往吉祥寺，只见各色牡丹次第绽放，繁花似锦，称之为"锦千堆"。全城观者踊跃，人山人海。赏花会期间还有百人腰鼓表演，鼓声响彻云霄，夸张地说鼓声可以传到凉州。赏花饮酒之后众人冠戴国色，头簪天香，一行人歪歪斜斜簇拥而归，回到沙河塘上雅士们都已醉倒，也顾不得当地孩童的嘲笑了。"哈"音"嗨"，讥笑之意。两年后大概因为守璘上人圆寂了，吉祥寺花事风光不再，园中长满了野草，如同坡翁鬓角的苍苍白发。所幸另有龙兴寺的僧人闭门精心巧手栽培剪裁牡丹，尤为出奇。奇到什么程度？从"马瑙盘盛金缕杯"的字眼可以想见这新奇品种，外瓣平展宽厚，呈明艳的玛瑙红；中间金色的花蕊已经瓣化，周密高挺，如金缕杯。估计是从牡丹名品"魏紫"嫁接改良而来。饶有趣味的是"对花不饮花应猜"一句：可惜的是我如今抱恙斋戒之中不能饮酒，若与牡丹相对而不饮酒，花儿应该会百般猜疑了。坡翁曾以茶为佳人，又以花为佳人，不愧是宋人自作多情者第一名。可叹的是，昨夜忽降寒雨，冰雹大小如李果梅子，想见满园红残绿暗的样子着实令人哀怜。

由此可见，世人对牡丹的痴迷由唐入宋没有太大的变化，而诗注中提到"金盘彩篮"这种插花奉客的形式与唐代"红灯烁烁绿盘笼"是一脉相承的，都能隐隐闻到南北朝"金盘衬红琼"的芬芳。这便是中国宋代花道的主要源流之一——宫体插花。宫体插花与歌舞巡行、饮酒簪花一起构成赏花的活动形式。只不过宋代文人更注重花道意境的传承，而非具体形式的模仿，于是发展出对梅的清爱，对兰的幽爱，对菊的隐爱，对莲的净爱。

七律·戏题菊花

〔宋〕苏辙

春初种菊助盘蔬，秋晚开花插酒壶。
微物不多分地力，终年乃尔任人须。
天随匕箸几时辍，彭泽樽罍未遽无。
更拟食根花落后，一依本草太伤渠。

【品注】 苏辙（1039—1112），字子由，一字同叔，晚号颍滨遗老，眉州眉山（今四川眉山）人，高宗时赠谥号"文定"。与苏轼的政治观点一样,他起初激烈反对王安石的新法,后来也反对司马光的矫枉过正,认为新法中利国利民的政策应予保留,不能一概废止。他的一生正是沿着车辙前行,即使贬谪流离也不左不右。子由的诗文紧趋父兄而稍逊之,其实并不逊,只是因为兄长太高大太高尚。不过他的词赋别具一格,气韵尤高。东坡先生说:"子由之文,词理精确,有不及吾;而体气高妙,吾所不及。"

因为兄长的牵连,苏辙的仕途是坎坷的,除了元祐年间稍稍施展抱负,其余时间都是在贬谪中度过。崇宁三年(1104),苏辙定居颍川之滨,自号"颍滨遗老",闭门谢客,打坐参禅之余专心著书,栽花种竹之间吟诗作对,过着隐士一般的生活,其间有许多咏菊的诗作,这是比较有趣的一首。

苏辙在诗中开玩笑说菊花全身都是宝,叶、花、根都被陶渊明用尽了,菊花会不会很伤心呢?其实诗人也是这样做的,这才是真的爱菊之人。春天种下的菊花可以采摘嫩叶,稍加油盐清炒便是一道清肝明目的菜蔬;秋天菊花绽放,正好折枝插入酒瓶观赏。这小小的菊花无需太多的水肥就能恣意生长,一整年随时可供人们物质和精神上的需求。四季都能剪折食用根本停不下来,就像陶渊明的酒樽不会断流空闲。只是落花之后挖取菊花根食用,会不会令菊花太过伤心呢?"一依",完全依照。"本草"指《神农本草经》。"渠",第三人称代词"它"。隐士插瓶赏花并不在意器具如何精美雅致,喝完的酒壶、残破的瓦罐都可以用作花器,这体现出"君子无弃物"的精神,也体现出禅的意境。

七绝·题胆瓶秋卉图

〔宋〕吴皇后

秋风融日满东篱，万叠轻红簇翠枝，
若使芳姿同众色，无人知是小春时。

【品注】宋高宗皇后吴氏（1115—1197）出自汴梁（今河南开封）吴家庄的书香门第，闺名吴瑜。14岁时入宫侍奉当时的康王赵构，以知书聪颖著称。历经高宗、孝宗、光宗、宁宗四朝，母仪天下而不干朝政，更博览经史，又善翰墨。相传这首诗是吴皇后所作，虽无确证，但从其身份气质来看颇为吻合。或言宋宁宗所作，但宁宗生性疏简，不爱花鸟声色，恐怕名不符诗。

今天我们能读到这首诗，多亏北京故宫馆藏的宋画《胆瓶秋卉图》，画无款识，相传出自宋代女画家姚月华的手笔。团扇画面左半为此题诗，右侧为一枚素色胆瓶配穿瓶木座，瓶插六枝，枝开五菊，色泽粉淡，菊叶疏落，素雅生姿。这幅画本身就是对题诗的完美诠释：万朵菊开东篱，剪取数枝，悉心插瓶，花色轻红淡粉，枝叶青翠欲滴，芳菲不让春花，如是不说谁能想到这已是十月深秋呢。"小春"，即农历十月，正是秋花烂漫之时。宋人张舜民有"十月江南号小春"之句，元代尹志平也有"十月小春时令"的词句。这画境和心境正是历尽风霜仍风姿卓越之人才能写出。而女诗人、女画家都知名不具，因为古代女子重视女德，不以诗画自诩，虽才情胜过须眉也深藏不露，聊以自娱，故而两人俱无明确的传世之作就不足为奇了。宋代插花不仅仅是文人的清赏，也成了闺中雅事，这一件诗画双璧便是一个很好的佐证。同时更多有才情、喜欢插花艺术的女子却淹没在历史中。不过我们已经可以得知宋代是全民插花的时代，无论缁衣羽士、达官贵人、文人墨客、闺秀碧玉都会在起居之所摆弄瓶花，以养心性。

七绝·春来风雨，无一日好晴，因赋瓶花二绝句（之一）

〔宋〕范成大

满插瓶花罢出游，莫将攀折为花愁。

不知烛照香薰看，何似风吹雨打休？

【品注】 范成大（1126—1193），字至能，一字幼元，吴县（今江苏苏州）人。18岁在昆山坚严资福禅寺读书，十年不出寺门，以坡翁句"只缘身在此山中"自号此山居士，晚年退居太湖畔的石湖，号石湖居士。因出使金国不辱使命，范成大顶着"大宋蔺相如"的光环，宦途比起老友陆游来说颇为顺利。然而在繁忙的政事之余，范成大的爱梅之心毫不逊于陆放翁。处州（今丽水）南明山的梅坳、靖江府（今桂林）所思亭畔的小梅园、成都府（今成都）合江亭前的苍龙卧梅、明州（今宁波）四明梅村以及家乡太湖西山的梅海，都留下了他长久驻足的身影。他更是写下中国历史上第一篇关于梅花的专著《梅谱》，开宗明义："梅，天下尤物，无问智贤愚不肖，莫敢有异议。"更有甚者，他在构筑石湖范村之时，特留三分之一的地方用以种梅，爱梅也算是爱到没谱了。

在风雨飘摇的春日，无法出门赏花寻梅，该如何排解春愁呢？石湖居士的办法是"满插瓶花罢出游"，满插并非将一个花瓶插满，而是在庭院、长廊、茶席、书斋每个空间都点缀了瓶花，行住坐卧都可以看到，将山水野趣活生生移入家中。或许有人担忧剪折花枝岂不是提前结束了花的生命吗？花或许会难过吧？他的回答是，以花为友，请于厅堂之上，照有明烛，侧有香熏，相视而笑，无语共对，岂非胜过雨打风吹，飘零坠落？

古体·梅花数枝，簪两小瓷瓶。雪寒一夜，二瓶冻裂，剥出二水精瓶，梅花在焉，盖冰结而为此也。

〔宋〕杨万里

何人双赠水精瓶？梅花数枝瓶底生。
瘦枝尚带折痕在，隔瓶照见透骨明。
大枝开尽花如雪，小枝未开更清绝。
争从瓶口迸出来，其奈堪看不堪掇。
人言水精初出万壑时，欲凝未凝如冻脂。
上有江海花正盛，吹折数枝堕寒镜。
玉工割取到人间，琢出瓶子和梅看。
至今犹有未凝处，瓶里水珠走来去。
只愁窗外春日红，瓶子化作亡是公。

【品注】"我与梅花有旧盟，即今白发未忘情。不愁索笑无多子，惟恨相思太瘦生。"是陆游吟咏梅花的四百多首诗其中之一，与之并列南宋"中兴四大诗人"的杨万里在爱梅这件事上，并不输他人一筹，也留下了三百余首咏梅之作。这年暮冬，诚斋先生乘兴斫了两枝梅，一大一小，插在瓷瓶中静待花开。一夜风雪后，他发现瓷瓶结冰冻裂了。叹息之余，他并没有将瓶花丢弃，而是小心地将瓷瓶琢破，呈现在眼前的是两个晶莹剔透的"水晶瓶"，可以清晰看见瓶中梅枝的斫痕，更显清癯的骨骼。过了几天他欣喜地发现大枝花开如雪似玉，小枝花苞未开更是精绝，争先从瓶中

盛放，不由得感谢天公赐予他两个宝瓶，只可惜春来日暖，"水晶瓶"与梅花都将香消玉殒。他将这次美妙的事故写成故事，让后人读来莞尔。"亡是公"出自《子虚赋》，假托子虚、乌有先生和亡是公三人问答，借指虚构的人物。

对于这类事故，明人总结经验编入书中，张谦德就在《瓶花谱》中说"若欲用小瓷瓶插贮，必投以硫黄少许，日置南窗下，令近日色，夜置卧榻榜，俾近人气，亦可不冻"。硫黄遇水会散发热量，是防止寒冬时节瓷瓶冻裂的妙方，另外将瓶花白天置于南窗日下，夜晚移近床榻也是个好办法，毕竟爱花之人是不辞辛劳的。从技术说，这样的记述对后人大有裨益。从雅趣上讲，人们更喜欢从诚斋先生诙谐的笔触中吸取教训。他的幽默极具生活情趣却又清新高雅。在另一首诗中，他将梅花和菊花同插在小小的砚滴中，然后笑着对陶砚说：您要是渴了，我请您喝三杯梅蕊菊花酒。诗云："两枝残菊两枝梅，同入银罌酿玉醅。待得陶泓真个渴，二花酒熟与三杯。"（《梅菊同插砚滴》）

七绝·瓶中花

〔宋〕周南

清晓铜瓶沃井华，青葱绿玉紫兰芽。
鬓毛白尽心情在，不分看花学养花。

【品注】周南（1159—1213），字南仲，号南山房主人，吴郡人（今江苏苏州）。宋孝宗年间甲科进士及第，官至秘书省正字，不久罢去。退居苏州，闭门读书，著有《周南山房集》五卷。

南山房主人的隐居生活无外乎种稻、扫地、栽花、插瓶、读书、吟诗，日出而作日落而读，不亦乐乎。清晨到井边汲水，铜瓶水花满溢。插一束兰，翠叶紫花，含苞欲放。老去生涯百事休，但爱花的心情不褪，不论是养护之中还是静观之时，都是赏心乐事。明代的瓶花著作中一般认为插花以天水（雨露）第一，溪水次之，井水最下。然而宋人对于插花用水的研究可能还没有那么细致，何况南山房主人居近虎丘，自有好水滋养瓶花。《本草纲目》记载："平旦第一汲为井花水。其功极广，又与诸水不同。"东坡有句"松明照坐愁不睡，井花入腹清而嗽"。所以宋代勤勉的文人常常凌晨汲井花水，用于煎药、烹茶和养花，例如王镃说"自汲井花调药罢，却簪秋叶满头归"。且不论这清晨的井水是否果真如此神奇，仅仅令人早起这一点就确实有养生之功了，更何况它又被文人赋予了一个与众不同的雅名。

渔家傲·檐玉敲寒声不定

〔宋〕卢祖皋

檐玉敲寒声不定，水仙瓶里梅相映，半缕篆香云欲暝。窗几静，月华时送琅玕影。

不用五湖寻小艇，吾庐胜有闲风景，薄醉起来行藓径。多幽兴，悠然一霎风吹醒。

【品注】卢祖皋（约1174—1224），字申之，一字次夔，号蒲江，永嘉人（今浙江温州人），宋宁宗庆元五年（1199）进士。卢祖皋与"永嘉四灵"颇多唱和，他的词作合乎音律，朗朗上口，浙人多有传唱。

"檐玉"即挂于檐下的瓦制铃铛，其声如玉，故名。宋人施枢

《檐玉鸣》中有句"晓窗风细响檐铃"。"水仙瓶里梅相映"听起来有些奇怪,将水仙养在瓶中,瓶里还插着梅花?如果使用敞口瓶其实并不怪,水仙相当于今天插花用的配叶,衬托出梅枝的劲瘦,一柔一刚,相得益彰。袁中郎在《瓶史》中也有"蜡梅以水仙为婢"的说法。"篝香"中的"篝"为熏笼。"琅玕"音"郎干",本义为如玉美石,此处喻翠竹。上阕的画面带给人一种虚幻的美,寒夜中风动檐铃声声入耳,花瓶中水仙蜡梅灯下掩映,熏笼中香残欲灭半缕轻烟,窗台外月光时暗时明,频将竹影送至案前。真是景不醉人人自醉。下阕写清晨醒来闲庭信步,苔径漫游,自家风景独好,何必买舟泛湖。"五湖"此处指太湖流域的湖泊。悠然一阵风来,吹醒了昨夜的薄醉,却吹不走雅兴幽情。

七绝·赋瓶中花七首(之七)

〔金〕元好问

古铜瓶子满芳枝,裁剪春风入小诗。

看看海棠如有语,杏花也到退房时。

【品注】元好问(1190—1257),字裕之,号遗山,太原秀容(今山西忻州)人。精于诗、文、词、曲,是宋金对峙时期北方的文坛领袖。由于文史家历来以宋、元为正统,遗山先生作为金国人,其诗文自然不受推崇。抛开正统论不谈,他的文学成就丝毫不低于南宋中兴四大诗人,他的爱国情怀也是如此,这从蒙古灭金后他所写大量丧乱诗可以窥知。从《摸鱼儿·雁丘词》的"问世间情为何物,只教生死相许"可以看出遗山先生的真性情,这种真性情也体现在爱花之上。

元好问书斋内古瓶中四季时卉不断，他虽爱传统意义上的梅兰竹菊却无明显的偏好，关于瓶花的诗句既有吟咏桃花、李花和杏花，也有赞叹海棠、瑞香与菟葵，都可以剪裁春风，都可化作小诗。各色花卉如五湖四海的宾朋，你来我往，盘桓书斋小住一段时光，二月杏花退出斋房之时，海棠三月便要入住了。虽说元遗山是金国人，但我们可以通过他的作品发现，不分南北，无论宋金，花道的精神内涵和审美意趣别无二致。两宋三百多年中一直被周边的少数民族政权侵扰乃至俯首称臣，但看看契丹、女真、党项和蒙古治下的各类插花沿袭了宋人的风雅，如果杏花能言、海棠有语，它们或许会告诉我们，到底是谁征服了谁？又是用什么方式征服的？

五言古诗·一莲

〔宋〕赵崇嶓

一莲瓶中枯，一莲池中子。

结子心虽苦，而犹胜枯死。

赏心一日期，讵非得生理。

君看千岁樗，荒郊永沦弃。

【品注】 赵崇嶓（约1198—1256），字汉宗，号白云，南丰（今江西南丰）人。宋宁宗嘉定十六年（1223）进士。敢于直言，曾上疏力谏宁宗早日确立储君，以安民心，也曾痛斥宦官专横跋扈。官至大宗正丞。著有《白云稿》一卷。

"讵非"，岂非。"樗"音"出"，即臭椿，比喻无用之才。赵崇嶓本是赵氏宗亲，出任的官职"大宗正丞"颇有意思，主要职责是训导皇家宗室子弟的德行，指导他们道艺，其中也包括以花喻道。白云先生对花道的理解是高于常人的，不是为了悦己，不是为了愉人，而是从中悟道。一朵莲花在瓶中枯萎，一朵莲花在池中结实。结出莲子心中虽苦，却胜过瓶中干枯。观瓶中莲得赏心一两日，从中难道不能明白生灭的道理？您看看荒郊野外的高大椿树，正因不成材无所用才能生存千年啊。诗中的意趣是对庄子"无用之用"论的阐发，在劝导宗室子弟不要争权夺利方面有积极的意义。同样道理，这也是花道的重要内涵之一，插花的终极意义在于自悟和度人，整个过程都是一种精神修行。

五言古诗·春日瓶花

〔宋〕张埴

鸟鸣木阴深，鱼动陂水漫。
燕坐南窗下，欣然得幽伴。
盈盈菩萨面，一莞生几案。
恍如空堕落，着我丈室看。
地偏风日隔，香艳不耗散。
无土种一根，他乡得把玩。
娇娆目接熟，老丑面失半。
物忌停涵久，无嫌汲新换。
不怀妙色身，长作如是观。

【品注】 张埴，字养直，号卢滨，吉州吉水人（今江西吉安吉水）。生卒不详，江湖之中颇有诗名。他的《初夏湖山》六首分别写湖山六供之赏心乐事。第一供便是花："重台栀子玉攒花，初夏湖山一供嘉。"第二供是诗："今朝二供亦相宜，眼底忘忧粲是诗。"

第三供写飞鸟，第四供为快雨，第五供乃山石，第六供菖蒲。读来美不胜收。这首诗每四句依次写瓶花为友，瓶花之相，瓶花之趣，瓶花之思，层层深入，令人不禁拍案叫好。

听见鸟鸣而不见身影，更觉林木幽深；看见池岸水色轻漾，原来是鱼儿在游戏推波。春日里南窗闲坐，以瓶花为友，相对怡然自得。花颜清雅如菩萨面庞，盈盈一笑似满案春光。花落时如天女散花，令我在这狭小的方丈之地观瞧参悟。此句典出《维摩诘经》，维摩诘在丈室中向诸菩萨佛弟子宣说妙法，时有天女散花。居处偏僻幽隐，日照不到，风吹不着，花香卉色自然久不消散。瓶花之趣，没有自己的土地种花也可欣赏；身在他乡，也能细细品鉴把玩故乡的野趣，无论是看惯的娇娆姿态，还是凋零老去的容颜。不应奢望物华长久，不妨时常汲水新花。不要留恋这美妙的色相，应该常常如此观想。春日瓶花没有具名，从诗意来看可以是山间地头的任何花材。说明宋人对插花的审美情趣已经不拘名贵花材，自然界的一切美好都可以请到书斋中。"不怀妙色身，长作如是观"是套用《金刚经》的偈颂却不显突兀，因为以花悟道的觉醒本来如此。

鹧鸪天·春暮
〔宋〕黄升

沈水香销梦半醒。斜阳恰照竹间亭。戏临小草书团扇，自拣残花插净瓶。

莺宛转，燕丁宁。晴波不动晚山青。玉人只怨春归去，不道槐云绿满庭。

【品注】黄升，字叔旸，号玉林，又号花庵词客，建安（今属福建建瓯）人。大致活跃于南宋宁宗、理宗之间。不事科举，性喜吟咏。著有《散花庵词》，编有《绝妙词选》20 卷，分上下两部分，上部为《唐宋诸贤绝妙词选》，下部为《中兴以来绝妙词选》，世称《花庵词选》。词选的好处是并非平均选每人两三首，而是选取了词客不同时期、不同风格的作品，少则一首，多则数十首，稍微扭转了前人以偏概全的解读方式。编撰的过程，玉林先生得以博采众长，他的词多写花事，婉约而冲澹，无伤春悲秋之情。

沉香助好梦，香尽梦醒。梦醒不单因香尽，恰是夕阳映在脸上，也透过竹影照在亭中，好一个闲适的暮春小憩。醒来无事，随意在团扇上临写草书，拣选些残花插入净瓶打发时光。耳边莺莺婉转，燕燕叮咛，日光下水波粼粼，却摇不动晚山的幽青；美人只知道叹息伤春，却不知槐树新绿如云，早已遮满了院庭。

净瓶为佛教器物，早期为僧人饮水、净手用器，故带有流，即较长的壶嘴。此器又称"军持"。后来取消流嘴演变为花器，常见的净瓶当数观世音菩萨手持的杨枝净瓶。作为佛前供花的专用器，花庵词客随意捡拾残花插瓶，圆润细巧的净瓶与残花败叶形成鲜明对比，恰恰体现了宋人对枯寂和繁华的思考以及因此衍生出的审美意趣。

五绝·折梅

〔宋〕方蒙仲

看梅如看画，由我不由他。
千树江头少，一枝瓶里多。

【品注】方蒙仲（1214—1261），字澄孙，号乌山，福州侯官（今福建福州）人，宋理宗淳祐七年（1247）进士，因贾似道赏识他的文章擢升为国子监直讲，再由国子监出任为泉州通判，为政清严，能除时弊。贾似道担任宰相后，始终不依附权贵，一直请求外放地方。乌山先生以诗文与刘克庄、方岳等人交善，其中有唱和刘克庄的梅花诗100首，写尽梅花风流，蔚为趣览。例如诗人斋戒后与梅花并肩比瘦，"煮木石餐多药灶，断荤膻气独茶铛。诗人自合长得瘦，底事梅花更瘦生。"

这首咏梅的小诗，虽简短浅直却包含了中国传统文人禅意审美的大趣味。赏花与赏画的审美是相通的，绘画与书法的审美是相通的，书法与诗词的审美也是相通的，就是"由我不由他"。强调的是主观审美而非客观标准，发乎于心，动之以情。反观一些艺术比赛中获奖的作品，各项评分的分值都不低却无法真正令人感动，就是兼顾各种标准"由他不由我"的缘故。从客观上讲，"千树江头少，一枝瓶里多"是悖于常理的，但从主观审美来说，江头千树梅开，眼不见身未至，与我何干？反过来说，当瓶中一枝绽放时，眼见鼻闻，心念亦动，自然联想到江头千树梅花恐怕也开了吧。细细品味个中缘由，或许能品出老子的哲思："少则得，多则惑"。西方后现代极简主义提出的"less is more"（少即是多）恰恰可以作为这句诗的译文。

七绝·不买花

〔宋〕顾逢

清似咸平处士家，案头诗卷是生涯。
胆瓶莫讶无花插，过了梅花不买花。

【品注】顾逢，字君际，号梅山樵叟。吴郡人（今江苏苏州）。生卒不详，大致活跃于光宗、理宗之间。尝学诗于周弼，擅长五言诗，其居室称为"五字田家"。他隐居于苏州石湖一带，常与梅花诗文交游，和寺僧清谈唱和。

开禧北伐失败后，南宋忍辱增加了对金国的进贡，再换得几十年和平，很难说这是坏事还是好事，见仁见智。不过对于顾逢这样的隐士，能享受天下太平的清雅无疑是他所希望的。把大好时光浪费在书桌上、诗卷里，了此残生。大概清闲孤寂到一定程度的时候，一草一木、一器一物都可以与之对话，对着空空如也的胆瓶说出这样安慰的话，胆瓶应该明白梅山樵叟的一生所爱只有梅花。除了先秦两汉的青铜器之外，宋代文人最爱的案头花器应该就属胆瓶了。因其形似垂胆，故名。胆瓶小口长颈，圆肩鼓腹，小巧可爱，随意插上一枝两朵，最宜文人表达意境。

减字木兰花·益寿美金花

〔金〕侯善渊

丹田固蒂，旋引灵泉频溉济。渐长黄芽，风撼孤根一径斜。
美金花发，艳放清香初破甲。煎插银瓶，兼炷龙涎献上清。

【品注】侯善渊，生卒事迹不详，大约生活在金末元初之时。从他的诗词来看像是一位道家丹客。他的名字似乎出自《道德经》第八章"上善如水"的句子"居善地，心善渊"。他著有《黄帝阴符经注》一书，已散佚。词题"益寿美金花"可能就是忍冬花，因其清热消肿的作用，夏日代茶饮用。另外忍冬藤在古代被当作补药，有祛湿通络之功效，故而诗人将其唤作"延年益寿美妙的金花"，明代李时珍编写《本草纲目》时才用了"金银花"这个名字。

忍冬可以播种或扦插繁殖，"丹田固蒂，旋引灵泉频溉济"是摘取花蒂下的种子繁殖的意思。"渐长黄芽，风撼孤根一径斜"，作为攀藤灌木，忍冬一条孤根可以茂盛出一大片枝叶，金黄的花苞狭长，呈卵形或椭圆形。今天若是以一束"美金花"赠别出国留学的朋友，想来是颇受欢迎的。忍冬花绽破萼片时如破甲一般，更有一股奇异的香味，不宜大量置于室内，但像侯善渊这样取几枝用热水插瓶是没有问题的。再燃起一炷龙涎香，供奉上清。"上清"指道教三清中的灵宝天尊，也泛指上天。在明代的插花著作中不约而同地提到用沸水插牡丹、芍药、戎葵、凤仙花、芙蓉、竹枝可保花色持久，此处又提到金银花也是如此。有兴趣的花友可以尝试一下。

七律·伤周生

〔明〕袁宏道

溪头曾见浣春纱，珠箔于今天一涯。
紫陌重邀千宝骑，青楼无复七香车。
美人南国空湘水，处子东邻是宋家。
记得西廊香阁里，瓶花长插一枝斜。

【品注】袁中郎生平极少为人作挽辞，这首《伤周生》大概是悼念他游历苏杭时相识的周姓歌伎而作。明代名伎大多擅长琴棋书画，在宴乐中常做男装与文人墨客饮酒赋诗，才情不让须眉。自宋以来，吴越文人通常将某位名伎冠以"某生"的雅称。

溪头浣纱的场景写周生宛如西施再生，如今已是阴阳相隔。"珠箔"通常释为珠帘，但此处是"珠"与"箔"分在两地的意思。"箔"为简易丧葬裹尸的席子，代指骸骨。"珠"是逝者生前戴的首饰，或许在袁中郎手中。紫缎铺就的门道还会迎来乘着宝马良驹的众多宾客，但青楼前不再会出现她乘坐的七香轿车。下两句用了两个典故，盛赞周生的仪容。曹植《杂诗》写道"南国有佳人，容华若桃李。朝游江北岸，夕宿潇湘沚"，此处将周生比作湘江仙子。"处子东邻是宋家"则出自《登徒子好色赋》，宋玉东邻有美人，艳冠荆楚，登墙窥视宋玉三年，宋玉不为所动。此处似乎暗示周生对袁中郎有仰慕之情。后两句更妙，这些荣华云烟都消散了，只记得西廊的香阁里摆放着一只瓶子，斜斜地插着一枝花。对周生的悼念抽象为对瓶花的记忆，因这素雅的瓶花便是周生才情志趣的写照。

七绝·寄王百穀

〔明〕徐𤊺

吴门别后渺天涯，千里传书客路赊。
何日庵前谈半偈，一瓶秋水玉莲花。

【品注】徐𤊺，字惟起，号兴公，侯官（今福建福州）人，生于明嘉靖四十二年（1563），卒年不详。徐𤊺用过的字号繁多，有三山老叟、天竿山人、竹窗病叟、笔耕惰农、筠雪道人、绿玉斋主人、读易园主人、鳌峰居士等，几乎涵盖了古今别号种类。他除了参与《福州府志》的编修工作外，还修撰整理了多种地方志。此外，他还著有《红雨楼集》《闽南唐雅》等文学著作，《荔枝谱》

这类农学著作，也有《茗谭》《闽画记》一类雅道丛书，共五十多种。徐㶿工诗善画但极少应酬之作。好古籍喜藏书，红雨楼藏书共七万多卷，是晚明海内藏书大家。诗题中的王百穀，姓王名穉登，字百穀，号半偈长者。明嘉靖末年太学教授，国史编修，有《吴郡丹青志》《处实堂集》《南有堂集》等著作。作为史学前辈，王百穀对徐㶿的影响是毋庸置疑的。

二人自吴门别离后天各一方，"赊"，迟缓之意。千里传书路途遥远，传递迟缓。何日能到庵前谈讲令佛陀开悟的半首偈子？也许并没有什么可谈的，只有一瓶秋水插着绽放的白莲花。"半偈"是指佛陀的前世"雪山大士"在雪山苦修时，帝释天为试炼他化身为罗刹鬼，向他说出过去佛的半句偈颂"诸行无常，是生灭法"。雪山大士听闻后法喜充满，为求后半句偈，不惜将肉身布施给罗刹鬼食用，得到后半偈"生灭灭已，寂灭为乐"之后，超证十二劫的故事。诗人此处用一瓶秋水，花开见佛的意境诠释了这半偈的真谛。

梦江南·昏鸦尽

〔清〕纳兰性德

昏鸦尽，小立恨因谁，急雪乍翻香阁絮，轻风吹到胆瓶梅，心字已成灰。

【品注】 纳兰性德（1655—1685），字容若，号楞伽山人，满洲正黄旗人，康熙朝大学士纳兰明珠之子。这痴情种子前有古人，魏晋时荀彧的幼子荀粲风姿清，善玄谈，娶了曹洪之女，两情相悦。曹氏重病不治，荀粲终日郁郁寡欢，不久相见于黄泉，时年29岁。

纳兰性德可以算是荀粲再生，但是比荀粲多活了两年，更留下了许多情殇之词。

　　黄昏中立在树枝上的鸦雀已不见踪影，只剩伊人独立，不知心恨谁，这没有由头的恨最难消解。这"立"也只能小立而非久立，只因急雪乍落，于是移步香阁。风雪之疾似乎穿门入室，轻轻吹动了胆瓶中的梅花，吹动了心字篆香燃尽的灰，却吹不动如冷灰一般的心，这也是纳兰容若经历花落人亡心死的悲哀吧。他若寻思释怀梅花开了还谢、谢了又开，死灰或可复燃，恐怕就不会英年早逝了。

七律·簪菊（蕉下客）

〔清〕曹雪芹

瓶供篱栽日日忙，折来休认镜中妆。
长安公子因花癖，彭泽先生是酒狂。
短鬓冷沾三径露，葛巾香染九秋霜。
高情不入时人眼，拍手凭他笑路旁。

【品注】曹雪芹（约1715—1763），名霑，字梦阮，号雪芹，又号芹溪、芹圃。祖籍待考，生于江宁（今江苏南京）。这谜一样的男子写了一部谜一样的奇书，至今仍笔墨官司不断，更衍生出一门学问。他的诗也许不算是清人中最好的，但《红楼梦》中的诗词一定是明清小说中最妙的。妙就妙在他竟能以书中人物不同的性格才情写出，令人一读便知，嗯，这是李纨的搜肠之作，那是黛玉的会心手笔。《红楼梦》第三十八回，海棠诗社众人行酒令赋菊花，自号"蕉下客"的探春作了此诗，虽然这首诗写的"簪菊"

是将菊花插在发髻上，但其中"瓶供篱栽"也说明清代官宦人家秋日里用菊花插瓶做清供的风尚。

　　头两句以调侃的口吻写菊花既要在瓶中做清供，又要在篱下供人观赏，已经很忙了，就不要再折来对镜插鬓、妆点容颜了。古人虽有簪菊的旧例，但长安公子是因为爱花成癖，彭泽先生是因为醉后轻狂。彭泽先生即陶渊明，长安公子何许人也？有人说是杜牧，因其为长安人，宰相杜佑之孙，其诗《九日齐山登高》有"菊花须插满头归"之句。不过韦应物也是长安人，出身关中望族，世代高官，少为玄宗近侍，飞扬跋扈的地步如自叙诗所写"朝提樗蒲局，暮窃东邻姬。司隶不敢捕，立在白玉墀"，似乎更符合"长安公子"的称谓。安史之乱后韦应物立志读书，出镇州府，也有"临流意已凄，采菊露未稀"之句。两人在爱菊赏菊方面难分伯仲，都留下了经典的诗篇。颈联正是诗胆，"短鬓冷沾""葛巾香染"写尽簪菊之妙境。然而这簪菊的"高情"为时人所侧目，为世人所不解，只好任路人拍手取笑了。

七绝·情诗（之五）

〔清〕仓央嘉措

锦葵原自恋金蜂，谁供花颜奉神灵？
欲舞轻翼入殿里，偷向坛前伴卿卿。

　　【品注】 仓央嘉措（1683—1706），西藏六世达赖喇嘛，以其婉转真挚而不合身份的情诗令世人倾倒。在这首诗中他将这真挚的爱比作锦葵恋金蜂，是那么自然而然的事，为什么非要将这花颜供奉在神灵面前呢？我愿化身为这金蜂，轻轻飞入大殿之中，

偷偷在神坛前陪伴花卿。

　　清朝历代皇帝笃信藏传佛教。从雍正朝开始，清代官窑为西藏专门定烧甘露瓶用于插贮花草供佛，汉地俗称"藏草瓶"，乾隆一朝最为兴盛。形制为圆唇口，直颈带凸弦纹，丰肩，收腹，束胫，撇足，多为白瓷画矾红描金。仓央嘉措的诗歌旨在突破礼法，歌颂世俗真挚的爱情，但也因瓶花有感而发。从另一个侧面反映了西藏佛前供花的盛大场景，引得黄蜂纷纷飞来。

　　以上24首诗词之中关于中国古典花道的内容，其表现形式为在容器中贮水、插花，以便观赏、感怀和感悟。花道的审美首先是源于对自然环境中花木的摹写和爱慕，但加入了人的创造便高于自然。细心品读之后我们可以发现高于自然的部分主要是对道心和禅意的感悟，并将人文的情怀和风骨赋予花木，而非过于关注插花的形式和造型。插花各种技巧、形式和宜忌被明代文人总结归纳成书籍，文人将不同花木做成和谐的搭配，例如隆盛理念花以及岁朝清供，并赋予其新的审美意趣。反观唐宋的插花诗词，多数文人的审美还是以素简为主，通常簪牡丹就是数朵，插菊仅是几束，折梅只是一枝，讲究的是朴素的美以及与空间的自然协调。

第四章　香道诗词

《孔子家语·六本》有云："与善人居，如入芝兰之室，久而不闻其香。"先秦时代，人们就有利用植物的天然芳香改善环境和美化居室的做法，"户服艾以盈要兮，谓幽兰其不可佩"便是《离骚》记录下人们佩艾草的习俗和佩香兰的雅例。

真正意义上香道的起源，始于汉代的宫廷香熏。从目前的考古发现，西汉之前用"豆"形器，以明火焚香草，算是原始的香熏。西汉时出现了博山炉，将南海进贡的香料制成香球或香饼，上盖镂空，下置炭火，逼发香气。隋唐时代，除了传统上熏衣、洁体、祛秽的需要之外，佛教的兴盛也推动了香道的发展，出现了成套制作精美的香具，包括香炉、香熏、香球、香案、香匙等。这一点从西安法门寺地宫出土文物中可见端倪。入宋之后，香事更是飞入寻常百姓家，点茶、插花、焚香、挂画四雅被大众津津乐道，崇尚传习。香，超越了熏香等现实功用，提升为一种养生秘方或宗教仪轨，然后落地于人文世界，变成了独处或雅集时不可或缺的情怀寄托或精神象征。元承宋制，而宗教色彩更为浓厚。明清之际，由于贸易和手工艺的发达，在香具制作和香料调配方面大放异彩，但从文化方面却难以逾越宋代这座高峰。

乐府·四坐且莫喧

无名氏

四坐且莫喧，愿听歌一言。
请说铜炉器，崔嵬象南山。
上枝似松柏，下根据铜盘。
雕文各异类，离娄自相联。
谁能为此器，公输与鲁般。
朱火燃其中，青烟扬其间。
顺风入君怀，四坐莫不欢。
香风难久居，空令蕙草残。

【品注】这一定不是无名之辈的作品，只是作者已湮灭在历史长河中不可考证。铜熏炉在汉代并非普通人家能够拥有的，若非王孙诸侯，便是公卿大夫。《战国策》的编纂者刘向有一篇《熏炉铭》，内容与此诗相近，不知是否纯属巧合？"嘉此王气，崭岩若山。上贯太华，承以铜盘。中有兰绮，朱火青烟。"

诗中用了大量篇幅描述铜熏炉的精巧贵重，从形制上看或许就是传说中的博山炉。"崔嵬"音"崔唯"，本义有巨石的土山，形容器物上刻画出山岩高峻的样子。铜炉分为上盖和下盘两个部分，盖子上浮雕镂空着松柏的枝干，与下座的盘根错节丝丝入扣。雕刻的纹饰都是奇珍异兽，"离娄"，形容纹饰互相交错又清晰分明的样子。这些造型相续相连没有间断。只有公输盘和鲁班才能做出这样的精巧器物啊。后六句，着重写了熏香的境况又阐发了哲思。朱火，即暗红的炭火。青烟，是蕙草被热气逼出来的淡青色烟。香气随着风向的改变飘入坐客怀中，令人赞叹倾倒。"香风难久居,空令蕙草残",此言一出,四座默然,低头沉思,呼应了首句"四坐且莫喧"之语。这正是香道的内涵之一,归静虑。

四言古诗·香炉铭

〔南北朝〕萧绎

苏合氤氲,飞烟若云。
时浓更薄,乍聚还分,
火微难烬,风长易闻,
孰云道力,慈悲所熏。

【品注】萧绎(508—555),即梁元帝,梁武帝萧衍第七子,南兰陵郡(今江苏武进市)人。虽然从小因病瞎了一只眼,但读书不辍,更是历史上著名的藏书家和焚书者,"自聚书四十年以来,得八万卷",可惜的是他在兵败被俘之前竟命人将苦心收集的古画、法帖、图书共14万卷全部焚毁,并说"读书万卷,犹有今日",可谓是雅道诗书一大浩劫。从《隋书》的记录中可以得知,萧绎精通琴棋书画,爱好博杂。他的五言、七言古诗造诣颇高,如《春日》全诗18句,句句含春,春心、春情、春思、春愁之绪,怀春、迎春、惜春、忆春之情溢于言表。这位才华横溢的亡国之君与李煜、赵佶一样,本是谪仙之人,错投于帝王之家。

传说这段文字铭在萧绎喜爱的一只香炉上,但铭文中完全没有关于香炉的材料、形制、精巧、贵重的描述,注重的是以香言志。香炉中常焚苏合香,烟气如云。苏合香,唐代刘禹锡《传信方》说:"皮薄,子(籽)如金色,按之即小,放之即起,良久不定如虫动,气烈者佳也。"宋代沈括《梦溪笔谈》记载:"今之苏合香,如坚木,赤色,又有苏合油,如芙胶。"而明代高濂《遵生八笺》记录的香方中,以数种香草榨汁调配苏合油。历代所称苏合香,名称相同却是不同的东西,不可混淆。"时浓更薄,乍聚还分"虽说香事,亦言人事,虽是至理却含悲观。后四句先说焚香之物理,火小了难以烧尽,风悠长容易闻香,然后得出结论:谁说慈悲熏修能增长法力?还不是要靠火旺风长。眼见笃信佛法的父亲在侯景之乱中束手无策,最后饿死宫中,萧绎很容易得出这样的结论。看似有理却是他不了解因果、不了解大慈大悲所致,正如他认为自己兵败身死是读书过多一样不合逻辑。另外单纯从香事而言,若是深谙香料的特性,善加调和,微火也能烧尽。端坐于无风静室,更能感受香道悠长。

七绝·东林寺寄包侍御

〔唐〕灵澈

古殿清阴山木春,池边跂石一观身。
谁能来此焚香坐,共作庐峰二十人。

【品注】 灵澈禅师(746—816),字源澄,俗姓汤,会稽(今浙江绍兴)人,若耶溪云门寺僧,秉心旷达,冰雪洞明,与刘禹锡等人交善,时有诗文赠答。后游历湖州,与皎然为林下之交。又过江西暂住庐山东林寺,最后驻锡湖南衡岳寺。有诗《归湘南作》云:"山边水边待月明,暂向人间借路行。如今还向山边去,只有湖水无行路。"绝俗离尘而逍遥世间。

这首诗作于庐山东林寺,寄赠包姓的侍御史,可能就是唐代著名诗人包融的次子包佶，天宝年间任御史中丞，后被牵连贬谪岭南。灵澈上人在诗中描绘东林寺胜境，并邀其到此地结社修行。"跂石"，垂足坐于石上的状貌。东晋时，慧远大师与僧俗贤士18人在此结莲社，首倡净土宗念佛法门，决定往生西方极乐世界。灵澈在诗中对包侍御说，如今加上你我二人于此焚香共坐，正好20人。"垆峰"即庐山香垆峰，亦作香炉峰。不知包侍御后来是否成行，但如今读过这首诗，哪天有机缘路过东林寺之时，当坐于池边石上，焚香静对虚空灵澈。

五律·和陆司业习静寄所知

〔唐〕张籍

幽室独焚香，清晨下未央。
山开登竹阁，僧到出茶床。
收拾新琴谱，封题旧药方。
逍遥无别事，不似在班行。

【品注】张籍（约766—830），字文昌，和州乌江（今安徽和县乌江镇）人。贞元十五年（799）进士及第时，韩愈为考官。先与孟郊相友，后与白居易相识切磋诗文。据说张籍有一"雅癖"，常书写杜甫诗句焚烧成灰，和以蜂蜜吞服。我们不确定张文昌的乐府诗成就是否得益于此，但可以确定的是，他读杜诗的时候是香氲四溢，齿颊甘甜的。

张籍与陆习静二人都曾任职国子监司业，相当于最高学府的教导主任兼教授。诗中张司业说，身居幽室独自焚香，从清晨一直到将近半夜。从古代的香方中可知供佛印香中有可焚六个时辰的,甚至一整天的,因而不用起身添香。"山开登竹阁,僧到出茶床"之句奇妙,登山小径如一线天穿岩而过,故称"开山",阁楼用竹子依山而建。"茶床",放置茶鍑的用具,即陆羽《茶经》中所说"交牀","以十字交之剜中令虚以支鍑也"。此处为山僧来访,煮茶相待之意。整理新琴谱,轻抚一曲,还要药石何用?故而封存旧药方。焚香、品茗、抚琴,逍遥自在,无事快活,这哪里是在衙门班房中能够比得上的呢。

五言古诗·香印

〔唐〕王建

闲坐烧印香,满户松柏气。

火尽转分明,青苔碑上字。

【品注】 王建(768—835),字仲初,颍川(今河南许昌)人,他与张籍在乐府诗方面都有不俗的成就,世称"张王乐府"。都属于中唐时期的下级官吏,困顿不得志。张籍在太常寺任太祝时几乎双目失明,时人戏称为"穷瞎张太祝";王建家贫,出任县丞、司马等职,俸禄微薄,终日为衣食忧,年过40须发皆白,可称"愁白王司马"。张籍在《赠王建》诗中写道:"白君去后交游少,东野亡来箧笥贫。赖有白头王建在,眼前犹见咏诗人。"诗中的白君是指白居易,东野即是孟郊。虽然张王二人出身微贱,生活困苦,但我们在他们的诗中分明能见到一种雅贵之气。

香印就是制作印香的模具,大约出现在唐代,以木为范,镂空成梵文或篆字,香量经过计算以符合一定的时间周期,如数个时辰,甚至一整天。宋人洪刍《香谱》中记载的"百刻香",就是一种篆香，将 12 个时辰分为 100 刻，一个昼夜恰好焚尽。松柏，常以坚忍孤傲的品性出现在诗文中，满户松柏气大概因为焚的是松脂柏子之类制成的印香。石碑上的青苔通常生长在平滑的表面，越发凹显出碑文的深邃古朴。焚印香也是如此，香尽之后，模制的文字尤为清晰。张王二人的诗句也是如此，千年之后依然清晰而且清香四溢。

七律·和乐天斋戒月满夜对道场偶怀咏

〔唐〕刘禹锡

常修清净去繁华，人识王城长者家。
案上香烟铺贝叶，佛前灯焰透莲花。
持斋已满招闲客，理曲先闻命小娃。
明日若过方丈室，还应问为法来邪。

【品注】刘禹锡（772—842），字梦得，洛阳（今河南洛阳）人，被誉为"诗豪"。与"诗王"白居易的交游唱和，或许不是刘禹锡诗文最璀璨的时刻，却是他人生中最闲愉雅致的时光。二人同年出生，同样出身书香门第，俱是少有诗名而勤勉过人。青年时一个被贬为江州司马，一个贬为朗州司马，后来都以太子宾客身份居洛阳，都醉心雅道且一贯践行。难得的是二人的雅量，对于唱和集的名字到底是"白刘"还是"刘白"，颇有一番谦让推辞，最后可能是白居易力排异议，"白流"不好听，还是"留白"吧。在刘禹锡传世的八百余首诗作中近十分之一是酬答、寄赠、思忆白乐天的，这在唐代诗人之中极为少见。

白乐天中年以后笃信佛法，经常吃长斋守净戒。自言"仲夏斋戒月，三旬断腥膻。自觉心骨爽，行起身翩翩"。刘梦得对此表示敬重却又不以为然，不时调侃他"矻矻将心求净法，时时偷眼看春光。知君技痒思欢宴，欲倩天魔破道场"。这首诗也是如此，前四句备述香山居士斋戒的道场清净庄严，都城中人都识得这位信佛的长者。道场之中恭立佛像，佛前插供的莲花庄严明艳，在灯火的映衬下更加透亮。案上香炉中烟雾袅绕，在贝叶经上流淌。后四句话锋一转接着说，斋戒结束了您又招来我这种闲客饮酒赋诗，叫唤樊素、小蛮听曲观舞。倘若明天路过大和尚的禅房，他问你是否为求法而来，该如何回答呢？呵呵。白乐天自有坦荡的心境应答："明朝又拟亲杯酒，今夕先闻理管弦。方丈若能来问疾，不妨兼有散花天。"不过话说回来，诗中"案上香烟铺贝叶，佛前灯焰透莲花"的描绘足以让我们想见香山居士斋戒焚香的庄严和虔诚，在他晚年放下歌舞宴乐之后便如《偶作二首》中写的那样"日出起盥栉，振衣入道场。寂然无他念，但对一炉香"。

五绝·香球

〔唐〕元稹

顺俗唯团转，居中莫动摇。
爱君心不侧，犹讶火长烧。

【品注】元稹（779—831），字微之，别字威明，河南洛阳（今属河南洛阳）人，北魏拓跋氏之后。他与白居易同科及第，更结为莫逆之交。元稹与白居易一起倡导"新乐府运动"，其早期乐府诗的风格深受张籍和王建的影响，言事咏物喻理，能言人之所不能。这首《香球》就是一个例子。香球是唐代出现的香具，一般为银质镂空圆球，内置两个可转动的同心圆环，垂直相交，环中心置一个小香钵。任香球如何滚动，香钵始终保持水平，点燃的香料不会倾覆。常用于熏香衣物被褥或系银链随身佩戴。有关香球的诗或如白乐天描绘宴乐醉美"香球趁拍回环匼，花盏抛巡取次飞"又如张祜写狎妓情景"斜眼送香球"，再如宋人郑觉斋言及闺中人的精巧雅致"试新妆才了，炷沈水香球"。在元微之这里，香球变成了一位入得尘俗却能保持心地清香的雅人。

有人将这首诗解读为元稹向皇帝表明忠诚的自喻诗。这么理解也有一定道理，不过是见仁见智的问题罢了。"顺俗唯团转，居中莫动摇"正是世人皆知其理却难以做到的事，而香球做到了。更难得的是，"爱君心不惙，犹讶火长烧"。在俗世中，以此诗形容金岳霖先生对林徽因先生的爱意是再合适不过的了，君心不惙，火仍长烧，我自爱汝，与你何干？痴情而淡然长久。若是送心仪之人一枚香球，附上此诗，便胜过千言万语长情的告白。

七律·隋宫守岁

〔唐〕李商隐

消息东郊木帝回，宫中行乐有新梅。
沈香甲煎为庭燎，玉液琼苏作寿杯。
遥望露盘疑是月，远闻箫鼓欲惊雷。
昭阳第一倾城客，不踏金莲不肯来。

【品注】李商隐（约813—858），字义山，号玉溪生，又号樊南生，生于郑州荥阳（今河南郑州荥阳），晚唐著名诗人。词句华美但有时晦涩难懂，人们常常喜欢猜测他诗中的奥义，但有些诗他只是

就事论事而已。比如这首诗大概是李义山除夕夜读书读到隋宫旧事，以声形唯美的文字记录下来，不褒不贬，只为让我们嗅到一股奢华的浓香罢了。

诗题为"隋宫守岁"，可见除夕守岁时焚香祈福消灾的传统隋已有之。"木帝"，即伏羲，传说为管理春天的东方之神，因此"消息东郊木帝回"大意是听说春天来了。新梅绽放，宫中人开始游赏宴乐。"沈香"，即沉香。"甲煎"，甲煎粉，南海所产一种螺，取其靥足（甲盖）烧灰磨粉便是甲煎粉，焚之有香气，亦可以助燃生烟。《太平广记》中记载隋炀帝之时每逢除夕夜，皇宫大殿前的庭院里设有数十个火山，焚烧沉香，火光暗下去的时候便投放甲煎粉助燃，火高数丈，香传数十里，守岁一夜耗费沉香两百多车，甲煎粉两百石。隋唐一石约等于今天53公斤，单是甲煎粉的用量已令人瞠目结舌。"玉液琼苏"，传说是仙人饮的酒，借指美酒。"露盘"，古人以为天降甘露为祥瑞，故汉武帝在高台上造承露盘以接甘露。唐代《初学记》云："露色浓为甘露，王者施德惠，则甘露降其草木。"隋宫也建有巨大的高塔承露盘，远看以为是月亮。"鼍鼓"，用鳄鱼皮蒙制的大鼓，响声如雷震天。

以上写的都是隋宫守岁的奢靡盛况，最后一句令人费解，"昭阳第一倾城客，不踏金莲不肯来"，说的是谁呢？"昭阳"是长公主的封号，隋宫中"第一倾城客"应指隋文帝的长女，隋炀帝的姐姐，杨丽华。杨坚任北周丞相时，她被选为太子妃，宣帝即位后封为皇后，静帝时成为太后，此时身为外戚重臣的杨坚势力逐渐强大。女儿作为当朝太后，父亲谋朝篡位的做法显得十分荒诞，杨丽华虽然反对但也无可奈何。杨坚登基后想为她另寻婚配，她守节不从。因为这一层关系，杨坚父子对杨丽华都礼敬有加，封为长公主。

于是便有了诗人的想象,"不踏金莲不肯来"的庄严豪华。现实中的场景大概是,诗人读书守岁至天光,一抬头,旭日东升,踏着朵朵金霞而来。

七绝·香
〔唐〕罗隐

沈水良材食柏珍,博山烟暖玉楼春。
怜君亦是无端物,贪作馨香忘却身。

【品注】 罗隐(833—910),字昭谏,杭州新城(今浙江杭州富阳)人。唐末文人,青年时已有诗名,身直语狂,多有讽喻时弊之作,为当朝权贵忌惮。曾参加过十余次科举考试都名落孙山。黄巢起义时,避乱于九华山,后得吴王钱镠赏识招入幕府。他的诗文通俗却弦外有音,浅近又发人深省,令贫儒寒士拍手称快,贪官道学咬牙切齿。后来民间还流传出他的神话故事,可见其深得百姓喜爱。

"沈水",即沉香中的水沉。"食柏",指柏叶和柏子,传说为修仙者的食物,也是常用的香料。此处以沈水暗喻所谓良才,以食柏比拟避世之人,在唐末纷乱中徒享"博山烟暖玉楼春"却于事无补。后两句字面继续说可怜这名贵香料也是无心之物,终落得个香尽身死的下场。"无端"在此宜解作无心、没由来之意。从罗隐的经历来看,这首诗既是自嘲又是讽世,奠定了后来罗隐以香为鉴,著书立说,匡扶道义,低调做人,积极入世的思想。

七绝·清真香歌

〔宋〕丁谓

四两玄参三两松，麝香半分蜜和同。

丸如弹子金炉爇，还似花心喷晓风。

【品注】丁谓（966—1037），字公言，封晋国公，长洲（今属江苏苏州）人，权倾宋真宗一朝，初为天才能吏后为奸相权臣，终因贪腐罢官流放。话说回头，丁谓在茶道和香道的技艺方面还是颇有研究的。《清真香歌》便为我们记录下他调制香丸的配方及感受。前两句是配方比例，玄参四两、甘松三两、麝香半分加蜂蜜调和搓揉成香丸。宋代药剂度量，十分等于一钱，十钱等于一两，一两等于今天1.19市两。所以诗中大致的配比就是玄参149克，甘松112克，麝香0.19克，以适量蜂蜜做黏合剂。香丸如古代弹弓所用泥丸、石丸大小，直径约两厘米，放入铜炉内点燃，香气如花蕊中透出的芬芳。

值得注意的是，宋人洪刍所著《香谱》记有一香方"延安郡公蕊香法"，其中写道"玄参半斤……甘松四两……白檀香剉……麝香颗者……的乳香细研……上三味各二钱"。主方与之极为相似，不过多了白檀、乳香两味，而且剂量多达二钱，是"清真香"的40倍。虽然没有亲自调配过，但可以估摸丁谓的"清真香"是从延安郡公赵允升的配方简化而来。去除了白檀的药香和乳香的异香，大幅减少了麝香的用量，由宫廷的浓烈转为文人的淡雅，散发出自然的花香，正是一道清和真雅之香。

七律·香

〔宋〕苏洵

捣麝筛檀入范模，润分蔷露合鸡苏。
一丝吐出青烟细，半炷烧成玉筋粗。
道士每占经次第，佳人惟验绣工夫。
轩窗几席随宜用，不待高擎鹊尾炉。

【品注】 苏洵（1009—1066），字明允，自号老泉，汉族，眉州眉山（今四川眉山）人。宋人尚香爱香，琴棋书画诗花茶各种雅事都不乏香的氤氲，但像苏老泉这样正儿八经咏香的诗却不多见。据说苏洵27岁开始才发奋读书，那么之前他做什么去了？他自己说"山川看不厌，浩然遂忘还"。流连山川，寻僧访道，自然少不了焚香吃茶，故而他也耳濡目染，成为个中好手。

麝香捣碎，檀粉细筛，倒入篆香的模子，混合用蔷薇露调和的鸡舌香（丁香）、苏合香。"玉筋"，玉石中隐约可见的棉絮状杂质、形成条状的称为玉筋。这里的意思是初燃香之时，只有一缕青烟，烧至半炷，香烟袅绕如玉筋一般，这是各种香料在热力作用下吐露芬芳的结果。焚香之事虽如道士占卜程序繁琐，但最终却是像佳人出阁时只验看刺绣功夫，理应根据窗边、案几、席榻的需要，依不同形式焚不同的香，何必沿袭古人高举着鹊尾香炉的仪式。"鹊尾香炉"是最早出现在南北朝时期的长柄香炉，持部似鹊尾，故名。高擎鹊尾香炉是当时王公大臣礼佛或参加法会的仪式，常见于南北朝的壁画或砖画中。

"轩窗几席随宜用"，这个观点代表了宋代文人对焚香的普遍理解，将其从繁缛的宗教仪式中解放出来，赋予香道更纯粹的人文情怀。相传苏洵家宴时拈出冷香二字，令各人对联，自己首唱："水向石边流出冷，风从花里过来香。"苏轼不假思索吟道："拂石坐来衣带冷，踏花归去马蹄香。"苏辙一时词穷，只对了个下联"梅花弹遍指头香"。苏小妹笑对"叫月杜鹃喉舌冷，宿花蝴蝶梦魂香"。如此冷香之对，胜似当年谢庭咏雪之风雅。

翻香令·金炉犹暖麝煤残

〔宋〕苏轼

　　金炉犹暖麝煤残。惜香更把宝钗翻。重闻处，余熏在，这一番、气味胜从前。

　　背人偷盖小蓬山。更将沈水暗同然。且图得，氤氲久，为情深、嫌怕断头烟。

【品注】 治平二年（1065），苏轼的结发妻子王弗病逝。11年前苏轼到眉山中岩书院念书，书院岩下有一泓清池，无名亦无鱼。一日，书院山长王方广征池名，众多学子题名或俗套或诘屈，苏轼临池长啸，击掌三声，忽见鱼翔晴空，结对出游。苏轼见状向王方禀告："学生以为，此池可名'唤鱼'。"王方拊掌称妙之际，丫鬟送来小姐王弗的题名，香笺上赫然书写着"唤鱼"二字。王方喜不自禁，遂将女儿许配给苏轼为妻，那年，王弗15岁，苏轼19岁。婚后二人琴瑟和鸣，过着诗书相娱的生活。

　　想着这些馨美而短暂的欢愉，望着将熄的炉烟，东坡先生不禁悲从中来。取出爱妻惯用的宝钗翻转炉内的残香，好让它继续燃一会儿。说是"惜香"，实为"惜人"。麝香过浓，容易伤人，此时残香余熏，恰到好处，"气味胜从前"。东坡先生却不忍离去。

背地里投入一块水沉香，轻轻合上巧雕着蓬莱仙山的炉盖。似乎是贪图这氤氲的香气长久，其实是情到深处，不忍看见香烟断灭。诸如"背人偷盖""嫌怕断头烟"此类字眼中，跳动着东坡先生缱绻柔软的心。

《翻香令》词牌名源自"惜香更把宝钗翻"之句，是东坡先生以香寄托哀思，因翻香而创的词牌，如今读来仍令人不胜唏嘘。另外，宋代的合香常将麝香与沉香混搭，比例约为麝三沉五，另加檀香、零陵香等。东坡先生加入沉香后香气应该比纯焚麝香更加雅韵绵长。

减字木兰花·天涯旧恨

〔宋〕秦观

天涯旧恨，独自凄凉人不问。欲见回肠，断尽金炉小篆香。
黛蛾长敛，任是春风吹不展。困倚危楼，过尽飞鸿字字愁。

【品注】 秦观（1049—1100），字少游，一字太虚，别号邗沟居士、淮海居士，高邮军武宁乡（今江苏高邮）人，苏门四学士之一。世人多以其为婉约派词宗，殊不知他的诗文绚烂，尤为可观。秦观早年受到苏轼和王安石赏识并非在词，而在其所作策论、诗赋。在徐州作《黄楼赋》辞华而气古，苏轼赞曰"有屈、宋之才"。写焚香寄托哀情愁绪的，秦少游恐怕不是第一个，但却是妙手之一。哲宗绍圣三年（1096），47岁的秦观从处州被贬至郴州，暮春时节于途中偶遇一位女子接济，这位歌伎早年曾唱少游词名噪一时。秦观写了三首词赠予她，这是其中一首。两位天涯沦落人，一位恨色艺过气，一位叹才情流离，所恨虽有不同，愁绪却别无二致。

可叹秦少游此后一路被贬到横州,再贬雷州,有生之年再也没能回到江南。

少游此词悲而不哀,愁而不怨,于悲愁中最见清雅。"欲见回肠,断尽金炉小篆香"别有意境,若想明了此刻的百转回肠,只消看看铜炉中燃尽的篆香。宋代佛前供香常用"阿"字梵文和"心"字篆文,民间常用的篆文"福"字、"寿"字及"长春永寿"等篆香。秦少游此处用的篆体和文字不详,但无论是何种篆香,都可以为这情绪找到一个出口,随香烟渐渐散去而释怀。但个中人的忧思却是连春风都吹不展的愁眉,只能"困倚危楼",仰看北回的大雁排成人字,不知是感慨南迁何时能归,抑或是感叹"人"字难写,字字成愁啊。

苏幕遮·燎沉香
〔宋〕周邦彦

燎沉香,消溽暑。鸟雀呼晴,侵晓窥檐语。叶上初阳干宿雨。水面清圆,一一风荷举。

故乡遥,何日去。家住吴门,久作长安旅。五月渔郎相忆否。小楫轻舟,梦入芙蓉浦。

【品注】周邦彦(1057—1121),字美成,号清真居士,钱塘(今浙江杭州)人,北宋婉约词派大家。他在诗词方面的成就得益于音律方面的天赋,因而词章朗朗上口,词句唯美颇具画面感和故事性,具有很高的传唱度。与同时代的词人不同,周邦彦的每一首词都标注了宫调之名,如"小石""大石""商调"或"越调",所以歌唱者拿到他的词直接套入固定的宫调就能完美演绎。他能得李师师青睐除了长得帅,就是因为能写会唱,按今天的话说就是一位杰出的"唱作型"偶像。例如这首"燎沉香"里的"燎"字读音字意都很妙。所谓"燎",是用若有若无的炭火炙烤,渐渐逼出沉香之味,唱出来比"焚沉香"或"烧沉香"更显雅致。"溽暑",湿热的夏天。上阕用唯美的词句描绘出一幅雨后消夏图,画中人燎热沉香,潮湿的暑气也随之排解了。清晨窥听屋檐下的动静,从鸟语雀声中传来消息,天要放晴了。果然是宿雨初晴,荷叶了无雨痕,只见"水面清圆,一一风荷举",意境明快悠扬。下阕写吴门之子羁旅长安,思念故乡之情,不知当年的渔童是否还记得泛舟相伴的闲适时光,且借一叶扁舟梦回芙蓉浦。荷花雅名出水芙蓉,又名芙蕖,所谓芙蓉浦就是故乡那开满荷花的河汊溪湾。

周邦彦善于营造这类如梦似幻又贴近生活的唯美意境,其中并无深奥道理,也无奢华陈设,只有宋人对生活美学孜孜不倦的追求,而这种追求常常始于一炉香,让身心都安静下来,流淌到生活中每一个微不足道的瞬间。

七绝·和四兄清泉香饼子

〔宋〕晁冲之

清绝端因柏子香,风流特可付文房。
如何石火须臾顷,得尽人间一日长。

【品注】晁冲之,字叔用,早年字用道,为避元祐党争隐居于今河南禹州具茨山一带,多次拒绝朝廷征召,生卒不详。济州钜野(今山东巨野)晁氏是北宋名门,家学淳厚,文人辈出。尤其是"之"

字辈的人物,他的堂兄弟中除了"苏门四学士"晁补之,还有晁说之、晁祯之、晁咏之都是当时著名文学家。

世俗的香饼大多要用到沉香、檀香、麝香这些名贵香料,如黄香饼、黑香饼。晁冲之与四哥晁说之唱和的清泉香饼子不见于各类香谱,因为这并非什么名香,不过是用柏树籽简单加工成的饼子。"柏子香"始于唐代,流行于禅寺道观之中,唐太宗为摒弃隋代奢靡之风也提倡在宫中焚此清绝质朴之香。赵州和尚有一则"门前柏树子"的公案,因而焚香时也多了一分参禅悟道的意味,其中的风雅更适合文房清赏。后两句似乎抛出了一个问句,但同时也是晁冲之的感悟,人生如所焚之香电光石火般转瞬即逝,如何珍惜利用在人间的每一日,过得悠长清雅才比较有意思呢?答案或许就在香炉之中。

五律·东轩小室即事五首(之五)

〔宋〕曾几

有客过丈室,呼儿具炉薰。
清谈似微馥,妙处渠应闻。
沈水已成烬,博山尚停云。
斯须客辞去,趺坐对余芬。

【品注】曾几(1084—1166),字吉甫,号茶山居士,祖籍江西赣州,移居河南洛阳。他的名声虽比不上他的学生陆游,广为传诵的诗作大概只有"梅子黄时日日晴,小溪泛尽却山行。绿阴不减来时路,添得黄鹂四五声",他却是江西诗派在两宋之间重要的传承者。茶山居士的《东轩小室即事》共有五首,内容都是雅道趣事。其一写书斋中鼠痕蜗迹如书法有天然之趣；其二写读古书黄卷之意味；其三论烹茶品香玩诗之闲情；其四写临流听竹如听琴之意境；这首专写焚香待客之事，可见宋人香道之雅。

"丈室"，佛经中原指维摩诘居士显现病体与诸菩萨众罗汉说法，所卧之室一丈见方却能容纳无数神佛、弟子，后引申为佛教寺主的房间。宋人在焚香、吃茶等雅道活动中十分推崇这种狭小幽静而有品位的房间，日本后来由村田珠光提出、千利休倡导的"草庵茶"就是以这种狭小幽静的丈室为精神依归。丈室之中，有客来访之前，第一件雅事便是"呼儿具炉薰"，可以起到净化道场的作用，也使得访客未进门就能嗅到一股清雅。第二联意味翻转，主客之间兰言芷语的清馥之妙，香炉应该也能感受得到吧。第三联意境最妙，尤其是"停云"之句。水沉已经焚尽而博山炉上氤氲未消。一会儿客人离去后，盘膝静坐独对余香，而非草草收场。我们从中分明看见了一整套香道的流程，并非物化而是精神上的流程。

七绝·凝香迳

〔宋〕曾协

白葛乌纱一迳长，心清草木自成香。
何须炉里烟成缕，不用衣间紫作囊。

【品注】曾协，字同季，号云庄，出身宋代文学世家，江西南丰七曾之一。生年不详，卒于乾道九年（1173）。曾协虽然屡试不第，还是凭借祖荫补了个长兴县丞的小官。后迁镇江、临安通判，继任吉州、抚州、永州知州。不过他的志向不在仕途，而是长年

流连林泉花木之间,他也不像同时代的文人醉心焚香、点茶、挂画、插花,而是更趋向自然野趣之美。

如同这首诗所表达的形而上的香道精神,自然的真香全在"心清"二字,葛衣素白,乌纱玄净,是心清的表现,迤迤然走在花径中,也是心清的表现。此时一草一木无不是芬芳的,哪里还用得着熏炉中缕缕香烟和环佩腰间的紫色香囊?"心清草木自成香"或可写成香席挂轴,时时观照。香道师或许要问,若人人如此我的生意怎么办?香事之中,卖香为下,品香为中,发扬香道文化者为上。如果香道师能够成为"心清草木自成香"之人,何愁没有生意?《戒香经》言:"三种香,所谓根香、花香、子香,遍一切处,有风而闻,无风亦闻。"似乎不合香味分子顺风扩散的物理,实则以草木心香喻戒行功德。有德行之人根性自香,不昧因果如花香和果香,其馨香远播不论有无风助,岂非"心清草木自成香"?

行香子·谢公主惠香二首(之一)
〔金〕王处一

惊息回惶,广启心香。谢清颂、檀髓沉香。金炉篆起,法界飘香。献玉虚尊,诸天帝,普闻香。

仰祝吾皇,稽首焚香。赞金枝、玉叶馨香。一人布德,万国传香。显本来真,元初性,自然香。

【品注】王处一(1142—1217),号玉阳子,王重阳门下"全真七子"之一,宁海东牟(今山东威海乳山)人。传说玉阳子于兴定元年(1217)羽化升仙。《行香子》词牌又名《爇心香》,名称来源于佛教行香法会,本是佛曲,随后演变为大众焚香时唱诵的歌谣,再后来凝练成词牌的形式。"檀髓",檀木树心,是制作檀香的原料。从这首词中的内容可以看出,金国延续了北宋皇室赐香、行香的祈福活动,因推行儒释道三教合一,将活动场所扩展到了道观。这便是传统香道的另一个内涵——祈福祉。

整首词是感念皇恩浩荡、赞叹名香、祷告神灵、祈求福祉之意。"悚息回惶"是谦词,感恩公主赐香,诚惶诚恐。收到清供的白檀、沉香,以铜炉焚篆香,香满法界,先供奉玉皇大帝和诸位天神,再稽首跪拜,仰天祝福吾皇,赞叹公主馨德。一人布施可以令万国传香,若是显现真心本性,便是自然而然的芳香。短短一首词中有十个香字,真真香煞人也。

七律·纪旧游

〔元〕赵孟頫

二月江南莺乱飞,百花满树柳依依。
落红无数迷歌扇,嫩绿多情妒舞衣。
金鸭焚香川上暝,画船挝鼓月中归。
如今寂寞东风里,把酒无言对夕晖。

【品注】赵孟頫(1254—1322),字子昂,号松雪道人,又号水晶宫道人、鸥波、吴兴(今浙江湖州)人。虽然赵子昂常为后人诟病,身为宋朝宗室子弟改节降元,却在雅道沦丧的蒙古人统治下延续了一脉文香。作为诗书画印的全才,松雪道人提倡以"古意为师""云山为师"的方法,并提出"书画同源"的观念,一贯践行,出离南宋院体的窠臼,遂成一代宗师。然而世人大概只知道他的书画名头,不知道他的诗文妙处;知道他的诗文妙处的,

不一定知道他还是个精通音律、善鉴古物、赏茗玩香的雅道高手。

诗中前四句是写早春草长莺飞、杨柳依依的物象和寻花踏春、歌舞升平的情景,这是寻常人家的风流。那松雪道人的风雅又是什么呢?"金鸭焚香川上暝,画船挝鼓月中归"词句意境俱佳,此处"挝"读"抓"音,意为敲打。离开喧繁的杨柳岸,买舟泛溪,流连忘返。鸭形铜炉焚着香,熏出了江上的黄昏;同席品画题诗,直至鼓声摇动月中归帆。如今只能在寂寞东风里,"把酒无言对夕晖"。我们无从知晓松雪道人念念不忘的旧游曾共谁把臂,但可以知道的是延祐六年(1319)夫人管道升病逝于临清舟中之后,他再也没有乘船出游的雅兴。"金鸭焚香川上暝,画船挝鼓月中归"也成了这对神仙眷侣书画合璧的绝唱,如今谁能焚香于画船,再续风雅?

七言偈颂

〔元〕了庵清欲

闲居无事可评论,一炷清香自得闻,
睡起有茶饥有饭,行看流水坐看云。

【品注】 清欲禅师(1288—1363),堂号了庵,临济宗法嗣,曾修行、驻锡于南京保宁寺、开福寺,嘉兴本觉寺,苏州灵岩寺、慈云院等地。晚年集结在各个寺院时期所写诗歌文章为《了庵清欲禅师语录》,共22卷。禅师以诗词墨迹扬名中外,他为日本留学僧所写的行书《法语》,现藏于东京国立博物馆。

禅诗偈颂很多时候并不遵循诗词格律,语句也更直白,言简到不能再简,却令人深思玩味。如果隐逸在深山却还谈论世事家常,并不是真正的闲居，只有"无事可评论"，才是心无挂碍的闲。一炷清香既是供佛，也是悦己，其实只是清心，其中的奥妙是说不出道不得，只有"自得闻"。宋代云门海晏禅师有一则公案，问："如何是古寺一炉香？"海晏禅师曰："广大勿人嗅。"曰："嗅者如何？"师曰："六根俱不到。"其中大馨无嗅的义理值得香客参悟。"睡起有茶饥有饭，行看流水坐看云"，禅就是这么简单，吃茶时吃茶，吃饭时吃饭。行住坐卧便如同行云流水一般自然而然。看似容易，常人并不容易做到，常常吃茶时想着等会儿吃什么，吃饭时又想着等会儿去哪里玩耍；一边走路一边东张西望，坐下休息时又坐不定。诗中另一层意思是闲居的简雅，香有一炷足矣，粗茶淡饭有一碗足矣。香，正是知足寡欲的人供养性灵的恩物。

五言古诗·题小鸾所居疏香阁

〔明〕沈宜修

远碧绕庭色，参差映日明。
竹间翠烟发，竹外双鸠鸣。
径曲繁枝袅，嫣红入望盈。
博山微一缕，烟浮画罗生。
芳树清风起，飘飘落霞轻。

【品注】沈宜修（1590—1635），字宛君，吴江（今江苏苏州）人，明代才女。在明清时期，苏州沈家是江南的书香名门，历代人才辈出。丈夫叶绍袁是当时著名文士，因不满阉宦乱政而归隐，夫妻二人于吴江筑午梦堂而居，从此过着"地是柴村僻，门临荻野开。远山堪入黛，曲小可浮杯"的幽雅生活。二人育有五男三女，

皆深谙雅道，醉心艺文。其中三女叶小鸾才情绝世，幼子叶燮后来成为清初著名诗论家。

头两句写的是午梦堂的外景，远处的青山碧树与庭中的绿植在日光中交相辉映，浓淡参差，如水墨画一般。后两句视线拉进午梦堂之内疏香阁之外，翠竹摇曳生烟，"竹外双鸠鸣"，鸠鸣报春为比兴之句，也暗指一门风雅，琴瑟和鸣。这春意盎然体现在曲径繁枝，体现在满目嫣红。疏香阁中这小小人儿在做什么呢？博山炉内升起一缕青烟，风烟拂过画绢似乎生出一幅画，原来是小鸾所作的"轻霞芳树图"。诗句"烟浮画罗生"是焚香与绘画二雅相辅相成的写照，也不知是香中生画，还是画中生香。

七绝·雨夜闻箫

〔明〕叶小鸾

纱窗徒倚倍无聊，香烬熏炉懒更烧。
一缕箫声何处弄，隔帘微雨湿芭蕉。

【品注】《红楼梦》中的林黛玉与叶小鸾这位明末才女有着相似的才情和忧郁。叶小鸾（1616—1632）字琼章，一字瑶期，吴江（今江苏苏州）人。小鸾年仅14岁，步步出尘，颦笑犹怜，工诗善画，又擅琴棋，更通禅理，母亲沈宜修将她比作蔡文姬和班婕妤，父亲则戏赞她有绝世之姿，她不悦地说："女子有倾城之色不是什么好事，父亲何必将此名强加于我。"果然年方二八，待嫁而卒，香消玉殒，时人皆叹可惜。其实并没有什么好可惜的，叶小鸾痴于雅道竟不能沾染半点俗物，因恐嫁而早逝正遂了她的心愿，清白通透而来，纤尘不染而去。她将百余首诗集为《返生香》，所谓"返生香"是古代名香,又名返魂香、却死香,正是希望留香于世,出离樊笼,乘愿再来之意。

这首诗写尽少女情愫,徒倚纱窗的无聊,炉香燃尽的慵懒,其实并非真的无聊和慵懒,而是有所思。忽闻一曲清箫,正是知音。少女无疑是被这箫声打动了,却是"隔帘微雨湿芭蕉"。这既是眼前景象,又是心事写照,婉转幽柔,只可意会,明言便俗。

七绝 · 酬诗以香

〔明〕 梁氏

好事无如贾浪仙,常将酒脯酾诗篇。

儿持净戒无荤血,飨尔蘅芜一炷烟。

【品注】梁氏,生卒籍贯不详。从其十余首存诗来看,多咏物言志,意趣不俗,别有新意,想必是位浸淫诗书的大家闺秀。"酾",音义同"筛",滤酒、斟酒之意。"飨"通"享","飨尔",享用、招待、回馈之意。"蘅芜",菊科香草,也称"杜蘅""杜若",可入香方药方,诗文中常以此喻君子。

贾岛,字浪仙,作诗以苦吟推敲著称。因作诗清苦,家境清贫,除夕之夜,必取当年诗稿奉于供案,祭以美酒肉脯,自娱自勉,传为诗坛佳话,宋人戴敏《壬寅除夕》诗云:"杜陵分岁了,贾岛祭诗忙。"梁夫人除夕夜斋戒焚香于静室,想起这位"好事者"不能免俗,酬诗以酒肉,不禁莞尔作成此诗。相较而言,梁氏持戒无酒无肉,以香酬诗,似乎来得更清雅些。

四和香·小小春情先漏泄

〔清〕朱彝尊

小小春情先漏泄,爱绾同心结。唤作莫愁愁不绝,须未是,愁时节。

才学避人帘半揭,也解秋波瞥。篆缕难烧心字灭,且拜了,初三月。

【品注】 朱彝尊(1629—1709),字锡鬯,号竹垞,又号醧舫,晚号小长芦钓鱼师,别号金风亭长,秀水(今浙江嘉兴)人。康熙年间著名词人、学者、藏书家。编撰有《明诗综》《词综》等诗词著作,也有《江湖载酒集》《静志居琴趣》《茶烟阁体物集》《蕃锦集》等雅道文章和《食宪鸿秘》这类饮食养生专著。竹垞先生不但是清初的词坛领袖,也是雅道宏声。

《四和香》又是一个以香入词的曲牌,始于宋代。"四和香"始见于晋代记载,《香乘》一书中的配方为"以荔枝壳、甘蔗滓、干柏叶、黄连和焚,又或加松球、枣核、梨核,皆妙"。与大多数香方由宫廷流入民间相反,"四和香"体现了民间朴素的香道精神,"化废为用"。其清雅质朴的芳香为文人士子所赞许,然后传入宫廷。词中短短50个字,将"欲说还羞"的少女心态描绘得淋漓尽致。从闲时爱编同心结这件事上,少女心思已然泄露。此刻并非惜春悲秋时节,这位名唤"莫愁"的女子在愁什么呢?因害羞而回避生人,又留半帘观瞧,秋波斜送。回到屋内,心字篆香烧了又灭,只因心神不宁,只好作罢,且拜一拜三月初三的弦月吧。三月初三,上巳节,古代民间活动为集体到水边沐浴除秽,又称修禊或祓禊。也是男女春日相欢,与意中人相会的时机。因此"拜初三月"便有了祈求美好姻缘的意味。

宋代丁谓在《天香传》中说,"香之为用,从上古矣,所以奉神明,可以达蠲洁",指出焚香的精神和现实意义。洪刍撰《香谱》曰,"《书》称'至治馨香''明德惟馨'……君子澡雪其身心,熏袚以道义",更是将焚香提升到了香道的高度。《香乘》作者明人周嘉胄总结说"香之为用大矣",有"通天集灵,祀先供圣"之用,也有"祛疫辟邪"之功,不单"幽窗破寂""绣阁助欢"而已。但香道精神不止于此。我们可从以上诗词中归纳出,香道的内涵首先无外乎敬天地、礼神明、归静虑、发幽思、寄闲趣、养性灵、祈福佑,其次是洁身祛秽、净室熏衣之功用。焚香通常与其他的雅道内容一起构成完整的雅道空间,或焚香抚琴,或挂画炷香,或闻香品茗。明代徐惟起在《茗谭》中写道:"品茶最是清事,若无好香在炉,遂乏一段幽趣;焚香雅有逸韵,若无名茶浮碗,终少一番胜缘。是故,茶香两相为用,缺一不可,飨清福者能有几人。"说的便是茶和香这一对雅友难分难离的状况。若是香与琴在高山流水中相逢,那更是一派仙风道骨了。

第五章　琴道诗词

琴之为道,在"禁人邪恶,归于正道"(《白虎通义》),故《记》曰:"君子无故不去琴瑟。"相传伏羲(一说神农)作琴,之后尧舜禹都有抚五弦琴而天下大治的故事。文王增一弦,囚于羑里而作"文王操",武王增一弦,屯兵朝歌而作"克商操"。

抚琴之法,分泛、散、按三声。泛声应徽取音,道法于天;散声律吕取音,师法于地;按声抑扬取音,取法于人。故而琴音和于三才(天地人)方和于琴道。造琴之艺,桐木为阳面,梓木为阴底,调和阴阳,平衡两仪。故而古琴在清晨或黄昏,晴天或阴雨都能发出浑厚而清澈的声音。古人所言琴道,从古至今都没有变更过,只是后世渐渐疏忽乃至忘记,更关心改善琴的音色和技法。在学习古琴的时候也应学习谦谦君子之风,以天地为师,以古人为师,调和阴阳,这样才能近于琴道吧。

汉代的刘向《琴说》:"凡鼓琴,有七例:一曰明道德,二曰感鬼神,三曰美风俗,四曰妙心察,五曰制声调,六曰流文雅,七曰善传授。"可谓是总结了琴道的一些规律。

小雅·鹿鸣
〔先秦〕诗经

呦呦鹿鸣,食野之苹。我有嘉宾,鼓瑟吹笙。吹笙鼓簧,承筐是将。人之好我,示我周行。

呦呦鹿鸣,食野之蒿。我有嘉宾,德音孔昭。视民不恌,君子是则是效。我有旨酒,嘉宾式燕以敖。

呦呦鹿鸣,食野之芩。我有嘉宾,鼓瑟鼓琴。鼓瑟鼓琴,和乐且湛。我有旨酒,以燕乐嘉宾之心。

【品注】这首诗在中国广为传诵,家喻户晓,但多数人不求甚解,只知道是描绘良辰美酒宴客的场景。全诗三段都以鹿群一边欢快地鸣叫,一边在田野啃食艾蒿的场景比兴,影射出人与自然和谐相处的礼乐之道。无论是"示我周行"的至善之道,还是"德音孔昭"的高尚之德,其重要表现形式就是"鼓瑟吹笙"和"鼓瑟鼓琴",即刘向所说的"明道德",其乐享功能却是次要的。

贤士嘉宾登门之时有迎宾曲,是为"鼓瑟吹笙"。这样的迎宾曲早已失传,但我们可以从长沙马王堆出土的陶俑窥见三人跪坐鼓瑟,三人站立吹笙的场景:瑟声悠远,笙音清越,宾主互赠礼物。第二段主宾畅饮,吟诗歌咏乃至手舞足蹈,无不合乎君子之道。宴乐在"鼓瑟鼓琴"中接近尾声,琴瑟和鸣,绕梁三日而不绝,深深地打动了每一个人的心。

辞赋·琴赋(节选)
〔汉〕蔡邕

仲尼思归,鹿鸣三章。
梁甫悲吟,周公越赏。

青雀西飞，别鹤东翔。
饮马长城，楚曲明光。
楚姬遗叹，鸡鸣高桑。
走兽率舞，飞鸟下翔。
感激弦歌，一低一昂。

【品注】蔡邕（133—192），字伯喈，陈留郡人（今河南杞县），东汉名臣。他不但会弹琴，还会斫琴，传说"焦尾琴"的原料就是他从火堆中抢救出来的。他不但通晓制琴，更能作曲，《蔡氏五弄》的琴曲如今虽已失传，但可以从记载中得知《游春》《渌水》《幽居》《坐愁》《秋思》这五首琴曲在唐代被李白、王维等人吟咏过。蔡邕不单会作曲，更写得一手好文章，例如这篇《琴赋》。

"仲尼思归"即《将归操》，孔子受聘前往赵国途中，听说贤士窦鸣犊被杀，于是抚琴唱到"翱翔于卫，复我旧居；从吾所好，其乐只且归"。"鹿鸣三章"，即《诗经》中"呦呦鹿鸣"三段，其中有"鼓瑟鼓琴"的句子。"梁甫悲吟"，梁甫又作梁父，汉乐府《梁甫吟》唱的是春秋时"二桃杀三士"的故事，后世诸葛亮和李白等人都有重新填词演绎。相传周公摄政之时天下归心，南方部落"越裳氏"也来朝见进贡，《周公越裳》表现了抚琴而治的政治理想。"青雀"即"青鸟"，传说中为西王母的使者，《青雀西飞》写汉武帝求仙长生之事。汉乐府有《别鹤操》，叙述牧人因妻子五年不孕，迫于父母之命休妻别离的故事。《饮马长城窟行》是一首广为流传的汉乐府，以"青青河畔草，绵绵思远道"表达了役妇思亲之情。"楚曲明光"，即《楚明光》之曲。楚姬即楚庄王夫人，庄王好田猎，楚姬屡谏不止于是断食禽兽，庄王幡然醒悟，从此勤于政事，后人感其贤德,作《楚妃吟》,其配乐即为《楚明光》。《鸡鸣高桑》作品及内容不详,也是汉代乐曲。最后四句写在弦歌琴曲的感染下,千兽争先起舞,百鸟翔集来朝,高低鸣叫,此起彼伏。

蔡邕似乎是为琴而生的全才,但他的琴名却长期掩盖在他的书法和文章的盛名之下。从这篇不甚为世人了解的"琴赋"看,东汉末年的许多琴歌源自民谣,经文人或琴师改编后变成了雅俗共赏的曲调,或喜或悲,或深沉或清越,都能发人幽思,感化风俗。北宋乐圣陈旸总结琴曲的体裁说:"琴之为乐,所以咏而歌之也,故其别有畅、有操、有引、有吟、有弄、有调。""畅"即和畅古音,一般只用五弦,如《神人畅》《南风畅》;"操"即守节立操,如《履霜操》;"引"则引说其事,如《良宵引》;"吟"则吟咏其情,如《梁甫吟》;"弄"即抚弄赏叹,如《渔阳三弄》;"调"即调腔理韵,如《采茶调》。由此可见,琴曲是雅俗共赏的大雅之音。

四言古诗·赠兄秀才入军诗其十六

〔魏晋〕嵇康

乘风高逝,远登灵丘。
托好松乔,携手俱游。
朝发泰华,夕宿神州。
弹琴咏诗,聊以忘忧。

【品注】人们提到嵇康大多联想到"竹林七贤"和"广陵散"这样的名词,可见嵇中散作为吟游琴客的形象深入人心。这首诗便是其行迹高远、逍遥出世之作。嵇康在诗中自言有"松乔"之志(即传说中的仙人赤松子和王子乔),长愿与一众道友清晨从泰

山或华山出发,携手邀游,夜宿仙岛瀛洲。不羡锦衣玉食、功名利禄,唯有琴诗足以伴游,聊以忘忧。

嵇康(224—263),字叔夜,谯国铚县(今安徽淮北濉溪)人,父亲早亡,自幼跟随兄长嵇喜长大。当时嵇喜在曹魏举秀才,后出任卫将军司马攸的司马一职。离别之际,嵇康作了16首诗相赠,足见兄弟情深。与前几首诗中惜别珍重之情不同,此诗作中表达了出尘的洒脱,希望兄长嵇喜放心从军,我有琴有诗足矣,无需挂念。这好比是送别之曲结尾一段疏淡的泛音,飘飘然直入云霄。

四言古诗·答庞参军其一

〔魏晋〕陶渊明

衡门之下,有琴有书。
载弹载咏,爰得我娱。
岂无他好?乐是幽居。
朝为灌园,夕偃蓬庐。

【品注】"衡门",本指贫陋之家,引申为隐士的居所。"爰"音"元",于是。"灌园",农事劳作。"偃",停息。陶渊明在《归去来兮辞》中有"乐琴书以消忧"一句,为后世隐者雅人推崇,这首诗写的也是同样的意思,不过是"乐琴书以自娱"。这并非靖节先生首创,而是传承雅道的稽古之词。所谓古雅之道便是上文中嵇康所说的"弹琴咏诗,聊以忘忧"。不过,嵇康也是以古人为依归。孔子问颜回为什么不愿出仕,颜回抚琴一曲后说出自己的志向:"弹琴可以自娱,听夫子讲学可以自乐,哪里还用追求出仕的成功和快乐呢?"五柳先生于琴书之外更有两件乐事:早上在地里干活,日落时躺在茅屋里歇息。这似乎与世间俗人每日的忙碌别无二致,但世人的忙碌为生计、为名利,故而以此为苦;陶先生的劳作为幽居、为自由,故而以此为乐。这首仿照《诗经》体裁的四言古体,配上一首古琴曲,载弹载咏,本身就是一首绝妙琴歌。

五言古诗·清思诗

〔南北朝〕江淹

师旷操雅操,延子聆奇音。
玄鹤徒翔舞,清角自浮沉。
明琯东南逝,精丝西北临。
白云瑶池曲,上使泪淫淫。

【品注】江淹(444—505),字文通,宋州济阳考城(今河南商丘)人,南朝政治家、文学家,历仕宋、齐、梁三朝。江文通少有风采,妙文频出,中年后转仕齐、梁,位高权重,少见传世佳作。"江郎才尽"说的就是这个状况。

"延",邀请之意。师旷,字子野,春秋时晋国大夫,曾任太宰。目盲耳聪,德艺双馨,相传他鼓琴的道艺出神入化。卫君来访时他先是阻止卫国琴官师涓弹奏商纣的亡国之音,随后他演奏的"清徵",感召了16只灰鹤云集廊门和琴而舞。晋平公得知还有更悲凉的"清角"曲时,不顾师旷再三警告这是黄帝召唤鬼神之曲,执意要求演奏,结果天地为之变色,瞬时飞沙走石、狂风骤雨,此后晋国大旱三年。刘向的《琴说》中最重要的两例"明道德""感鬼神"正是对师旷这些琴道先贤的追摹。后四句是瑶池会的典故。"明琯",古代玉制的管状乐器,类似笛子,有六孔。"精丝",古琴的弦由精良的蚕丝制成,此处代指古琴。"明琯东南逝,精丝西北临"说明了二者合奏之时吹琯者在东南,鼓琴者居西北,琯音渐渐停止时,琴声响起。"淫淫",流落不止的样子,如《楚辞·大招》中"雾雨淫淫,白皓胶只"。悲凉清越的白云瑶池之曲是西王母送别周穆王时弹唱的曲谣,其文曰:"白云在天,山陵自出,道里悠远,山川间之,将子无死,尚能复来。"然而谁能无死?谁能复来?自然令听者泪流不止。

后人通常认为江淹的"清思"系列晦涩悲恻,不忍卒读。但了解上述典故后,细细读来,通篇凄美的字句所传递出的悲哀既是乱世的哀嗟和人生的哀叹,也是对贤人远去的哀思,借由琴曲的哀诉而发,所有的情愫交织在一起,欲言又止,从这首"清思诗"中缓缓流出,所以清雅得有些晦涩。

五言古诗·相如琴台

〔唐〕卢照邻

闻有雍容地,千年无四邻。
园院风烟古,池台松槚春。
云疑作赋客,月似听琴人。
寂寂啼莺处,空伤游子神。

【品注】卢照邻(约635—685),字升之,号幽忧子,幽州范阳(今河北涿州)人氏。"初唐四杰"之一,在邓王李元裕处做幕僚时被誉为司马相如再世。关于司马相如的琴台,有人认为故址在今成都通惠门,杜甫也曾于此题诗。但这并非此诗中的琴台,司马相如晚年居住在茂陵附近,吟咏抚琴。茂陵附近不许百姓樵猎居住,故而千年之后依然是"雍容地""无四邻"。因人迹罕至，庭院中的微风和轻烟吹拂出森森古意，而台畔池边的松树和茶树吐露新芽。飘动的云仿佛吟诵着荡气回肠的辞赋，静谧的月依稀是树影后听琴的人。在一片空寂中，偶尔几声莺啼，令游子枉自沉思伤神。

"槚"音"甲"，茶树。在追忆司马相如的诗作中这首是比较清幽飘逸的，最妙是"云疑作赋客，月似听琴人"之句，将司马长卿妙手天成的辞赋和出神入化的琴艺描摹得亦幻亦真，牵云动月。

五言古诗·听蜀僧濬弹琴
〔唐〕李白

蜀僧抱绿绮，西下峨眉峰。
为我一挥手，如听万壑松。
客心洗流水，余响入霜钟。
不觉碧山暮，秋云暗几重。

【品注】琴道虽发源于中原，但蜀地很早就接纳了这种礼乐形式，并奉为雅正之音，例如汉代以琴操著称于世的司马相如、扬雄都是蜀人，唐代的斫琴大家则以四川雷氏家族为冠。中原地区因朝代更迭和民族融合造成的战乱，也使得雅乐的传承中断或流变；而天府之国相对封闭的地理环境却保留了一方净土。唐代的蜀僧群体就是净土中的文化传承人，从佛法到雅道，从琴书到禅画都留下了他们知行合一的古朴。李白（701—762），字太白，号青莲居士，陇西成纪（今属甘肃）人，幼年生长于剑南道绵州（今属四川绵阳）。大概与蜀地风雅的熏陶有关，李白24岁携琴剑出川时，诗酒之名已令天下震动。

"绿绮"相传为司马相如所用之琴,因通体漆黑、暗泛绿纹而得名,后引申通指古代名琴。蜀僧从峨眉峰翩然而下,怀抱绿绮琴,器宇轩昂。挥手拨弹,如万壑松涛连绵不绝。其间转调清音,如流水淙淙,涤荡尘心。尾声舒缓的散音,如秋色中回荡的晚钟。一曲终了,不觉已是青山迟暮,秋云重重。以青莲居士之孤清高傲,得其垂青者必神逸脱俗之士。以太白先生之剑胆琴心,令其诗赞者必道艺双绝之人,蜀僧濬上人是也。

五言古诗·湘灵鼓瑟

〔唐〕钱起

善鼓云和瑟,常闻帝子灵。
冯夷空自舞,楚客不堪听。
苦调凄金石,清音入杳冥。
苍梧来怨慕,白芷动芳馨。
流水传潇浦,悲风过洞庭。
曲终人不见,江上数峰青。

【品注】身为唐代宗时期"大历十才子"之首的钱起多少是有些傲气的,这傲气一半源于世人的追捧,另一半确是因为他的急智诗才。最具代表性的就是这首在长安省试时的命题作文《湘灵鼓瑟》,省试中即兴赋诗难在事先不知题目,必须以规定的体裁,在规定的时间内完成。所以一般人写的大多是合乎规矩、形式大于内容的废话。但是钱起的这篇戴着镣铐起舞的五言古诗却成了当时的科举范文,是唐宋考生必读之作。

"湘灵鼓瑟"四字出自《楚辞·远游》中的句子"使湘灵鼓瑟兮,

令海若舞冯夷"。其中的典故是尧帝将两个女儿娥皇、女英嫁给舜,后来舜帝巡视南方,死于苍梧。二女奔丧,悲恸命绝于湖湘之间,后人传说她们飞仙化为湘江女神。屈原诗中描绘的就是湘江女神鼓瑟时的美妙之音,以及海神(海若)与河伯(冯夷)共舞的美妙之韵。"云和瑟","云和"为古地名,出产佳瑟。"帝子"指尧帝之子女,即娥皇、女英。"楚客"意喻屈原这样贬谪流离之人。这凄苦的曲调可令金石感动,清幽之音缥缈深远。"苍梧"是双关语,既点出舜帝驾崩之地,又可与"白芷"巧妙对仗为苍翠的梧桐,使得"怨慕"一词既奇绝又合情理。"白芷动芳馨"一句,有抽泣、恸哭之感,似写花又似写人。"流水传潇浦,悲风过洞庭"将意境代入时空交错的潇湘洞庭之中,做好了场景的铺垫,末二句"曲终人不见,江上数峰青"如入化境,妙笔天成。时人称之为"鬼句",竟不似人为,非要身临幻境方能写出。宋元之人化用此句为诗词的不下十余家。东坡、少游都曾填词以此为结句,亦得湘灵鼓瑟之妙。

乐府 · 琴曲歌辞 · 猗兰操

〔唐〕韩愈

兰之猗猗,扬扬其香。
不采而佩,于兰何伤。
今天之旋,其曷为然。
我行四方,以日以年。
雪霜贸贸,荠麦之茂。
子如不伤,我不尔觐。
荠麦之茂,荠麦之有。
君子之伤,君子之守。

【品注】一般认为韩愈的近体诗缺乏诗的意境和文采,不过他的古文在唐宋八大家中却是独占鳌头,例如这一系列乐府诗《琴曲歌辞》十首。如今我们听到的古琴曲大多是纯音乐,但上古之时的琴曲大多是有歌词的,这些歌词到唐代早已经零落散佚,故而昌黎先生将其重新编撰和增补,功不可没。至今读来,古意盎然。如有琴师能够深研传唱,不失为雅事一桩。

《猗兰操》,又名《幽兰操》,相传孔子周游列国,理念不被诸侯接受,遂自卫国返回鲁国。途中偶见空谷幽兰,抚琴而歌,以幽兰自喻,抒发感怀。"猗猗"音"依依",草木柔美茂盛的样子。"旋",本意为周旋、往来,此处为回归之意。"曷"音义同"何"。"贸贸",形容雨雪纷乱的样子。"觏"音"够",遇见。全诗大意为:兰花柔美,芬芳远扬,无须采摘佩戴便可得其色香,对于兰花便没有损伤。今日我回归家乡,所为者何?只因曾经周游四方,日以继夜,年复一年,无人理解。不过,霜雪越是纷乱,来年荠麦越是茂盛。幽兰若是不被采摘损伤,我就不会看见兰花。所以我要向幽兰说:荠麦在严冬后的茂盛,是荠麦本来的特性;君子虽被折损,但仍将保留君子的操守。

借古琴彰显德行的功用,在这首琴歌中体现得淋漓尽致。虽说是托孔子之名,另外也暗含韩愈希望抑佛排道、重振儒风但却不被理解的良苦用心。日本奈良正仓院藏唐代"金银平文琴"为唐开元二十三年(735)所制,这件与韩愈年纪相近的宝琴上的铭文也正是他心中的琴道所在:"琴之在音,荡涤邪心。虽有正性,其感亦深。存雅却郑,浮侈是禁。条畅和正,乐而不淫。"

五言古诗·废琴

〔唐〕白居易

丝桐合为琴,中有太古声。
古声淡无味,不称今日情。
玉徽光彩灭,朱弦尘土生。
废弃来已久,遗音尚泠泠。
不辞为君弹,纵弹人不听。
何物使之然?羌笛与秦筝。

【品注】 由于长安之居大不易,白居易练就了一身文艺。虽然正史中并无白乐天善于鼓琴的记录,但从他一百多首琴诗中可以得知他出游宴乐时常常"舟中只有琴""琴诗雅自操",再后来"唯对无弦琴一张",晚年参禅问道后,自称所有的爱好都可舍却,尘俗的习性都可抛弃,除了"爱咏闲诗好听琴"之外。白居易最推崇《幽兰操》这样的古琴曲,对时下流行的新曲则不以为然。他所倡导的文人琴,随意漫弹,不拘形式,追求的是太古之清音,抒发怀古之幽情。

这首诗中就表达了这样的情绪。"废琴"之说,表明古琴在唐代已经式微,不像春秋战国时作为迎宾待客的必备曲目。这清淡寡欢的太古之音,不为众人喜闻乐见。琴上的玉徽光芒暗淡,红色的丝弦布满尘土。并非无人能弹,只是无人欣赏啊。个中原委究竟如何呢?最后一句将矛头指向两件乐器,羌笛的凄切回肠和秦筝的柔美悦耳。不过,这只是借羌笛和秦筝比喻罢了。还有琵琶、箜篌等胡乐在民间的广泛传播,其声色之美、音姿之悦都远胜古琴。于是诗人发出了题为《废琴》的吟咏,雅声不敌俗乐的感叹。

这是个有趣的、值得思考的感叹，从时代不断发展的角度观察，诗人所称的秦筝、琵琶等"俗乐"也早已式微，与古琴一道成为古典雅乐面对着电子音乐、摇滚等新的俗乐。所谓雅与俗并非一成不变的概念，这与某一个时代的风尚密切相关。反过来说，我们不应奢望古琴振兴成为街头巷尾喜闻乐见的艺术形式，这样的话，古琴恐怕就成了流俗。任何时候，只要还有一弦雅人，心心念念着太古之音，令其得以传承，雅道就不会中断。

琴曲歌辞·司马相如琴歌

〔唐〕张祜

凤兮凤兮非无凰，山重水阔不可量。
梧桐结阴在朝阳，濯羽弱水鸣高翔。

【品注】 张祜（约785—849），字承吉，清河（今河北邢台清河）人。早年寓居姑苏，以宫体诗见长，坊间流传极广。他以处士自称，不事科举。被人举荐为官，但当时白居易、元稹等人觉得他的诗风轻浮，于是弃之不用。张祜从此隐居淮南，诗风为之一变，由建安体入手，追摹汉乐府，化用为律诗绝句，得清丽雄浑之势。时任淮南节度使推官的杜牧对其推崇备至，时常交游馈赠，又写下"谁人得似张公子，千首诗轻万户侯"之句。

这首唐代乐府的知名度甚至要高于汉乐府中司马相如的琴歌"凤兮凤兮归故乡"，这要归功于张祜精湛的炼句功力和返璞归真的手段，无论是思考理解、阅览、诵读、吟唱尽得诗歌之意境美、形式美和音律美。凤凰为百鸟之王，雄者名凤，雌者为凰，其余尽是凡鸟，故曰"凤兮凤兮无非凰"，而凤凰非梧桐不栖、非弱水不濯的特性也被诗人用于赞扬司马相如与卓文君热烈而真挚的爱情,以及表达自己高洁的志向,永远向着朝阳,翱翔和鸣。按《山海经》,昆仑山之北有弱水,草芥都会沉底而无法漂浮,故称之为"弱水"。张祜隐居前喜欢听歌,也喜欢听琵琶、箜篌、羌笛、笙箫之乐,但隐居之后陪伴他更多的是"玉律潜符一古琴,哲人心见圣人心"。

七绝 · 瑶瑟怨

〔唐〕温庭筠

冰簟银床梦不成,碧天如水夜云轻。
雁声远过潇湘去,十二楼中月自明。

【品注】温庭筠原名岐,字飞卿,太原祁县(今山西祁县)人,生卒不详,唐初宰相温彦博之后,家道中落后与段成式(《酉阳杂俎》的作者)自幼伴读,游历大江南北。他与段成式还有李商隐都擅长骈文,在家族中都排行三十六,世人称之为"三十六体",其实文风各有不同。身为"花间派"的鼻祖,温庭筠开婉约词风的先河。由于他精通音律,所作的古诗和近体诗竟有大半都是配乐吟唱的歌词,如《莲浦谣》《达摩支曲》《苏小小歌》及《织锦词》之类的歌谣。他的词作更是影响深远,宋元明清词人皆以其马首是瞻,如《菩萨蛮·小山重叠金明灭》中的"小山重叠金明灭,鬓云欲度香腮雪"和《望江南·梳洗罢》中的名句"过尽千帆皆不是",传唱至今,久盛不衰。

全诗哀而不伤,是唐代第一流的闺怨诗。"瑶瑟怨"的起因是"梦不成",于是起身抚弄瑶瑟。冰凉的竹席、银饰的床榻、碧天如水、夜云轻荡,这一切都在秋月的照耀下显得格外凄凉。不知是天上的雁鸣还是瑶瑟抚弄出的雁声，飘飘摇摇直过潇湘。抬头见月，在远处层叠的十二座玉楼间皎洁。"十二楼"，按《史记·封禅书》昆仑山有五城十二楼，为仙人居所。这首诗所表现的淡淡的哀怨是莫名的、纯粹的，既不是恨嫁的女儿心事，也不是独居的少妇情怀，故而显得更为高雅。这种高雅的哀怨气息竟有几分像是温庭筠的忘年之交女道士鱼玄机的写照。

七律·锦瑟

〔唐〕李商隐

锦瑟无端五十弦，一弦一柱思华年。
庄生晓梦迷蝴蝶，望帝春心托杜鹃。
沧海月明珠有泪，蓝田日暖玉生烟。
此情可待成追忆，只是当时已惘然。

【品注】李商隐一生夹在牛李党争之中，郁郁不得志。加之细腻敏感、温柔内向的性格，成就了他隐晦唯美的诗风。"望帝春心托杜鹃，佳人锦瑟怨华年。诗家总爱西昆好，独恨无人作郑笺。"元好问在《论诗》第12首如是说，指的就是这首《锦瑟》晦涩难明，可恨没有像郑玄这样的注释家为世人解读。"西昆体"是宋初文人钱惟演、杨亿等人师法李商隐而形成的流派。"郑笺"是郑玄注释的《毛诗传笺》，其中既有训诂又有释义，对后世影响很大。

关于这首诗，历代方家有诸多解释供读者参详，在此无须一一赘述。与琴事相关的两点需要说明：其一，李商隐能见到的锦瑟应该是二十五弦，按《周礼·乐器图》记载：雅瑟二十三弦，颂瑟二十五弦，饰以宝玉者，曰"宝瑟"，绘文如锦者，曰"锦瑟"。

战国曾侯乙墓及长沙马王堆汉墓出土的瑟正是这两种形制，所以唐代的瑟也应如此。所谓"五十弦"是相传黄帝时的瑟有五十弦，演奏的曲调过于悲伤，于是破半为二十五弦。由此可以推测，被去掉的是弦调更为低沉悲幽的那一半。李商隐为何要提及远古的五十弦呢？一来将整首诗的格调定为一个"悲"字，这个悲非得远古五十弦的悲音才能表达。二来这首诗作于李商隐命终之前，当时他47岁，加上天一岁地一岁人一岁，刚好是50岁，官场屡遭排挤，穷困潦倒，夫人病逝，孑然一身的李义山怎一个悲字了得。人生无端五十年用锦瑟无端五十弦来比兴，才能抒发李商隐对无端命运的感叹。

其二，倘若我们将中间两联抽掉，首联和尾联也可以作为一首诗，读来思路便清晰了许多，这是诗人五十年来如锦瑟一般的回顾。回顾的内容则是颔联和颈联营造的唯美意境，如平湖出峰、旷野孤树，是唐诗形式美的巅峰之作，怎样解读恭维都不为过。这四句同时也是锦瑟凄美之音的写照。一个"迷"字令听曲之人分不清现实与梦境，一个"托"字模糊了历史与玄幻，都是锦瑟大弦低沉的悲音。"沧海月明"和"蓝田日暖"将听曲人带入苍茫空寂的境地，"珠有泪"和"玉生烟"则是小弦清越的哀声。整首诗并没有一个悲哀的字眼，但正是这种无端的悲，引起人们无端的共鸣。这种无端，是诗词与琴道高妙的审美，也是属于人间雅道的。

乐府·赠无为军李道士二首（之一）

〔宋〕欧阳修

无为道士三尺琴，中有万古无穷音。
音如石上泻流水，泻之不竭由源深。

　　弹虽在指声在意,听不以耳而以心。
　　心意既得形骸忘,不觉天地白日愁云阴。

　　【品注】"无为军"是北宋太平兴国年间设置的一个军事兼行政单位,管辖巢县、庐江两县。题赠的李道士是无为军人氏,"清静无为"是道家的核心思想之一,故而首句"无为道士三尺琴"一语双关又恰如其分。这无穷之音如石上流水,淙淙不绝只因活水源深。颈联"弹虽在指声在意,听不以耳而以心"说出了琴道之要,也刚好唱和了东坡先生《琴诗》中的两个设问:"若言琴上有琴声,放在匣中何不鸣?若言声在指头上,何不于君指上听?"琴声不在指头在意头,琴音不在弦上在心上。得琴心、琴意者,自然忘形失骸,哪里还会在意天地间愁云密布。

　　欧阳修曾问苏轼"琴诗何者最佳"?东坡答以韩愈之作《听颖师琴》"昵昵儿女语,恩怨相尔汝。划然变轩昂,勇士赴敌场"。永叔笑言,此诗固然奇丽却是琵琶之咏而非古琴之诗。苏东坡后来作了多首琴诗,直至《听杭僧惟贤琴》才稍微满意,准备寄出时欧阳修恰好过世了,东坡先生深以为恨。不过,东坡先生的新作纵然在琴韵和琴趣上有过人之处,但于琴道之理却难以超越欧阳修的这两首琴诗。

浣溪沙·小院闲窗春色深
〔宋〕李清照

小院闲窗春色深。重帘未卷影沉沉。倚楼无语理瑶琴。
远岫出山催薄暮,细风吹雨弄轻阴。梨花欲谢恐难禁。

【品注】李清照（1084—1155），号易安居士，齐州济南（今山东济南）人。南渡之时，先遭丧夫之痛，暂居绍兴又遇邻人盗画，客居杭州改嫁又遇人不淑。一直郁郁寡欢。

每每读到《后金石录序》，不由得感叹李清照这个奇女子，在家国破碎之际仍能死守几箱诗书古籍，为后世好古博雅者计。她的词是真词，并不似东坡、鲁直以雄奇或冲澹的诗句入词，更像是雅致缠绵的低语和意味婉转的叹息。易安居士写闲愁疏慢以此为最，依此意境，画面中应只有一张瑶琴和一双素手。这双手并非在弹琴，只是在无聊地随意拨弄琴弦而已。"理瑶琴"的"理"如同"理云鬓"之"理"，是疏慢的，是倚楼无语之后无意识的动作。这种疏慢还表现在重重帘幔也懒得卷起，看不见小院中的花树只看得见摇曳的花影。

终于窗帘还是被疏慢地卷起，透过花楹望见远山如黛，暮色似乎从岫岩中弥漫出来。在微风细雨的吹拂下，淡淡的云烟不断变幻。梨花纷扬欲落无可奈何，淡淡的忧伤也难自禁。琴，是消解闲愁的一剂良药，静静地摆在琴几上，未必弹出曲调，在落英缤纷中断续拨弄几声，恰可治愈春愁。

五律·同张守谒蔡子强观砚论琴偶书

〔宋〕刘子翚

共造中郎室，明窗玩好奇。
砚珍镌子石，琴古斫孙枝。
篆鼎飘香远，茶瓯转味迟。
自惭尘土累，清话得移时。

【品注】刘子翚(1101—1147),字彦冲,一作彦仲,号病翁、屏山,世称屏山先生。建州崇安(今属福建建瓯)人。官至兴化军(今福建莆田)通判,后称病辞官退隐武夷山讲学。他有一个得意门生,同时也是他的义子名叫朱熹。刘子翚少时通晓佛理,后来精研《周易》,成就一代理学儒宗,大慧宗杲禅师曾作《刘子翚像赞》,云:"财色功名,一刀两断。立地成佛,须是这汉。"

作此诗之时,刘子翚仍在兴化军通判任上。这一日与兴化军知军张当世拜访蔡中郎的斋室,于明窗净几之畔赏砚观琴,闻香品茶。这珍贵的砚台取材于一块天然的子石。子石如同玉石中的籽料,从岩石中崩落再经过风化水蚀,天然形成较为圆润的形状。"孙枝",意为新枝,此处意为斫琴所用的是桐木、杉木这类生长较快的树木。这两句也有格物说理的意思:子石虽不是大材却能做成珍贵的砚,古琴虽已古旧但当年用的是新鲜木材。鼎内篆香悠远,瓯中茶气绵长,三人清谈片刻,世间已过多时。自愧平日为尘俗所累,不得如此雅兴。诗中侧面反映出宋人的雅道内容有琴道、香道、茶道、书法以及收藏,其中趣味和意境令人向往。大概在此次访友之后,刘子翚便告病辞官归隐去了。

五律·小雨

〔宋〕陆游

小雨过岩扃,残云傍野亭。
花光相映发,莺语苦叮咛。
举酒和神气,弹琴悦性灵。
索居朋友绝,得句遗谁听?

【品注】"扃"音"囧"转第一声。岩扃，山洞之门，后引申为隐居之所。陆游 78 岁时回到老家山阴（今浙江绍兴），开始了隐居生活，并在此度过了余生。放翁描绘了山居小雨初晴，残云傍亭的场景，花叶如洗，光辉掩映，"莺语苦叮咛"中的"苦"作"极力"解，雨后黄莺叫个不停。举杯并非饮酒寻欢或借酒浇愁，不过是为了和神理气，调养身心罢了。弹琴也是如此，不过是愉悦自性而已。只是平素离群索居，偶得妙句能吟给谁人听啊？

陆放翁于此提出"弹琴悦性灵"是极有见地的。《晋书·乐志上》曰，"夫性灵之表，不知所以发于咏歌"，阐述了诗歌是抒发性灵的自然表达，诸如琴道等雅道形式同理亦然。陆游的弟子张镃也是爱琴之人，有一回邀请一众雅客在园中小酌，酒过三巡，他命侍从准备"银丝供"上来，特地交代说"调和教好，又要有真味"。客人们都以为是准备上细切的生鱼片，顿时齿颊生津，过了许久，仆人抬上一床古琴，琴师演奏了一曲《离骚》，众人为之绝倒，原来妙音可餐。

琴歌·古怨
〔宋〕姜夔

日暮四山兮，烟雾暗前浦，将维舟兮无所。追我前兮不逮，怀后来兮何处。屡回顾。

世事兮何据，手翻覆兮云雨。过金谷兮花谢，委尘土，悲佳人兮薄命，谁为主。

岂不犹有春兮，妾自伤兮迟暮。发将素。欢有穷兮恨无数，弦欲绝兮声苦。满目江山兮泪沾屦。君不见年年汾水上兮，惟秋雁飞去。

【品注】姜夔（1154—1221），字尧章，号白石道人，饶州鄱阳（今江西省鄱阳县）人。南宋著名词人、音乐家。一生屡试不第，布衣穷困而终。白石道人精通音律、诗词、书法，得杨万里和范成大赏识称道，从此声名鹊起。他在琴道方面的贡献在于编撰了《白石道人歌曲》六卷，包括古代琴曲、词牌曲调以及他自己作的曲。其中的《古怨》就是他自己谱曲、作词的琴歌。

第一段写四周暮色苍茫，错过了上一个津浦，前方渡口不知在何方，屡屡回顾，发出了无处系舟的感慨。第二段道出世事无常，翻手为云覆手为雨，自怜身世如落花委尘，美人迟暮，一转眼已是霜素满头。第三段感叹欢愉少愁苦多，眼见汾水上年年秋雁飞过，不由得悲从中来，泪水浸湿了麻鞋。在这首琴歌中，姜夔将歌词与曲调的音律美融合为一，使得琴声与歌声清婉刚健、悲亢悠长。以文人不得志的悲叹引发了广泛共鸣，杨万里激赏其为"裁云缝雾之构思，敲金戛云之奇声"，并非过誉。

七绝·琴

〔宋〕周芝田

膝上横陈玉一枝，此音唯独此心知。
夜深断送鹤先睡，弹到空山月落时。

【品注】周芝田，出身生卒不详，从蔡士裕的一首诗《赠琴士周芝田》，可知周芝田是一位善鼓琴的隐者，蔡诗中将其比作是大唐著名的西域琴师"颖师"。周芝田大致活动于宋度宗至元朝初年。虽然无法窥见芝田先生的音容笑貌，但这首小诗将琴师的仙风道骨刻画得入木三分。

大凡抚琴要置于琴桌上，桌上还要有琴砖等器物相配，以利发声。横膝鼓琴则需要高超的琴技以及纯熟的指法和端庄的坐姿，如同膝上横着一枝黝黑的墨玉，弹奏出美妙的声音。如此美妙的乐曲却没有知音，唯有此心自知。夜色沉沉，琴声暂停，且让白鹤先行睡去。此刻意犹未尽，于是继续漫弹，弹到空山月落之时。整首诗如月光在崖壁上流淌倾泻，描绘出如仙如幻的琴境。

五律·听徐天民琴

〔宋〕连文凤

间堂风月深，自此出瑶琴。
为我弹一曲，悠然生古心。
余清分坐客，微响拂流禽。
世上是非耳，谁能知此音。

【品注】连文凤，字百正，号应山，三山（今福建福州）人。生于宋理宗嘉熙四年（1240），曾为太学生，宋亡后浪迹山林与遗老故士交游，颇有诗名，后不知所终。诗题中的琴师徐天民，号雪江、瓢翁，严陵（今浙江桐庐）人，是"浙派"徐门正传的始祖。除悉心整理古代琴谱外，他还创作了一些经典琴曲如《泽畔吟》，刻画出屈原流放在外，眼见山川秀色，心念故土黎民，欲舍身为国却报效无门的意象。徐家世代习琴、授琴，影响波及宋、元、明而不绝。徐氏一脉秉持着"流文雅，善传授"的琴道理念，令人敬慕。

"间堂风月深"，所谓"间堂"的近义词是"丈室"，指房屋内相对独立的单位。如此小的一个单位如何能与"风月深"的博大相匹配呢？正是因为有了这张瑶琴以及擅长抚琴的人，令人切身

感受到"秦时明月汉时风"。余音分送,让听者也清雅起来;微响断续,使流禽也和鸣起来。耳中充塞了是非之音的世人,哪里能够欣赏这美妙的琴声呢?此诗正所谓风月无边、衣冠丈室、雅客清坐之抚琴佳境。

五言古诗·和渊明新蝉诗

〔明〕楚石梵琦

新蝉何处来,鸣我高槐阴。
流水欲入屋,好风自开襟。
床头一束书,壁上三尺琴。
琴以散哀乐,书以通古今。
所幸车马稀,非邀里人钦。
虚名如北斗,有酒不能斟。
纵洗爱居耳,宁知钟鼓音。
陶潜初解组,苏轼未投簪。
莫改麋鹿性,常怀烟嶂深。

【品注】梵琦禅师(1296—1370),俗姓朱,字楚石,一字昙耀,晚号西斋老人,象山(今浙江宁波象山)人。于径山寺元叟行端处得授印可,为大慧宗杲五传弟子,本属临济宗杨岐派,晚年归于净土。梵琦禅师深解经义,通晓诗文,洪武年间数次主持皇家法会,四方僧众慕名来归,是为有明一代佛门龙象。

陶渊明并没有一首以"新蝉"为题的诗,白居易倒是有的,所以梵琦禅师大概是"无中生有",不由得令人附会他是否在思索"新禅"——一个禅净双修的法门。梵琦禅师由禅入净固然是明初历史背景下的大势所趋,但内心深处还是向往无拘无束、琴书自乐的禅意生活。这并非妄自猜测,而是从他的字字句句中露出的端倪汇成的真性情。"流水欲入屋"一句得自王维诗"城上青山如屋里,东家流水入西邻",与下句"好风自开襟"说的是无拘无碍的心境。"琴以散哀乐",明言琴道可以纾解过度的哀伤和快乐,最终达到不喜不悲的状态。"书以通古今",同理亦然。"所幸车马稀"的"幸",做"希望"解,梵琦禅师深孚众望,往来求法者络绎不绝,他却希望门前车马稀,不愿邀名令乡邻钦慕,接着更发出了"虚名如北斗,有酒不能斟"的感叹。"纵洗爱居耳"中的典故是,尧帝想禅位给许由,许由听说后坚辞不就,迁居山林,颍水洗耳。"初解组"指陶潜上任不久便解下印绶辞官而去,"未投簪"指苏轼历经宦海沉浮却未丢弃帽簪,身在朝堂,心隐林泉。禅师以此表明自己无论身居何处,不忘林泉之志,于是带出最后两句宣示。"麋鹿性",麋鹿喜山野之性,犹言闲云野鹤之意。"烟嶂",云雾缭绕的高山。"床头一束书,壁上三尺琴",不但是文人清雅的内心世界的写照,也是禅师心游物外的道具。

七绝 · 宫词

〔明〕朱权

银潢斗转挂疏棂,翡翠窗纱夜未扃。
三弄琴声弹大雅,一帘明月到中庭。

【品注】朱权(1378—1448),号臞仙,又号涵虚子、丹丘先生、云庵道人、大明奇士。明太祖朱元璋第十七子,封宁王,封邑在今内蒙古宁城。朱权在靖难之役中被朱棣绑架,共同反叛建文帝,

许诺事成之后平分天下。但朱棣即位后,将朱权改封于南昌,并加以约束。朱权于是韬光养晦,寄情于道教、文艺,一生著述颇丰。他编撰的古琴曲集《神奇秘谱》是第一部减字谱集成,收录历代琴曲63首,具有很高的历史价值,如今流传的《广陵散》《梅花三弄》及《高山流水》都是从《神奇秘谱》中复原而来。朱权不但善于抚琴还精于斫琴,明代第一琴"飞瀑连珠"上有款识"云庵道人",应是其亲手所制。该琴为连珠式,金徽玉足,以金漆为底,朱漆其中,黑漆为面,琴身光素典雅,音色淳美,体现了明代第一流的器物审美。

"银潢",指银河。"棂",窗户的木柱。"扃",关上(门窗)。"三弄"可能指《神奇秘谱》中的《梅花三弄》。古人有黄昏观测北斗星的习惯,斗柄指向东南西北分别对应春夏秋冬,如果窗户朝南,由春入夏之时就能在入夜后看到诗中所说"斗转挂疏棂"的景色,而"翡翠窗纱夜未扃"所体现的也正是夏天的景象。"一帘明月到中庭"应指一轮满月,农历十五月亮运行至中天正南大约是子时(零点前后一小时),此时透过南面的窗帘可以见到月儿悬于中庭。由此可以想见从黄昏到夜深,云庵道人是何等勤于操习。这也符合明史中关于他在藩地不问政事,白天埋头读书,晚上醉心抚琴的记述。朱权虽然在政治上不得志,但正因如此他得以不朽于琴道。

七律·病中漫兴八首(之七)

〔明〕袁中道

绿琴入匣任尘封,老去逃人兴转浓。
马氏由来讥画虎,叶公原不爱真龙。
闲听谷口悬雷瀑,细数山南破墨峰。
知己可怜凋丧尽,盘桓空对一株松。

【品注】袁中道（1570—1626），字小修、一字少修，湖北公安（今湖北荆州公安）人，与兄长袁宗道、袁宏道并称"公安三袁"。小修文风清新、不拘一格，在继承宗道、宏道破除前后七子"文必秦汉，诗必盛唐"的思想基础上，晚年提出不学七子苦效唐诗之形，但以宛然盛唐神韵为善。这种兼顾诗文性灵和格调的观点，稍稍扭转了时人学"公安派"矫枉过正而泛于俚俗、纤巧的文风。

万历四十二年（1614），春夏之间袁中道火邪血症复发，卧床休养数月，也养出了这八首病中漫兴。起句先用"绿琴入匣任尘封"作"比"，奠定了全诗的基调，即知音难觅、故交凋零，所以发出封琴挂匣、退隐江湖的感慨，而老来逃离世间的念头越来越浓烈。"马氏讥画虎"是东汉名将马援的故事，当他得知侄子们结交侠客，耽误学业后告诫他们：要向龙伯高这样品德高尚、廉洁奉公的儒者学习，虽然豪侠杜季良也是我敬重的人，但他是个不拘一格的奇才，你们如果学得不到家反而会变成轻薄少年，如同"画虎不成反类犬"。与之对仗的下句"叶公原不爱真龙"用得也妙，借这两个典故讽刺了那些打着"公安派"大旗却缺乏灵性的诗歌文章。卧床养病之人不耐山旅远行，"闲听谷口悬雷瀑"更像是心中之景，暗喻对当时"复古派"和"性灵派"的门户之争等闲视之。"细数山南破墨峰"中的"破墨"是绘画技法，以浓淡、干湿之笔反复皴染而成，使得画面更为滋润灵动。此处也是隐喻，细数到底有几多深得"性灵"意趣之人物。可怜可叹的是知己凋零殆尽，姑且绕着一株老松缓缓而行。彼时宗道、宏道早已亡故，袁中道九月葬父后自己也卧病在床。前两年"三袁"的挚友陆续离世，此刻的感叹真是至情至性。

不解此诗背景典故，读之隐约得逃归山林之趣；了解背景典故后，读之复得难以言表之味，袁中道兼得性灵之趣，隐含唐诗之韵，当数这病中佳作。在琴道等雅道的传承复兴中，师古复古与张扬性灵的论战似乎总是喋喋不休、此起彼伏，但我们只要读一读这位当局者、过来人的诗，看一看他的名字"中道"也许就能明白如何解困。

七律·除夕感怀

〔清〕谭嗣同

我辈虫吟真碌碌，高歌商颂彼何人。
十年醉梦天难醒，一寸芳心镜不尘。
挥洒琴樽辞旧岁，安排险阻著孤身。
乾坤剑气双龙啸，唤起幽潜共好春。

【品注】谭嗣同（1865—1898），字复生，号壮飞，湖南浏阳（今湖南浏阳）人。作为维新派的主将，他所研究的思想博杂，融汇儒、释、道、墨诸家及西方数学、物理和社会学，光绪二十三年（1897）32岁的谭嗣同写成了《仁学》，其中特别以佛教积极入世、普度众生的思想来阐述他提出的宇宙以"仁"为本的理论。第二年戊戌变法失败，谭嗣同不趋不避，杀身成仁，以他的剑胆琴心谱写了《仁学》最后的华彩乐章。

《商颂》即诗经中的宋国诗歌，共5首。主要是叙述春秋时期宋国祭祀商朝先祖以及商王武丁伐楚的故事。谭嗣同以此慷慨激昂的诗歌反讽同辈文人碌碌无为、无病呻吟的作风。这首诗大约作于光绪二十一年（1895）除夕，谭嗣同到北京参加康有为倡办的强学会，谋求上书变法。十年之前（1885）中法战争中清廷的软弱无能历历在目,一年前(1894)大清又在甲午海战中惨败,故而有"十年醉梦天难醒"的感叹。自己的一寸报国之心,天地可鉴。除夕之日,谭嗣同抚琴饮酒辞岁,又于庭中挥舞双剑。他深深知道变法前途险阻,但为了唤醒暗弱苍生,为了神州大地的春天,他将孤身上路,义无反顾。

谭嗣同少年时即被同侪誉为"剑胆琴心",他有一把珍爱的七星剑,常常囊琴佩剑,驰骋四方。谭家老宅的梧桐树被雷劈倒,他以残木制成两张瑶琴,命名为"残雷"与"崩霆"。一次偶然的机会,他得到了文天祥旧藏的"蕉雨琴"和"凤矩剑",视若珍宝,朝夕相随。所以此处关于琴剑的诗句并非世俗文人的附庸风雅,而是"剑胆琴心笑昆仑"的意气风发和真实写照。

此篇24首琴诗,可以看出琴道之博大精深,唐代薛易简著有《琴诀》七篇,道出琴道至理。"琴之为乐,可以观风教,可以摄心魂,可以辨喜怒,可以悦情思,可以静神虑,可以壮胆勇,可以绝尘俗,可以格鬼神,此琴之善者也。"简称七善道。弹奏之法以简静、和畅、怡适、专精为要妙。孔子正是深谙此道的大家。

孔子曾向师襄学琴,过了几天师襄说:"你已经学会了,换一首吧。"孔子说:"虽然会弹了,但还没有掌握气息。"练了一段时间,师襄说:"你已经掌握了气息,换一首吧。"孔子说:"虽然掌握了气息,但还没有明白志趣。"又过了一段时间,师襄说:"你已经明白了志趣,换一首吧。"孔子说:"不行,还没有了解其为人。"

再过了一段时间,孔子若有所思,登高远眺后说:"从琴曲的气息、志趣和为人来看,这个人应该是周文王吧。"师襄连忙离席作揖道:"您真是圣人啊,这首琴曲正是《文王操》。"故习琴不可以表演炫技为目的,静以生慧,简以养德;不可贪多,少而怡适,惟精惟一。另外,琴之为道,在其冲澹至和。苏东坡评论戴安道之耿介不如阮千里之达观,正是此理。阮咸之子阮瞻,字千里,善鼓琴,许多人慕名前往听琴。无论对面之人贵贱长幼,阮瞻都能抚琴自如。内兄潘岳曾命他鼓琴助兴,从早到晚没有一句怨言。戴安道,即戴逵,也就是王徽之"雪夜访戴"的主角。武陵王召他鼓琴,戴逵当着使者的面把琴摔破,说:"戴安道不为王门伶人!"东坡先生认为戴逵不为俗子弹、不为权贵弹的志向固然值得嘉许,却不如阮千里宠辱不惊、物我两忘的境界来得高妙。

第六章　书法诗词

　　书法的传承更为源远流长，书法与文字伴随着中华文明诞生并随之不断发展。相传黄帝时仓颉造字"天雨粟，鬼夜哭"，虽然有神话夸张的成分，但以此形容其对人类文明进程带来划时代的影响并不夸张。当时的象形文字被称为"虫书鸟篆"，后来黄帝的曾孙帝喾作"仙人体"，唐尧创"龟书"，虽然这些传说暂无考古证明，但大致说明了中国文字演进的过程。从出土的实证来看，商代的甲骨文已经体现出书法的笔势、结字和章法，具有朴拙的美感；周朝时出现在青铜器上的金文（或称钟鼎文）本身就是经过艺术创作，再制模浇铸而成的铭文；秦代刻在石墩上的文字被称为石鼓文，在继承金文的基础上创造出结构方正、圆中寓方的书法，章法也更为严谨大度，内容均为四字一句，可以看作是最早书写在石头上的"诗书双璧"。先秦时期的甲骨文、金文及石鼓文统称为"大篆"，与之对应的是李斯创立的"小篆"，以此作为秦朝统一后推行"书同文"的标准文字及书法。

　　一般认为，因快速书写的要求，汉代时出现了隶书。但深层次说应该是时代审美的需求，这种审美与汉代较为宽简的政治方向、更多元的艺术风格也是一致的。东汉熹平四年（175），在蔡

邕主导下,《六经》被刊刻为《熹平石经》,以横竖撇捺点画构成的方块字真正脱离了象形文字的影子,形成了完善的造字规则和书写法度,汉隶成为"汉字"的标准书法。之后陆续演变出八分书(或称真书)到楷书,草隶(或称章草)到草书,再演化出行楷和行草,一起构成了蔚为大观的书法世界。那么中国的书法之道与书法之法有什么讲究?在传承创新中有怎样的流变?其中又有什么逸闻趣事呢?收录在此的24首诗词将铺陈纸笔,为您的书房雅室略添墨香。

骈文·飞白书势铭

〔南北朝〕鲍照

秋毫精劲,霜素凝鲜。
沾此瑶波,染彼松烟。
超工八法,尽奇六文。
鸟企龙跃,珠解泉分。
轻如游雾,重似崩云。
绝峰剑摧,惊势箭飞。
差池燕起,振迅鸿归。
临危制节,中险腾机。
圭角星芒,明丽烂逸。
丝萦发垂,平理端密。
盈尺锦两,片字金镒。
仙芝繁弱,既匪足双。
虫虎琐碎,又焉能匹。
君子品之,是最神笔。

【品注】鲍照（约416—466），字明远，籍贯待考。南北朝刘宋时期著名文学家，与北周庾信合称"鲍庾"。鲍照不但在乐府诗创作上是承汉启唐的人物，也擅长骈文。骈文多为四字或六字一句，两两对仗工整，辞藻华丽，严格意义上不属于诗歌。这篇骈文从句式上看有点前骈后诗的意思，姑且以诗论之。鲍照行文极尽比喻之能事，刻画书势入骨之三分，妙在以诗文之美诠释了书法之美。

所谓"飞白"书，有人认为是一种独特的书体，即笔墨较枯的草隶。然而从诗题"飞白书势"中可知，"飞白"应该是一种书势或笔法，笔蘸半墨，枯笔疾书，使得笔画中露出如丝成片的留白。"飞白"之势肇始于东汉蔡邕的隶书，后来张芝创草书"一笔飞白"。历代擅长飞白的妙手包括王羲之及"飞白五体俱入神"的王献之、"诸体兼备，特妙飞白"的萧子云、"飞白为大字之冠"的葛洪，唐代太宗、高宗、中宗都写得一手飞白体势，宋代仁宗、蔡襄、文同等人也都善作飞白。或许"飞白"最早是作为隶书大字的一种特定书体出现的，但在历史传承中"飞白"演变为书势而非书体，不言而喻。

前两句"秋毫""霜素"分别比喻笔、纸精良新洁，"瑶波""松烟"两句意为在水盂中润笔，砚池中蘸墨，准备作飞白大字。"超工""尽奇"为倒装式，技法超过了智永所论的"永字八法"，奇趣涵盖了王莽修订的六种书体。接下来的诗句层层递进描述飞白书的形势，精彩迭出，令人欲罢不能。其"势"如林鸟踯足将飞、蛟龙腾身欲跃，又如佩珠断落、飞泉分流。其"形"轻如缥缈的薄雾，重似层积的垂云。其"劲"如宝剑挥舞出的寒光、箭矢飞射出的惊影。其"动"似乳燕参差不齐的翻飞、归鸿迅疾统一的振翅。其"定"如大将临危不惊，居中调度，身处险境，妙化生机。其"锋"似玉圭的棱角、夜星的尖芒，光辉四逸。其"质"如黑发垂垂、白丝缠绕，平滑细密。这飞白书如此珍贵，一尺幅可换一匹锦缎（锦两），一个字就值20金（金镒）啊。"仙芝""虫虎"指上古的书体。仙人书、芝英书、虫书、虎爪书，笔画或繁缛绵弱，或琐碎杂乱，都不足以与飞白书比质匹敌。飞白书最是神妙之笔，是君子之品。

五律·书

〔唐〕李峤

削简龙文见，临池鸟迹舒。

河图八卦出，洛范九畴初。

垂露春光满，崩云骨气余。

请君看入木，一寸乃非虚。

【品注】 李峤（645—714），字巨山，赵郡赞皇（今河北赞皇县）人。唐朝武则天时期李峤三度拜相，是为武周一朝的文坛领袖，与苏味道齐名。李峤的《杂咏诗》120首，各以一字为题，一诗一咏。他的诗作没有大开大阖的盛唐气象，反而注重事物细节中的审美意趣，被遣唐使带回日本后深得嵯峨天皇推崇，流传极广，对后世日本和歌的创作产生了深远的影响。

"龙文""鸟迹"都是刻在竹简上的远古文字，"河图""洛书"，相传上古之时，有龙马驮着河图出于黄河，神龟背负洛书浮游洛水，伏羲氏根据河图作成八卦，大禹依照洛书创立九畴，九畴是九种治理天下的大法。经过漫长的历史演变这些文字已经不再作为日常书体使用了，但现在的人看来依然可以从中感受到那种自然美和力量美，它像春光里垂下的露珠，又像积云坠落后残留的云气。

最后两句形容作书者笔力遒劲,"请君看入木,一寸乃非虚",这也是竹简木牍上的字不易磨灭的原因所在。乍读之下似乎没什么特别的,用成语"入木三分"就可以代替了。实际上"入木三分"的说法最早见于唐代书法理论家张怀瓘在《书断》中的记述:王羲之写在木板上的字,"笔入木三分"。张怀瓘的《书断》在开元年间刊行,已是李峤身故之后的事了。

乐府·李潮八分小篆歌

〔唐〕杜甫

苍颉鸟迹既茫昧,字体变化如浮云。
陈仓石鼓又已讹,大小二篆生八分。
秦有李斯汉蔡邕,中间作者寂不闻。
峄山之碑野火焚,枣木传刻肥失真。
苦县光和尚骨立,书贵瘦硬方通神。
惜哉李蔡不复得,吾甥李潮下笔亲。
尚书韩择木,骑曹蔡有邻。
开元已来数八分,潮也奄有二子成三人。
况潮小篆逼秦相,快剑长戟森相向。
八分一字直百金,蛟龙盘拏肉屈强。
吴郡张颠夸草书,草书非古空雄壮。
岂如吾甥不流宕,丞相中郎丈人行。
巴东逢李潮,逾月求我歌。
我今衰老才力薄,潮乎潮乎奈汝何。

【品注】杜甫(712—770),字子美,自号少陵野老,原籍湖

北襄阳,后徙河南巩县。世称杜工部、杜拾遗,亦称杜少陵,为与"小李杜"中的杜牧区别,也被称为"老杜"。读完这首诗,没想到印象中严肃苦逼的老杜也有诙谐的一面。大历元年(766)蜀中内乱,杜甫举家从成都迁至巴东郡夔州,偶遇外甥李潮。这位平日没有多少交集的外甥是他同父异母妹妹的儿子。担任中书侍郎的李潮连月来央求舅舅为他的书法作品题诗,老杜不得已赠诗将其调侃一番,末了自嘲年老才薄:阿潮啊阿潮,舅舅帮你只能帮到这儿了。

调侃归调侃,杜工部无疑是稔熟书法历史之人,不然也不能将外甥夸成堪比古今大家的旷世奇才。仓颉造字的鸟虫篆变幻如云,不可揣测,就不用去说了。石鼓文于唐朝初年在陕西宝鸡一带出土,当时的主流认为是西周文物,但也有一些文人包括杜甫认为其不可考,上面的文字可能是后人所作,所以说"陈仓石鼓又已讹"。大篆、小篆演进出隶书,东汉时出现了带有楷书风格的隶书,横竖撇捺更为外放,经蔡邕简化后加入楷意的汉隶称为"八分书",当时也称为"真书"或"楷书"(非今日之正楷)。小篆要数李斯的《峄山碑》为最,但不幸毁于野火,后人将拓片转刻枣木板上,却失之圆肥。汉隶则非蔡邕莫属,"苦县光和尚骨立"一句中"苦县光和"代指蔡邕于东汉光和年间在苦县撰写"老子碑",以笔法骨立著称。"书贵瘦硬方通神"则是杜甫倡导的书法审美论,影响了以柳公权为代表的一脉书法家,不过东坡先生读到此句却不敢苟同,认为环肥燕瘦各宜其人。接着老杜笔锋一转说,可惜李斯、蔡邕的书法真迹都不复存在了,幸好还有我外甥李潮的书法啊,此处"亲"通"新"。之后的诗句提到本朝开元年间的两位著名书家。韩择木,韩愈之叔,开元间任工部尚书,善八分书，世称"伯喈（蔡邕）如在"；蔡有邻，开元间任参军，故称"骑曹"，八分书亦精妙严劲。老杜接着戏言外甥李潮的书法博二者之长，可鼎足而三啊。更何况他的小篆功力直逼李斯，如快剑长戟，森然相向；他的八分书如蛟龙盘旋搏斗，肌肉虬实，一个字可值百金啊。"挐"音"拿"，搏斗之意，"屈强"即倔强。以上将李潮擅长的篆隶与古人相比也就罢了，更不靠谱的是拿张旭的草书开始说事，言其空有雄伟之气而不合古法，不如我外甥的书法是堂堂正正的大丈夫之作。"流宕"，放荡之意。李潮拿到这篇诗作相信了，高高兴兴地走了。害得后世许多文人包括欧阳修也相信了，因为他们绝不相信诗圣也有这么不严肃的时候。

　　或许有人认为这些都是揣摩"圣意"的戏论，而非诗圣的本意。但这并非空穴来风。其一，如果李潮的书法果真出神入化，应见诸同时代文人笔端，而非仅有杜甫一个人的诗赞。其二，开元年间确实有三位八分书妙手，但是公认为韩择木、蔡有邻和史维则。这个事实杜甫是知道的，恐怕是故意"狸猫换太子"。其三，杜甫在《殿中杨监见示张旭草书图》一诗中将张旭称为"草圣"，盛赞其书风笔力，可见"不如吾甥"云云乃是戏言无疑。其四，赵明诚在《金石录》中说他收藏了李潮仅存于世的两件碑刻《唐慧义寺弥勒像碑》和《彭元曜墓志》的拓片，"其笔法亦不绝工，非韩、蔡比也。"最后就杜甫的性格而论，如果这些恭维不是戏谑之词而是出于世故圆滑，他恐怕早就平步青云不至于穷困潦倒至此了。虽说这是戏作，但通篇从秦汉至唐代的书法传承以及审美观点看，无疑是值得称道并加以研究的。

四言古诗·书诀

〔唐〕张怀瓘

刬纸易墨,心圆管直。
浆深色浓,万毫齐力。
先临告誓,次写黄庭。
骨丰肉润,入妙通灵。
努如直槊,勒若横钉。
虚专妥帖,殴斗峥嵘。
开张凤翼,耸擢芝英。
粗不为重,细不为轻。
纤微向背,毫发死生。
工之未尽,已擅时名。

【品注】张怀瓘,生卒不详,扬州海陵(今江苏泰州市)人。唐玄宗开元年间,任翰林院供奉。在唐代众多书法家之中,张怀瓘很难排得上号,因为没有他的真迹存世,无从考评。但说到书学理论家,张怀瓘稳居前三。他的著作刊行于世的有九种,其中《书断》的上卷明列十种书体详细解说,中下卷评断古今书家,分为神品、妙品、能品。三品评价体系是他的首创,对后世的书法创作、鉴赏、收藏等方面有着深远的影响。《书议》则专论真、行、章、草四体及相关书家的成就。《书估》将96位书法家的作品分为五等,评价估值,虽有值得商榷之处,但不失为估值考量的参考之一。《文字论》是张怀瓘与友人关于书法的议论。他先阐明文字与文章是体和用的关系,而文字与书法则互为形神,不可分割。最初文字的创立感天动地、惊神泣鬼;后来形成书法,人伦礼教得以传承,再后来有能逸之士发现了书法的玄妙,"翰墨之道生焉"。以上是他将书法从技艺拔高到"道"层面所做的铺垫,然后接着说,"文则数言,乃成其意;书则一字,已见其心。可谓简易之道",最后借友人之口说出"书道亦大玄妙"之语。在一定程度上扭转了汉代扬雄以降重文轻书、认为书法是雕虫小技的观念。《玉堂禁经》《用笔十法》《评书药石论》《六体论》五篇则是论述书写审美及技巧的文章。《书诀》其实就是一首四言诗,词短意长,值得细细品读。

前四句是书写前的准备工作,强调纸笔墨的精良。"剡"音"善","剡纸"是唐代越中(今浙江绍兴及周边地区)出产的名纸,原料是古藤,又称"藤纸""玉叶纸",以薄韧白滑著称。磨墨的程度要像米浆、豆浆之类,稍稍有点起稠的感觉,以颜色黝黑为佳。笔毫有劲道,根根精神。"心圆管直"指笔管同心圆直,不曲斜,例如今天我们说"道路笔直",就是以笔为喻。这句诗也可引申为书写前握笔顺直,心境圆融没有挂碍的状态。接下两句说临摹的次第,先临《告誓文》再摹《黄庭经》,两者都是王羲之传世楷书中的精品。《告誓文》写于永和十一年(355),仍有钟繇的影子和汉魏的古意,同年王右军称病辞官,一年后写的《黄庭经》已经脱出藩篱,八法皆备,因而张怀瓘提出的临摹次第是有道理的。其后十句是书法的审美和意趣所在,以"骨丰肉润"比喻结字的神采,以"直絷横钉"说明字体的比例美和力量美,"虚专妥帖,殴斗峥嵘"则解释虚实动静的协调,"开张凤翼,耸擢芝英"形象地描绘出大小、收放的不同气势和韵味,又辩证地提出"粗不为重,细不为轻"的要义,书法之奥妙在细小纤微、阴阳向背之处,如同生死大事,命悬一线啊。能做到如此这般,即便技艺不能尽善尽美,已经能在世间留下书名了。

七言古诗·张伯英草书歌

〔唐〕皎然

伯英死后生伯高，朝看手把山中毫。
先贤草律我草狂，风云阵发愁钟王。
须臾变态皆自我，象形类物无不可。
阆风游云千万朵，惊龙蹴踏飞欲堕。
更睹邓林花落朝，狂风乱搅何飘飘。
有时凝然笔空握，情在寥天独飞鹤。
有时取势气更高，忆得春江千里涛。
张生奇绝难再遇，草罢临风展轻素。
阴惨阳舒如有道，鬼状魑容若可惧。
黄公酒垆兴偏入，阮籍不嗔嵇亦顾。
长安酒榜醉后书，此日骋君千里步。

【品注】皎然禅师在书史上并没有留下什么浓墨重彩，大体因为志不在此，但作为书画评论家，他以参禅悟道的思想，提出的书画审美意趣是值得深入研究的。在之前的章节中曾介绍过皎然禅师与颜真卿等人的交游唱和，皎然与唐代"篆书第一人"李阳冰过从甚密，时有寄赠。皎然的诗作中多次点评草书，尤其推崇张芝（字伯英）和张旭（字伯高）。历来认为李白的《草书歌行》将怀素的草书表现得淋漓尽致，但皎然的这首诗毫不逊色。除了从形意上渲染张芝的草书，还隐隐道出了草书的心得。他认为草书以狂放为先，律法次之。形象气势由心而发，而不受规矩约束，"须臾变态皆自我，象形类物无不可"，如游云如惊龙如落花如狂风。他还指出草书并非一狂到底，而是有动有静，有密有疏。偶然停笔凝神，如碧空之上一只孤鹤，时而顺势倾泻，如奔流不息的滔滔春水。书法中也要注意阴阳虚实的布置，惨淡与舒重相宜，以正为道，以奇制胜。皎然禅师以为作书与做人一样，心中坦荡，恣意挥洒，不要顾忌世人的眼光。"黄公酒垆兴偏入，阮籍不嗔嵇亦顾"，是说魏晋之时，"黄公酒垆"的老板娘有姿色，阮籍常到此饮酒，喝醉了就睡在酒垆里，开始老板以为他图谋不轨，久而久之，见他神情自若便释然了。竹林七贤中的嵇康、王戎也常随阮籍到此饮乐。长安酒肆的招牌自然是张旭醉后草书，一气呵成方称绝妙。今日见到张旭追摹草圣（张芝）的笔法才感到纵横千里的气势啊。

五言排律·送外甥怀素上人归乡侍奉

〔唐〕钱起

释子吾家宝，神清慧有余。
能翻梵王字，妙尽伯英书。
远鹤无前侣，孤云寄太虚。
狂来轻世界，醉里得真如。
飞锡离乡久，宁亲喜腊初。
故池残雪满，寒柳霁烟疏。
寿酒还尝药，晨餐不荐鱼。
遥知禅诵外，健笔赋闲居。

【品注】怀素俗姓钱，自称钱起为"从父"，即远房的叔父。可能怀素的母系与钱起有姻亲关系，故当世亲缘称之为外甥。大

历六年（771）冬天，怀素得知母亲病重，动身返回零陵奉亲，拜别叔父时得到这首赠诗。钱起的赠别诗当时极受士人推崇，相比于官方的新闻邸报，诗中迎来送往的消息更为有趣可读。钱起无疑是以这位侄子为荣的，首先，出家为僧是般若之行，不啻帝王将相。其次怀素在游历长安五年之后，寻访名师，遍览碑帖，大获裨益，已颇有书名，既是"僧宝"，又是"书宝"。故而钱起称赞他既通晓梵文，又尽得草圣张芝之妙。或许钱起没想到的是，这位侄子后来也被誉为草圣。"远鹤""孤云"之句更是形容他"前无古人后无来者"的奇绝。"狂来""醉里"二句道尽他得书法三昧后超脱尘俗的状态。僧人持锡杖定居某地称"驻锡"，怀素游历四方，故称"飞锡"。"宁亲"，归宁省亲之略。孩子能在接近年关的腊月回乡，于亲人而言是最可期待的喜事。遥望"故池残雪满，寒柳霁烟疏"，令启程的游子怀念故乡，也饱含着诗人自己的乡愁。钱起笔锋一转，嘱咐侄儿事亲以孝，给母亲办寿酒可以冲喜延福，亲自尝药喂汤可令老人心安。因做寿和生病的原因，需要斋戒，故而"晨餐不荐鱼"。最后说，知道你回乡后除了日常的诵经功课外，一定会健笔如飞，墨耕不辍，叔叔我就放心了。

唐代诸人对怀素书法的喜爱之情溢于言表。除了李白的大作《草书歌行》，还有卢象论其形象"初疑轻烟淡古松，又似山开万仞峰"，再有窦冀夸其速疾"粉壁长廊数十间，兴来小豁胸中气。忽然绝叫三五声，满壁纵横千万字"，更有戴叔伦言其格套"心手相师势转奇，诡形怪状翻合宜。人人欲问此中妙，怀素自言初不知"。但这都不如亲叔叔一语道破天机："狂来轻世界，醉里得真如。"这是对其书法境界的绝妙写照，同时这也是怀素的禅境所决定的。学习怀素的人如果没有修悟到如此禅境，痛饮挥毫也还是假狂真醉罢了。

乐府·石鼓歌

〔唐〕韦应物

周宣大猎兮岐之阳,刻石表功兮炜煌煌。
石如鼓形数止十,风雨缺讹苔藓涩。
今人濡纸脱其文,既击既扫白黑分。
忽开满卷不可识,惊潜动蛰走云云。
喘逶迤,相纠错,乃是宣王之臣史籀作。
一书遗此天地间,精意长存世冥寞。
秦家祖龙还刻石,碣石之罘李斯迹。
世人好古犹共传,持来比此殊悬隔。

【品注】韦应物(737—791),长安(今陕西西安)人,出身关中望族,曾经的纨绔少年浪子回头成为文臣儒士的典范。在唐代,韦应物虽不是第一位研究石鼓文的,但却是第一位专门为其作诗,并关注其重要研究价值的。几十年后韩愈也写过一篇《石鼓歌》,继续呼吁世人重视其中的文字与书法。不过,这十枚石鼓早在唐初就已经在今天陕西宝鸡市三畤原被发现于荒野,为什么没有引起初唐文人的重视呢?原因如上文杜甫的诗中提到的相当多的人对此存疑,石鼓文上的大篆和刻石的方式都属于孤本,没有比照的对象,也没有史籍明确记载,如同横空出世一般。

对此韦应物查阅古籍做了一番考证。石鼓出土于陈仓(今宝鸡)的岐山以南,石鼓文中多为与田猎有关的文字记载,因此他认为这就是当年周宣王在岐山之阳田猎时的颂歌,是周宣王的史官史籀所作。"喘逶迤"中的"喘"是低声说话的意思,"逶迤"是曲折的样子,"相纠错"说明当时就有不同的考证意见,唐代以后的学者们普遍认为这并非西周的石刻，而是东周时秦国的文字。今天我们能见到石鼓文的拓片大多是宋代及以后的版本，存世的唐代拓本极为稀少，韦应物的记录就是研究唐拓的重要参考之一。用"拓"这个字来表述将碑文转印到纸张上是宋人的用法，所以韦应物说"濡纸脱其文"，因为唐纸比较坚韧所以拓碑之前要先将纸弄湿，"既击既扫"，"扫"是用刷子令拓纸陷入字口，然后刷平；"击"是用拓包沾墨锤击纸面使其上色。"惊潜动蛰走云云"则是说石鼓文如惊蛰的爬虫游动，难以辨认的样子。诗文最后，韦应物称赞说这天地间的孤本，精神意念长存，幽深玄默不为世人知晓。始皇帝忝为秦家祖龙，令李斯以小篆作《之罘刻石》，被好古之人拓印流传，奉为至宝。殊不知与古雅的石鼓文相比实在是差得太远了。

七绝·题酸枣县蔡中郎碑

〔唐〕王建

苍苔满字土埋龟，风雨销磨绝妙词。
不向图经中旧见，无人知是蔡邕碑。

【品注】王建青年时投笔从戎，"走马从军十三年"，足迹南至荆襄，北达幽州。这一日路过酸枣县（今河南延津北15里）竟发现了刻有蔡邕书法的石碑。"土埋龟"指的是驮碑的龟形神兽赑屃（又名霸下）已被尘土湮没，碑刻的字口中已长满了青苔。青苔一般会先在石碑的表面侵蚀生长，若是布满字口则非数百年之功不得。蔡邕书写的绝妙好辞被风雨侵蚀，难以辨认。若非曾经见过图经拓本中的文字，没有人会知道这就是蔡邕的书法碑刻。王建所见到的就是《酸枣令刘熊碑》，上有蔡邕题写的刘熊小传以及三首诗。清代金石学家翁方纲就认为此碑的隶法在《华山庙碑》之上。

　　本章几首诗都或多或少地提到了东汉的蔡邕。蔡邕在书法史乃至文化史上都有着卓越的贡献，中国第一篇关于书法的论文《笔论》就出自他的手笔。蔡邕首先提出书写之前应该达到淡然任性、自由松弛的精神状态，所谓"书者，散也。欲书先散怀抱，任情恣性，然后书之"。具体做法是静默、止语、调息、恭敬。实际上这就是原始朴素的书法之道。关于书法的艺术表现形式，即"书之体"，他提倡动静相宜、往来自如，挥洒纵横之间融合了自然美和力量美的意象，这样的作品才能称之为书法。"若坐若行，若飞若动，若往若来，若卧若起，若愁若喜，若虫食木叶，若利剑长戈，若强弓硬矢，若水火，若云雾，若日月。"蔡邕在另一篇书法论文《九势》中详述了书法之法，序言部分解释了书法来源于自然，然后演变出阴阳两仪，再发展出千变万化的形势，总结为九势，即"结字"气脉相连、"转笔"前后呼应、"藏锋"欲左先右、"藏头"笔用中锋、"护尾"势尽收力、"疾势"点撇爽利、"掠笔"先抑后扬、"涩势"捺笔紧涩、"横鳞竖勒"横画如鱼鳞波磔，竖笔如悬崖勒马。蔡邕关于书法之道、艺术规律和书法审美的总结，无疑是中国书法的瑰宝，也是值得其他雅道形式借鉴学习的。

五律·笔

〔唐〕贯休

莫讶书绅苦，功成在一毫。
自从蒙管录，便觉用心劳。
手点时难弃，身闲架亦高。
何妨成五色，永愿助风骚。

【品注】贯休禅师（832—912），俗姓姜，字德隐，婺州兰溪（今浙江兰溪）人，唐末五代之时最负盛名的诗僧和书画僧，可以算得上中国"文艺僧"的鼻祖。这并非单纯为了文艺而文艺，而是将艺术作为参禅悟道的万千法门之一。他特别欣赏怀素率性天真的草书，认为异于常人的天赋和后天的勤学苦练，二者不可或缺。所谓"熟能生巧，悟乃得妙"，这样才能写出巧妙的书法作品。

"书绅"，语出《论语·卫灵公》，意思是将重要的话记录在绅带（腰带）上，以免忘记。当时的书写工具只是一束毛发，在布帛上写字容易涣散，故言"功成在一毫"。所谓"蒙管"，相传秦朝大将蒙恬为了飞传战报，改进了毛笔，以竹做管，用经过处理的兔毛做笔头固定在竹管上，大大提高了书写效率。不过如此一来，后世文人为之劳心劳力不止，在钻研书法的道路上或揣摩笔意，或我慢自高。书法本是记录诗文典章的工具而已，不如借得五色神来之笔，平添绝妙好辞之韵。"五色"，指五色笔。传说南北朝才子江淹一日做梦，梦见仙人郭璞对他说："我有一支五色笔在你这里多年了，现在请还给我吧。"江淹从怀中掏出笔递给郭璞后，梦就醒了。随后他再也写不出以前那样精彩的诗文了，这就是"江郎才尽"的一个神话版本。

敦煌廿咏其十三·墨池咏

〔唐〕佚名

昔人精篆素，尽妙许张芝。
草圣雄千古，芳名冠一时。
舒笺行鸟迹，研墨染鱼缁。
长想临池处，兴来聊咏诗。

【品注】敦煌廿咏的文本出自敦煌藏经洞，20首诗对敦煌地区的自然山川、名胜古迹、人文风土一题一咏。作者不详，约为唐朝末年所作。其中第13首《墨池咏》就是讴歌东汉草圣张芝的作品。张芝，字伯英，祖籍南阳，东汉末年出生在敦煌渊泉县，青年时在此临池习字，每日濯笔洗砚将水池都染成了墨色。据后人考证，墨池故地在敦煌县城东北一里，早已被风沙湮没。唐开元之时县令差人发掘墨池，得一方石砚，疑为张芝之物，并于此建庙立像，供人瞻仰。

一般认为张芝里程碑式的贡献在于将带有隶书笔意、每个字之间笔画不连贯的"章草"演化为气脉通畅的"今草"。另外，他首创的"一笔书"尤为后世禅师所推崇，日本寺院中常见的"一行书"大概滥觞于此。"篆素"，在素帛上写字，"篆"此处有运笔挥毫的意思。张芝对草书独到的理解和创造，除了天分和勤勉使然，也与所处的环境密切相关。在"大漠孤烟直，长河落日圆"的塞外，观察天空飞鸟的轨迹，似断似续如笔意相连；细看洗砚时游过的鱼儿，银光墨染如飞白变幻。这些都是他了悟造化，融入笔意的源泉。临池起兴，追忆草圣，此时此处必有诗歌方能抒怀啊。晋代王羲之只推崇钟繇、张芝，自认为书法与张芝相比"犹当雁行"，意为张芝是领头雁，自己仅次于张芝；但又说如果自己像张芝专精于一体，墨池尽染，未必不如他。

七绝·柳氏二外甥求笔迹二首（之一）

〔宋〕苏轼

退笔成山未足珍，读书万卷始通神。
君家自有元和脚，莫厌家鸡更问人。

【品注】世人津津乐道的除了三苏的文采,还有一个苏小妹的才情。不过苏小妹与兄长及秦观、佛印和尚的逸事大多是后人的杜撰,历史上苏轼确有一个堂妹,她嫁给了清贫正直的柳仲远。据林语堂先生考证,东坡先生一直深爱着这个堂妹,但不太喜欢妹夫,大约因其无趣。当两位外甥向舅舅请求墨迹时,坡翁劝他们多读书、勤习字,所谓家法门风,正如柳公权以笔法劝谏唐穆宗的那样,唯心正也。

　　"退笔成山未足珍,读书万卷始通神"是东坡先生贡献的又一个金句,对于如今的书法热也是一剂清凉散。当年智永在吴兴寺习书,将十坛用坏的秃笔掩埋,称为"退笔冢"。但是智永写的字再多再好也比不上先祖的一篇《兰亭集序》。书法的珍贵之处除了书法本身,更重要的是它所承载的翰墨风流。纵观传世的书法珍品,都是书法家感怀抒情而创作的妙文,而非抄写誊录前人的诗文经典。故而读书的重要性对习字之人不言而喻。"元和脚"是刘禹锡对柳公权书法的戏称,柳公权取法于颜真卿但筋骨外露,对比二人书法中的捺脚尤为明显。东坡先生以此规劝外甥,你们柳家自有家传书法,只需刻苦练习,自然成才。柳氏外甥的祖父柳子玉以草书名世,东坡有《观子玉郎中草圣》一诗。"莫厌家鸡"是引用东晋庾翼批评自家子弟不爱家传书法,却向王羲之学习的典故。做完这首诗,坡翁意犹未尽,口占第二首:"一纸行书两绝诗,遂良须鬓已如丝。何当火急传家法,欲见诚悬笔谏时。"像褚遂良这样上承欧虞、下启颜柳的书法家,都要反复书写相同的诗文,直到头发胡须都白了。"诚悬笔谏"的典故出自柳公权(字诚悬),当时唐穆宗宴乐无度,偶然向柳公权问起笔法,柳公权回答说:"用笔的方法,全在于用心,心正则笔法自然尽善尽美。"唐穆宗为之动容，稍有收敛。坡翁最后说到，以这样的笔法为待人处事之法，哪里还需要我为你们书写什么家法墨迹呢？

七言古诗·李君贶借示其祖西台学士草圣并书帖一编二轴以诗还之

〔宋〕黄庭坚

当时高蹈翰墨场，江南李氏洛下杨。
二人殁后数来者，西台唯有尚书郎。
篆科草圣凡几家，奄有汉魏跨两唐。
纸摹石镂见仿佛，曾未得似君家藏。
侧厘数幅冰不及，字体欹倾墨犹湿。
明窗棐几开卷看，坐客失床皆起立。
新春一声雷未闻，何得龙蛇已惊蛰。
仲将伯英无后尘，迩来此公下笔亲。
使之早出见李卫，不独右军能逼人。
枯林栖鸦满僧院，秀句争传两京遍。
文工墨妙九原荒，伊洛气象今凄凉。
夜光入手爱不得，还君复入古锦囊。
此后临池无笔法，时时梦到君书堂。

【品注】黄庭坚与苏东坡亦师亦友的风雅之交，精神上以其为师，形式上绝不因循，是历代文人中的典范。苏东坡的书法以敦朴丰厚为妙，结字舒扁；黄庭坚则以枯奇洒脱见长，落笔纵横。二人曾互相"恭维"对方的书法，东坡居士说："鲁直啊，你近来的字虽然清劲，但笔势有时太瘦，几乎像树梢挂蛇。"山谷道人笑

对："坡翁啊，您的字固然不敢妄议，然而看着有些褊浅，很像是石压蛤蟆。"二人哈哈大笑，以为都说到了痒处。

　　黄庭坚的七言长诗比较少见，如诗题中所说拜李君所赐，将其曾祖李建中所作的两幅草书书帖借来欣赏，痴迷书法之人不由得诗兴大发，归还之时依依不舍写下长句回赠，也让我们看到了一个书痴借帖的故事。"贶"音"况"，赐予。"当时"指的是五代十国之时，所谓"江南李氏洛下杨"说的是翰墨书坛的领军人物，南唐后主李煜和北方历仕五代的文臣杨凝式。两者都善于行书，李煜有《入国知教帖》传世，而杨凝式以《韭花帖》闻名。他们过世之后的书坛寂寂，直到北宋初年李建中的出现。李建中在宋真宗时担任西京留司御史台，世称"李西台"。他是一个不可多得的全才，从黄庭坚到宋高宗及元代赵孟頫都多加赞赏。他擅长草、隶、篆、籀、八分等书体，师法颜真卿，再学魏晋风度。李西台所作《土母帖》号称天下十大行书之第十位，现存台北"故宫博物院"。诗中说从汉代到魏晋南北朝，再从大唐到后唐，有数位草圣和篆神。但只能从碑刻或后人临摹的字帖中依稀看出古人的风采，不如李君祖传的书帖来得真实可靠。"侧厘"，即侧理纸，晋人用水苔造的一种纸，唐宋时北方以横帘造纸也称为侧理纸。此处是说李西台书法作品用的是古纸，质地如冰，坚韧透亮。"欹"音"奇"，倾斜之意。宋代的行书有倾欹的审美趋势，自李西台开始，苏轼、黄庭坚和米芾都受其影响。而李西台作书墨色较浓，在侧理纸上有一种墨迹仍鲜的感觉。"棐"通"榧"，棐几，香榧木所制几案。将书帖置于明窗之下、香榧几之上展开欣赏，客人都坐不住了，纷纷从胡床椅子上起立观摩。"新春一声雷未闻，何得龙蛇已惊蛰"的比喻很生动。这件书帖的美是含蓄的，却极有震撼力，如同春雷乍响之前，龙蛇已从蛰伏中醒来。"仲将伯英无后尘，迩来此公下笔亲。""仲将"，汉末三国时书法家韦诞，字仲将，时人称之为"草圣"，亦善制墨，著有《墨法》一篇。"伯英"，东汉书法家张芝的字，韦诞始称之为"草圣"。"迩来"，近来。"亲"同"新"。此二句赞李西台的书法成就紧追汉代张芝、韦诞，可以望其项背。"使之早出见李卫，不独右军能逼人"中的"李卫"，指王羲之的老师卫夫人，因嫁予擅长隶书的李矩为妻，故加夫姓。言下之意，如果李西台生于晋代能拜卫夫人为师，就不会出现无人与王右军争锋的情况，赞誉之情溢于言表。李西台也善诗，长期在洛阳为官，时常在左近寺院、道观的墙壁上题诗书字，其中的佳句传遍两京。宋代称汴梁为东京，洛阳为西京，是为两京。"枯林栖鸦满僧院"既可理解为题诗的环境，也可以理解为题字的状貌如"枯林栖鸦"。"九原"，九州。"伊洛"，伊水和洛水，泛指洛阳地区。此二句恭维李西台故去后，洛阳乃至九州是如此凄凉。黄庭坚接着说，再看看这件书帖在月夜中泛着乌光，令人爱不释手。此时奉还李君，字帖又将栖身于古雅的锦囊之中。黄庭坚还说，从今以后临池作书不得笔法之时，便会梦入您家的书房，再欣赏观摩一番。话说回头，即便是梦中，私闯民宅也不合礼法，但痴迷书法之人哪里顾得这许多。

减字木兰花·平生真赏

〔宋〕米芾

平生真赏。纸上龙蛇三五行。富贵功名。老境谁堪宠辱惊。
寸心谁语。只有当年袁与许。归到寥阳。玉简霞衣侍帝旁。

【品注】米芾（1051—1107），初名黻，后改芾，字元章，湖北襄阳（今湖北襄阳）人。米元章从来就是疏于政事、痴于玩石赏砚之人，晚年以道教为依归，以简静为贵。对此他直言道：平生至真至爱的赏好不过是笔走龙蛇，随性挥毫罢了，如今年事已高，更受不起富贵功名的荣宠辱惊。米芾本人以其母为神宗哺乳而恩荫得官，并未参与新旧党争，也没有什么大起大落，但眼见东坡先生的境遇，还是不免嗟叹追思。这点心思能说给谁听呢？只有当年的袁先生和许先生了。袁先生可能说的是隋唐的袁天罡，他精通天文术数，有《推背图》传世。许先生或指东汉名士许劭，善于品评时人，称"月旦评"。"治世之能臣，乱世之奸雄"就是他对曹操的评语。这两位道家人物洞悉古今，一定能明白米襄阳的心意。"寥阳殿"，道教传说中元始天尊的居所，由此可见米芾的愿望是百年之后身披霞衣、手持玉笏侍立在天帝之侧。这个有点狂傲和虔诚的小心思如果说出来，恐怕又要被其他文人作为笑柄了。

历代书家对米芾褒贬不一，但大体认为他属于不拘一格、剑走偏锋，却能自成一家的极致。其中黄庭坚的评价比较公允，认为其笔势潇洒纵横无人能敌，但过于强调笔势而缺少法度也正是他的缺点。对此黄庭坚做了个形象的比喻，好比是勇直刚毅、才高艺绝的子路还没有跟随孔子学习前的样子。世人都笑他癫，癫的故事一箩筐。据说米芾在书写信札的时候，结尾"芾顿首"几个字写完，必然肃正衣冠然后行礼，绝非随口说说、随手写写就罢。这也算是一种心行合一的"癫"了。他的可笑之处也正是他的可爱之处，书坛之中这样的人不宜太多但也绝不能少。

七律·孙过庭摹洛神赋赞

〔宋〕岳珂

大令好书洛神赋,后人犹袭邯郸步。
夫君草圣洞千古,笔下纵横敏风雨。
凌波杳杳去无所,半幅尚能追媚妩。
几年唐印阅振武,谁其别之视书谱。

【品注】岳珂(1183—1243),字肃之,号亦斋,晚号倦翁,原籍相州汤阴(今河南汤阴),岳飞之孙,南宋文学家。岳珂一生除了倾力收集岳飞事迹书札,为其祖父平反昭雪外,还收藏了大量典籍以及本朝帝王御笔和历代文臣翰墨,并逐一作诗赞,这样的字帖诗赞竟有 287 首之多。其中不乏宋太宗、真宗、仁宗、英宗、神宗、徽宗、高宗、光宗等人的御笔,还有前代书家王导、王羲之、王献之、李邕、欧阳询、颜真卿、怀素、孙过庭、冯承素的字帖,以及本朝文士范仲淹、司马光、欧阳修、苏东坡、米元章、黄庭坚、秦少游的翰墨,更有武将韩琦、宗泽等人的手迹。在常年耳濡目染之下,岳珂虽然没有成为著名的书法家,却成为一代书法评论家。

这首诗赞中提到的字帖正是唐代书法家孙过庭临摹王献之的《洛神赋帖》,从岳珂的另一首诗《王献之洛神赋帖赞》中可以得知他曾见过王献之的原帖拓本。历代临摹此帖的书家众多,但岳珂对孙过庭的摹本情有独钟,认为其余的则是邯郸学步而已。孙过庭擅长楷书、行书,尤其精于草书,《书谱》这本理论和实践齐妙、内容与形式双馨的皇皇巨著就是以古辣精逸的草书写成。另外,孙过庭还善于临摹古帖,唐高宗评价为"足以迷乱羲、献",甚至以苛刻书评闻名的米芾也认为孙过庭的草书深得二王之法,唐代无出其右者。因此岳珂在诗中称其为"草圣洞千古"就不足为奇了。"凌波杳杳去无所，半幅尚能追媚妩。"前一句即是《洛神赋》中对凌波仙子的描述，也是形容字帖上秀美飘逸的书风。王献之的《洛神赋帖》原来写在麻笺上，流传到唐代已经残缺，故而诗中说是临摹"半幅"而已。"振武"即振武军节度使，自唐乾元元年（758）开始设立。"几年唐印阅振武"意思是说，字帖上有唐代振武军节度使的印鉴，但不知是哪年留下的。从时间来看，孙过庭卒于公元691年前后，振武军节度使于其身故后数十年收藏鉴赏是合乎时代背景的。末句"谁其别之视书谱"，谁要鉴别这是不是孙过庭真迹，去比照一下《书谱》便知分晓。

偈颂七十六首（之一）

〔宋〕释师范

一见便见，更不再见。

张颠草书，李广神箭。

【品注】释师范（1178—1249），字无准，号佛鉴禅师。俗姓雍，梓潼（今四川梓潼）人，为六祖惠能大师下第二十世，克勤圆悟嗣下第五世。在他住持径山寺之时培养了大量僧才，其中就有后来被封为日本"圣一国师"的圆尔辨圆。圣一国师在京都东福寺给弟子开示结束后，常常吩咐一句"归堂吃茶"，便是继承了佛鉴禅师的"参退吃茶"的宗风。元代中峰明本禅师也是佛鉴禅师的再传弟子。除了以茶参禅，禅师还善于以书悟道。他题写过许多偈颂、顶相赞、匾额和法语，许多墨迹随着他的日本弟子一起东渡扶桑，其中《板渡》的书法被日本奉为国宝，现藏于日本东京国立博物馆。佛鉴禅师题写的大字遒劲飞白,如刷如漆,不染尘烟,澄净通达。

在这首偈颂中,无准师范禅师将张颠草书与李广神箭相提并论,来说明"一见便见,再不相见"的禅理,日本茶道中"一期一会"的理念与此同源。后世之人学习张旭的草书,学得再像,也不是张旭所写的草书。即便是张旭自己写的《肚痛帖》,清醒后再看,以为神品,再怎么写都写不出原来的气势了。相同的事例还有王羲之于曲水流觞间乘兴写下的《兰亭集序》,二十多个"之"没有一个写法相同,酒醒以后,再写不出更满意的作品。用佛教的语言说,这就是"诸行无常"。世间万物都在不断地变迁流转,见过的就见过了,不会再见到一模一样的事物。希腊哲学家赫拉克利特说"人不能两次踏进同一条河流",某种程度上也反映了这样的思想。细细体会这个偈子,再去观摩似乎不符合主流书法审美的"僧体书",或许可以明白这并非以前人法度为主要趣旨的书道。禅师已然明白告诉我们,张旭醉后狂草和李广酒后射石本来就是不合法度之行为,因其杰出成为后人的法度。前人的风雅很容易成为自性的桎梏,打破前人桎梏、不落自家俗套才能遨游天地。万理皆是如此。

五言古诗·纪梦

〔宋〕释道璨

我不褒灵溪,梦向溪边去。
溪绕屋头流,桥通溪上路。
轩窗水面开,水清石无数。
煮茶僧请诗,茶香竹当户。

花笺晕浅红，霜毫脱毛兔。
引笔信手书，波峭含韵度。
置笔喜语客，眼明失沉痼。
梦觉秋满床，残月挂庭树。
病眩二十年，万花舞深雾。
梦中能楷书，以我心念故。
人生孰非梦，百年等是寓。
便欲驱车去，傍溪缚茅住。
但恐秋雨来，溪深不可渡。

【品注】道璨禅师（1213—1271），号无文，俗姓陶，豫章（今江西南昌）人，南宋末期著名诗僧。年轻的时候曾在径山寺参学，后于庐山、宁波、杭州等地游历十七年，淳祐八年（1248）他回到径山寺，第二年无准师范禅师圆寂。道璨根据侍者及师兄们口述，写成《径山佛鉴禅师行状》，记录无准禅师生平事迹和语录。"佛鉴"是宋理宗赐予无准师范的封号。道璨禅师的诗文中常涉及茶道、书法等内容，从生活禅到艺术禅与无准师范都是一脉相承的，例如他在《投笔》诗中写道："无心检点笔头春，疏懒从教到十分。留取半生挥翰手，崖前无事学耕云。"想必道璨对自己的书法也是颇为自负的，如今封笔辍砚，以耕云为乐，其实是因为禅师患有眼疾，早已看不清东西了。

诗中道璨禅师梦回灵溪，只见清溪绕屋，进出须经过一弯小桥。窗户临水而开，溪水清冽，乱石满滩。满生翠竹的门户飘送出茶香。入得门中，僧人请茶后又请赋诗。花笺晕散着粉红的花色，毛笔挺拔着秋天的兔毫。信笔挥洒，书迹曲折跌宕，自有韵味而不失法度。写完置笔笑着对人说：常年的眼疾似乎好了，视觉如初。但这只是道璨禅师的梦境而已。他接着说，梦醒后只见一轮弦月高挂庭中树梢，秋光满床。患眼疾二十年来，眼前景象如"万花舞深雾"，这很像是今天所说的慢性青光眼还带有散光的症状。今日梦中能写作楷书，全凭心念使然。人生难道不就是一场梦吗？百年都是暂居的过客啊。于是想驱车前往灵溪，于溪畔结庐而居，又恐秋雨连绵，溪深漫桥不可渡。这首诗表面看来极为平常，却有奇妙之处。全诗读来，如整幅行草一气呵成，绝无诘屈聱牙、艰深晦涩之处。诗意却有如笔意一般波磔起伏，先说眼疾痊愈，信笔翰墨，却是一场秋梦。梦醒后了悟，笔意全凭心意，人生恰如梦境，欲往梦溪，常住光明。又省起梦境恰如人生，此际秋雨不绝，溪深难渡。在否定之否定的反复中，诗僧虽说"不可渡"，却已自悟自度。

鹧鸪天·凤尾鬟香再叠梳

〔宋〕利登

凤尾鬟香再叠梳。藕丝衫嫩瘗双鱼。闲收末利熏藤枕，自插芙蓉绕翠厨。

新浴后，浅妆初。卫夫人帖学行书。西窗一霎黄昏雨，笑问新凉饮酒无。

【品注】 利登，字履道，号碧涧，南城（今属江西抚州）人。生卒不详，原为南城望族，早年不事科举，隐于道溪庄，赋诗论文。南宋淳祐元年（1241）进士及第，任宁都县尉之时已是白发苍苍。从这首名不见经传的小令中，还是可以窥见南宋文人仕女的雅致

生活。

　　先看看其妆容是如何的精致。"凤尾鬟"是两侧带有垂发的环形发辫,然后再梳向头顶固定。藕色的丝制薄衫上绣着金色双鱼图案,"蹙金"的技法是用金线绣出有皱褶感的纹路,例如双鱼纹,使得图案更为立体生动。"末利",即茉莉花。藤枕中空,采拾新鲜的茉莉花置于其内,清香辟秽。折取一枝芙蓉花插于发鬟,在满眼时令蔬果的厨房中忙碌穿行。这里的"自插芙蓉"不应理解为插瓶花,因为下文的"绕翠厨"不可理解为厨房里到处都插满了芙蓉花,因其不符合宋人的审美格调。接下来利登夫人临帖学书的状态是庄重和端正的,在忙碌完花事厨余后,她不是洗洗手就开始练字了,而先要沐浴更衣,略施粉黛,临摹的是晋代卫夫人的字帖。历来书法审美属于文人士大夫的领域,女史临帖大体依照"二王"及"欧褚颜柳"诸体,其佼佼者多以女中豪杰、不让须眉为赞,未免有些大男子主义的偏颇。利登夫人能够上溯到王羲之的老师卫夫人那里习字,是一个很好的雅例。搁笔时已是西窗日斜,黄昏骤雨乍停,佳人回头笑问:天凉了,能饮一杯无?这样唯美的描绘有羡煞旁人的温情,并无锦衣玉食的奢侈,只有一份恬淡的雅致——看着爱人静心习字的雅致。

七律·赠笔生杨君显

〔元〕杨维桢

杨君缚笔三十年,高艺岂止千人传。
梁园学士为作传,虎丘道人会乞钱。
桐叶秋风来古寺,苔花春水放归船。
白头懒草长门赋,自写江南踏鞠篇。

【品注】杨维桢（1296—1370），诸暨州枫桥（今浙江诸暨枫桥镇）人。字廉夫，号铁崖、铁笛道人，又号铁心道人、铁冠道人、铁龙道人等，晚年自号"老铁"。因奸臣陷害被贬官，元末时避乱于富春江畔，铁了心地纵情雅事，流连山水。张士诚多方延揽也没能打动这位老铁，后来又因得罪元朝宰相迁居至松江（今上海松江）。明朝统一后，铁冠道人以"将死老妇岂堪再嫁"为喻拒绝出仕，铁腕大帝朱元璋也掰不过他，只得作罢。杨维桢作为元末诗坛领袖，甘居幕后，倪瓒、黄公望、王蒙、柯九思群贤毕至的"玉山雅集"以及后来有五百文士参与的"聚桂文会"都离不开他的悉心策划。老铁更有长者之风，提携后进，不问出身，诗题中的杨君显是一位名不见经传的笔生，所谓"笔生"就是以代人书写糊口的儒生。由于元代统治者不重视汉文化，更一度中断了科举取士，社会上读书识字之人日益减少，笔生这一职业较唐宋更为兴旺。像杨维桢这样的名士不轻贱笔生，还赠诗勉励，着实难得。

"缚笔"，犹言捉刀代笔。首联是恭维之词，杨先生您为人代书30年，传阅过您的书法文章的何止千人。颔联中的"梁园学士"或指司马相如，当时西汉梁王刘武修建了奢雅的梁园，广聚门客包括司马相如、邹阳等天下名士。"虎丘道人"或指宋僧虎丘祖印大师，擅以书法结缘众生，北宋书法理论家朱长文《次韵虎丘祖印大师秋日怀寄》中有"道人肯与羲之友，飞锡重来莫待招"之句。元曲大家张可久也有缅怀虎丘道人的曲子。此处意指两人都有为人作书糊口的经历，是杨君您可以引以为傲的榜样。颈联对仗精彩，"桐叶秋风来古寺，苔花春水放归船"，赞叹笔生远离官场，以翰墨做生涯的隐逸生活。此前杨君显向杨维桢求墨宝，杨维桢在尾联说如今年事已高，懒得写《长门赋》这样的长篇，就写一幅我

自作的《踏鞠篇》赠予您吧。

七律·病起观书诀

〔明〕詹英

三十年余翰墨中,一编书诀伴衰翁。
赐丹曾起元常疾,旧冢宁论智永功。
碧海鱼龙春自化,故山猿鹤梦谁同。
如今短杖残阳里,闲数秋空断阵鸿。

【品注】詹英(1413—1484),字秀实,号止庵。贵州卫(今贵州贵阳)人。明英宗正统三年(1438)举人,在四川会理训导官任职期间,上书揭露太监王振党羽贪赃枉法、冒领军功之事遭到迫害,遂辞官归隐。其人乐心琴书,交游僧道,颇通禅理,世人称之为"止庵法师",实际上他是以居士的身份参禅悟道。

从诗的内容看,止庵先生也是痴迷于书法之人,病愈之初便研读书诀,而这部书已经陪伴了他三十多年。由于没有止庵的墨迹参考,无从确认这部书诀具体指的是哪一部书法口诀,但从下文来看很可能是唐代张怀瓘的书法理论文集,包括《书断》《书论》《书诀》《玉堂禁经》等文章,收录注释了钟繇的书法理论及智永的"永字八法"。"赐丹"的典故是钟繇(字元常)痴迷蔡邕的书法,得知韦诞藏有《蔡伯喈笔法》,便一再央求借阅,韦诞坚持不允。钟繇捶胸顿足,口吐鲜血,多亏曹操取来灵丹让他服下,才救得一命。韦诞死后将书殉葬,钟繇派人盗掘坟墓,得到秘籍了却心愿。"旧冢"是智永苦练书法,存下秃笔十瓮,埋笔之处称"退笔冢"的故事。止庵先生青年时也曾痴迷书法,以钟繇、智永为榜样勤学苦练，中年后常与山僧为友，自然少了些执着。"碧海鱼龙春自化，故山猿鹤梦谁同"，鱼化龙是对世俗功名的向往，猿鹤梦则是超脱凡尘的追求。入世出世，詹英一路走来，兜兜转转，到如今在夕阳下拄着短杖，不时仰望离群脱阵的大雁。"闲数"并不是真的数数，只是看看有多少志同道合之人。

五言古诗·冬夜观树影

〔明〕邵宝

月树影在地，横斜复横斜。
谁为水墨画，老笔全无华。
又如春雷动，初惊蛰龙蛇。
因之得篆法，锥铁行平沙。
海云漾双玕，江风落孤楂。
玄冬万景瑀，嘉此独咨嗟。
他宵有繁阴，莫向时人夸。

【品注】邵宝（1460—1527），字国贤，号泉斋，别号二泉，无锡（今江苏无锡）人。明代著名藏书家、学者。大明成化十二年（1476）进士，李东阳门生。邵宝一生致力于教育，曾在江西白鹿洞书院扩建学舍，回到无锡后在惠山创建尚德书院，倡导致知力行之学。又先后修建"春容精舍"和"二泉精舍"，藏书万余卷，供贤才学子阅读。

冬日树木凋零，景色寥落，但二泉先生却在月下发现了树影之美，这是常人不易察觉也无暇察觉的。"横斜复横斜"丝毫没有累赘之感，写出了树影被月光拉长，比树木的真实形象更为错

落有致，好似一幅水墨画，笔墨老到，朴实无华。树影因风而动，如春雷乍响、龙蛇出洞的姿态。二泉先生见此心念一动，体会出篆书的笔意，为何古人说运笔如"锥画沙"？自此豁然开朗，如见海云荡漾，日月出没；又如江面澄清，风吹孤筏。"玕"，天然形成的圆形美玉，"双玕"此处意指海云间升落的日月。"楂"音"茶"，与"槎"通假，浮筏之意。二泉先生于是感叹道：深冬之时，万物披白戴雪，唯有此景令人赞叹嘉许。冬去春来枝叶繁茂之际，那时的树影就无须向世人夸耀了。"瑀"音"禹"，近似白玉的白石。书法之所以能称之为道，是因为古人抱怀着"师法天地造化"之心，历代书家留下了这些字字珠玑的感悟，正是中国书道的无价珍宝。

七律·访友

〔明〕祝允明

风物幽妍上郭宽，访朋因得一回看。
家家黄土墙三尺，处处清渠竹数竿。
欲雨欲晴云半密，如秋如夏汗微干。
苦吟应得山人句，却笑笼头少鹖冠。

【品注】正德十年（1515），祝枝山在担任兴宁县（今属广东梅州）知县期间到乡间访友，偶成此诗并作草书一轴。此处风物幽静妍美，位处盆地，周围丘陵台地环绕，故曰"上郭宽"。对于生长于江南水乡，游历于京杭之间的诗人来说，这样的风景物候是奇特的，只因访友才有缘一见。看惯了江南的白墙黛瓦、小桥流水，眼前的土墙泥屋、清渠修竹显得更为质朴，土黄与翠绿搭配出一抹野趣。头顶半边乌云时雨时晴，早晚凉爽、中午湿热正是梅州秋季的气候。

行走于山间,汗出如浆,苦吟觅句,像一个隐逸之士,却自嘲头上没有野鸟的羽毛。"鹖"音"合",类似野雉,即褐马鸡,善斗而至死方休。此处"鹖冠"指隐者之冠,不同于秦汉时虎贲、羽林卫队的武将佩戴"鹖冠"逞勇斗狠,隐者幽居山林,不修边幅,头上常常带着鸟类飘落的羽毛也不以为意,并非一种正式的礼冠。反映了诗人不随俗流的骨格。

这首诗以狂草写就,野趣横生,起笔的"风物"二字幽妍得不可方物,"风"方"物"圆,不似祝枝山平常的结字,明显感觉"意在笔先"的构思,落笔之后便开始恣意穿行于山野之间,"黄土墙"三字左右斜欹却给人敦实之感,"清渠竹"仿佛传来汩汩的水声和竹枝的摇曳声。"如秋如夏"四字引人入境称绝,"苦吟"二字以行书写草意,"苦"得潇洒,"吟"得飘逸,苦乐自知。最后一句的"却"字飞流直下,跌宕入池,令人高山仰止。这件标志性的作品奠定了祝枝山明代草书第一人的地位,从此跳出前人的窠臼,自成一家。此件草书访友诗轴现藏于南京博物院。

七律·寄陈以可乞米

〔明〕文征明

秋风百里梦姚城,无限闲愁集短檠。
零落交游怀鲍叔,逡巡书帖愧真卿。
谋身肯信贫难忍,食指其如累不轻。
见说湖南风物好,何时去买薄田耕。

【品注】文征明与唐寅、祝允明、徐祯卿并称"吴中四才子",其中文征明诗文书画的才情更为儒雅悠长。在书法方面文征明小

楷的成就最高，被称为"明代小楷第一"，行书次之，草书以行草、小草为主，隶书和篆书颇为自得。《寄陈以可乞米》是文征明写给好友陈以可的信札中的一首诗，"乞米"是解嘲语，文氏生活优渥，家道殷实，不存在断粮借米之事。此处是应友人之请，题字作画后索要润格之暗语，明代文人耻于言利，隐晦暗示，大概如此。陈以可名不见经传，也不是文化圈中人，却是文征明的挚友。每次文征明到陈以可的园林都会盘桓终日，原因是园林中景物清幽，文房陈设精雅，多古瓷铜器，良笔佳砚，观摩赏玩，不舍离去。还有一个原因是陈以可对文征明尊崇有加，下令家仆将衡山居士视为此间主人，有求必应。

"姚城"，浙江余姚的别称，可能指陈以可的故乡或其名号。"檠"音"擎"，指长柱状的烛台或油灯。"鲍叔"，即春秋时齐国贤臣鲍叔牙，知人善任，向齐桓公举荐管仲，世称"管鲍之交"。"逡巡"，此处为恭顺谨慎的行为。"真卿"，指唐代书法家颜真卿。除了取法"二王"，文征明还深入临习过颜真卿的《争座位帖》《祭侄文稿》《刘中使帖》（又名《瀛州帖》）。"湖南"，指太湖南岸湖州一带。文征明89岁的高龄，不仅为同时代文人之冠，在历代文人中也是少见的，以至于晚年至交好友都已故去。此时提笔为陈以可作书，秋意闲愁都凝在一盏残灯之中。从"管鲍之交"的隐喻，可见二人的交情匪浅。恭敬楷书自觉愧对颜鲁公云云，是谦称书法不好，让您见笑了。接下来戏称"谋身肯信贫难忍，食指其如累不轻"，言极笔耕之辛苦，谋生之困难。最后"乞米"的重点来了，听说太湖之南风光宜人，物候宜居，什么时候去买几亩薄田呢？言下之意，就等您付我稿费了，呵呵。

七绝·题竹兰诗

〔清〕郑燮

日日临池把墨研,何曾粉笔去争妍。
要知画法通书法,兰竹如同草隶然。

【品注】 印象中郑板桥的画只有墨兰、墨竹,或辅以怪石,他曾自诩"四时不谢之兰,百节长青之竹,万古不败之石,千秋不变之人"。这并非夸词,而是将兰、竹、石与自己这个"怪人"都定格在笔墨之间,故能万古千秋。对板桥先生而言,画卷即是不施丹青的书轴,书轴即是点画分明的画卷,其意境乃至笔法都是相通的。明白这个道理就很容理解这首诗作。他的作风是通过墨的浓淡去表现兰竹石的阴阳和枯荣,哪里用得着粉彩石青去争奇斗妍?书画本是一根生,画兰如同草书的飘逸灵动,画竹仿佛隶书的波磔遒劲。这是融通了书画之道的大智慧。

他在《画跋》中说:"晨起看竹,烟光、日影、雾气,皆浮动于疏枝密叶之间,胸中勃勃,遂有画意。"此时胸有成竹,将要喷薄而出,方可动笔。"其实,胸中之竹并不是眼中之竹也。"也就是说书画艺术源于自然,但却高于自然,带着人文的思考。"因而磨墨展纸,落笔倏作变相,手中之竹,又不是胸中之竹也。"真正下笔的时候,随机而变,不落格套,并非心中固定的意象,又从人文的思考回到自然的变幻。"总之,意在笔先,定则也;趣在法外者,化机也。独画云乎哉?"最后的总结不仅适用于绘画,也适用于书法乃至其他艺术形式,"意在笔先",艺术创作的构思和立意是必不可少的,必须遵循一定的艺术规律。但艺术并非对自然或人文进行程式化的描摹,故而"趣在法外",随机应变,才能

得造化之机，体味书画之趣。书画雅道之所以为雅，之所以有趣，板桥先生用切身感悟给出了很好的答案。

七绝·潘星斋少宰属题渐江和上画卷因其近有桃花句余甚喜之辄题小句

〔清〕何绍基

巉巉玉骨画禅余，仿佛枯藤劲铁书。
谁似小鸥波里景，桃花红煞钓人居。

【品注】济南大明湖畔有一个"历下亭"，亭中一副楹联上书"海右此亭古，济南名士多"，就是当年何绍基辞官之后，到山东泺源书院讲学时，课余游览泉城名胜之际留下的墨宝。何绍基（1799—1873），字子贞，号东洲，别号东洲居士，晚号猿（媛）叟。湖南道州（今湖南道县）人，道光十六年（1836）进士，历任翰林院编修、国史馆总纂，官至四川学政。晚清著名书画家、金石家、收藏家，书法成就号称清代第一。星斋，是友人潘曾莹的字，斋号小鸥波馆。画宗青藤、白阳，书学赵孟頫（字鸥波）、米元章，与何绍基是笔墨之交。这首诗的缘起是小鸥波馆主人在清初画僧渐江和尚的山水画之后题跋作诗，何绍基十分欣赏其中的桃花之句，欣然题诗唱和。

"巉巉"，音"禅禅"，形容山势峭拔险峻。"巉巉玉骨画禅余"是赞扬渐江和尚的画风筋骨玉立、禅意十足。"仿佛枯藤劲铁书"，渐江尊崇倪云林但笔墨更为劲瘦，自古书画同源，因此何绍基以书法的意趣评价绘画是再合适不过的了。"谁似小鸥波里景"，一语双关，借潘星斋的斋名描绘了画中烟波泛鸥之景，以及桃花环绕小屋，屋前有人垂钓之境。从何绍基的评价来看，他自己独特的书风如同渐江上人之画，以"不落俗套"为趣旨，以"高古苍茫"为气度、以"瘦硬奇崛"为形式，虽不言禅，自有禅意。都是在方寸之间体察传摹天地的雅艺，正所谓"一峰则太华千寻，一勺则江湖万里"（文震亨《长物志》）。

　　从上述书法诗词的作者及论及的人物来看，他们的书法之所以受到广泛的赞誉，是因为以道德入书、以自然入书，但现实中我们看到或学到的却是以法为书，这大概是方便教学的结果。如同中国几千年来儒释道的思想与封建制度互入和叠印的结果是一样的，是方便统治的结果，容易因循守旧、停滞不前。历朝历代有影响的书法家无不是独树一帜的人物，在传承古法之后，从固有的法度中超脱，亲身去探究书道的奥妙和自然的造化。另外，书法的生存之法是"学以致用"，古人书写的形式如公文、信札、题跋、抄本、匾额、挂轴、楹联，今天大概只有少数人还在用，不禁令人对书法土壤的日益贫瘠感到担忧。或许可以重新引入一些实用有趣的形式到大中小学生的课程中，让笔墨再次挥洒在日常生活中，而不仅仅是专业人士的比赛。书法的生存之道则在"随机造化"，我们看到的古代的杰出作品大多不是作者为了名利而精心创作的，从《兰亭序》到《自述帖》，从《祭侄文》到《寒食帖》，都是不可复得的随性之作。这是今天习书之人不应忽略的。绘画之道与此略同。正是：笔里乾坤，或藏或出时正时欹方为妙；纸中山水，至简至精非真非假乃传神。

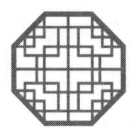

第七章 绘画诗词

　　中国的绘画历史源远流长，在距今七千多年的西安半坡遗址出土的"单纹鱼盘"及石砚可以证明，当时人们已经开始有意识地使用绘画来装饰器物。比之稍晚一千年的河南庙底沟文化出现了更为具象的绘画内容，例如河南汝州阎村出土的陶缸上赫然画着一只三趾大头鹳，形态生动，眼睛圆睁，长喙上叼着一尾大鱼，右侧画一柄石斧，极具艺术装饰性和生活情趣。商周时代的绘画作品几乎都湮没在历史长河中，但从长沙战国墓葬出土的帛画中可以看到用毛笔平涂渲染的绘画方式。到了汉代，各种主题人物、山川、鸟兽、花草纹饰被成熟地运用在宫室、墓葬的壁画以及帛画上。

　　最初的绘画主要是为原始宗教和政治服务的工具，今天我们所说的绘画艺术则出现在魏晋时期，文人从自身心性出发，以传摹天地万物的形式表达理念和情感，并发展出一定的艺术规律和审美观念。东汉末年随着道教的兴起和佛教的传入以及魏晋玄学的发展,赋予了绘画更多的精神内涵。西晋时的卫协就是绘画艺术承上启下的人物,他的老师是三国时代东吴画师曹不兴。卫协的学生中有一位号称"三绝"的顾恺之,传其衣钵。南朝刘宋时陆探微取法顾恺之,冠绝江南。其后萧梁的张僧繇"画龙点睛",成为隋唐的丹青师表。从古代绘画传承上我们可以看到曹不兴—卫协—顾恺之—陆探微—张僧繇这样清晰的脉络,而对绘画艺术规律的总结则有赖于南齐的谢赫。他提出了"六法",即"气韵生动""骨法用笔""应物象形""随类赋彩""经营位置""传移摹写","六法"本来是基于人物画的法则,但经过千年的传承和丰富,形成了中国绘画独到的艺术特征和审美意趣。

五言古诗·乐府

〔魏晋〕曹植

墨出青松烟。笔出狡兔翰。
古人感鸟迹。文字有改判。

【品注】曹子建的这首诗虽不算出名,但不时会被一些喜欢研究书法的朋友引用,来说明魏晋时代的笔墨文字与书法的关系。前两句确实说的是笔墨,墨就是我们今天用的松烟墨,当时流行于北方。与南方漆黑亮泽的油烟墨的主要区别是松烟墨的墨色发青,古朴无光,适宜书法及绘画中的渲染。毛笔则由狡兔的长毛制成,"翰"的本义指长而硬的动物毛,后来成了毛笔的代名词,而"翰墨"变成了笔墨的雅称,借指文章和书画。

后两句说古人感知到鸟儿的神态、形象和动作,于是文字有了改判。这"改判"指的是什么呢?其实就是说,原始文字由具象的图案符号分离出了抽象的书写符号。何以见得呢？按《史记·黄帝本纪》记载，黄帝"观鸟迹以作文字，此文字之始也"。所谓鸟文或鸟书就是从远古图腾中分离出来的象形文字。对此，曹植在《画赞序》的开头就说道："盖画者，鸟书之流也。"最早的绘画，与文字一样都是鸟书流变产生的，只不过更富于装饰性和观赏性。"观画者，见三皇五帝，莫不仰戴；见三季暴主，莫不悲惋……见淫夫妒妇，莫不侧目；见令妃顺后，莫不嘉贵。是知存乎鉴戒者，图画也。"说到底，绘画与用于书写的文字一样，都是记录和表达人们理念和情感的形式，因此有着重要的教化功能。曹植认为书法与绘画在上古之时同出一源，在后世所表达的理念情感是相同的，所用的笔墨形式也是一样的。曹子建认识到了绘画的教化功用，大概无法意识到后来的绘画可以纯粹地表达人们的理念和情感，不依赖于政治教化而独立存在。最好的例子就是东晋顾恺之以曹植的文章《洛神赋》构筑出的奇妙画境。魏晋南北朝时期对绘画的主流认知大体如此，梁武帝萧衍在《会三教诗》中吟咏"孝义连方册。仁恕满丹青"，就是希望借重绘画来宣扬仁义。又如陆机说"丹青之兴，比雅颂之述作，美大业之馨香"，则是将绘画提升到与《诗经》中的风、雅、颂同等重要的位置。反过来，绘画也给雅美大业平添了一段风流。

杂三言·拘象台

〔南北朝〕江淹

日上妙兮道之精，道之精兮俗为名。
名可宗兮圣风立，立圣风兮兹教生。
写经记兮记图刹，画影象兮在丹青。

起净法兮出西海，流梵音兮至素溟。
网紫宙兮洽万品，冠璇宇兮济群生。
余汨阻兮至南国，迹已徂兮心未扃。
立孤台兮山岫，架半室兮江汀。
累青杉于涧构，积红石于林棍。
云八重兮七色，山十影兮九形。
金灯兮江蓠，环轩兮匝池。
相思兮豫章，戴雪兮抱霜。
栽异木而同秀，钟杂草而一香。
苔藓生兮绕石户，莲花舒兮绣池梁。
伊日月之寂寂，无人音与马迹。
軏禅情于云径，守息心于端石。
永结意于鹫山，长憔悴而不惜。

【品注】所谓"杂三言"，是夹杂着三言、四言、五言的诗歌，以三言为主。此诗的前12句如将中间的"兮"这个虚词去掉，就变成了"曰上妙，道之精。道之精，俗为名"这样的三言结构。这种体裁出现在魏晋南北朝时期，是汉代乐府的变体，但由于形式过于复杂只流行于士大夫之间，江淹便是其中翘楚，南北朝之后"杂三言"的体裁便式微了。

在这首诗的序中江淹提到他被贬为中山长史，戴罪三年。这件事发生在刘宋的宋少帝之时，这也是江淹才思如泉涌的时期。此诗的缘起是游历"拘象台"。所谓拘象台应该是以精美庄严的佛像壁画装饰的楼台，"拘"音义同"拘"。起笔先是颂扬佛教将大道的精华转化为世俗可解的宗风教义，以及有赖于抄写传诵的经

文和绘画记录的影像。"写经记兮记图刹，画影象兮在丹青。""图刹"是浮图和佛刹之略，指佛塔和佛寺。自东汉末年佛教传入中国后，绘画在政治教化之外，又多了一项弘法利生的功用。前文中提到的曹不兴、顾恺之和张僧繇等名家也都是画佛像故事的妙手。其后江淹写道，净法西来、梵音东传，可以包罗宇宙令万物融洽和谐，冠绝神仙之所而济度众生。"紫宙"即宇宙，"璇宇"指神仙的住所。正是在佛法的教化之下，诗人虽被贬至南国，志向如流水被阻断，行迹隔绝，但心却从未关闭。接下来从"立孤台兮山岫，架半室兮江汀"开始共16句，江淹对拘象台的景色进行了唯美浪漫的勾勒和渲染，青杉红石、云重七色、山影十形、金灯环轩、戴雪抱霜、苔藓绕石户、莲花绣池梁都极具画面感，引人入胜。这同时也是诗人空灵静谧的内心世界的写照。有趣的是"躭禅情于云径，守息心于端石"两句，揭示出"禅"的概念早于达摩祖师西来之前已经被中土士人所了解。与"息心"相对应的"禅情"，便是诗人对自然的体悟，是动与静的和谐。最后两句"永结意于鹫山，长憔悴而不惜"，说明江淹以佛教为皈依，矢志不渝的决心。这也造就了后来他成为刘宋、萧齐和萧梁三朝元老，却不栈恋功名的事迹。

这一时期的绘画大量表现宗教故事人物，对佛教和道教的弘扬起到推波助澜的作用，相对于传统的政治教育，显得更为生动活泼。在这些成熟技法的滋养下，另一种更为鲜活的绘画形式正随着士族门阀的活跃而悄然兴起。

五律·咏画屏风诗之二三

〔南北朝〕庾信

今朝好风日,园苑足芳菲。
竹动蝉争散,莲摇鱼暂飞。
面红新着酒,风晚细吹衣。
跂石多时望,莲船始复归。

【品注】南北朝时期的文人大体出自士族阶层,南渡的王、谢、袁、萧以及东吴的朱、张、顾、陆自然不在话下,如今看来庾家、郗家、羊家这样的小姓在当时也是名门望族。士族门阀在政治和经济上占据着主导地位,在文化上也引领着潮流。其中一部分淡泊功名之人衍生出回归艺术生活的愿景,从诗文到书法绘画都涌现出一股清流。庾信的画屏风二十五咏就从侧面反映出这样的潮流,当时的世族并不可能完全抛弃荣华去拥抱自然,方便的做法就是将心中的山水田园描绘在屏风之上,聊以解忧。这 25 件画屏不太可能都是庾家所有,应该是他所欣赏的各家屏风之精品。其中不乏"侠客归鞍""将军射月""玉舸泛流""花径听琴"这样的人物故事画,也有诸如"春鸟咏梅""阁影莲香"之类的花鸟画,更有"松斋鱼乐鸟依人""花涧春台伴梅竹"这样的田园山水画。

这首诗,本身既是一幅怡情的田园画,也被庾兰成演绎成一首绝妙的田园诗。画中描绘出夏末初秋风物晴好的景象,芳菲满苑,苑中有竹,竹前有池,池中有莲。金风阵阵,蝉散鱼飞。画中之人,未着一字写其样貌而形象跃然眼前,"面红新着酒,风晚细吹衣",笔触细腻而趣致。画中人跂着脚站在石头上眺望良久,终于见到晚归的莲舟。"跂",做动词时读音"起",踮脚之意。细品这

25首画屏五言诗,无论是格律、韵味以及审美情趣已开唐诗和唐画的先河。诗歌与绘画经过南北朝的发展融合,即将谱写出大唐盛世的风雅。

七绝·题梅妃画真

〔唐〕李隆基

忆昔娇妃在紫宸,铅华不御得天真。

霜绡虽似当时态,争奈娇波不顾人。

【品注】世人大多熟知唐玄宗与杨贵妃悱恻缠绵的爱情故事,"在天愿作比翼鸟,在地愿为连理枝"。其实类似这样的情话,玄宗在宠幸杨贵妃之前也常常说给梅妃听。梅妃有一个诗意的名字,江采苹。这位小家碧玉自幼诗词歌赋、琴棋书画无不精研,尤痴爱梅。玄宗封其为东宫一品正妃,在她的住所遍植梅花,亲自题写"梅阁"匾额,更戏称她为"梅精"。相较于梅妃的清雅韵致、箴规劝进,后来的杨贵妃更让唐明皇如痴如醉,一枝寒梅从此受到了冷遇。安史之乱爆发,唐玄宗仓皇出逃时甚至都忘了携带梅妃同行。梅妃不甘受辱于乱军,投井自尽。晚年玄宗回到落寞的长安,念起梅妃的好处,宫人搜寻出这幅旧画,玄宗感其如梅花般的素雅纯洁,怅然相对良久,写下了这首诗。"紫宸",唐代紫宸殿为天子居所,在大明宫内。诗中写道当年梅妃在宫中时,不饰铅华,自有天真的娇妍。按唐代涂朱傅粉的流行风尚来说,素颜是极为少有的情况,甚至是不合乎礼节的。画中的梅妃就是傲雪含霜的妆容,一如当年的样貌,也如梅花一样,没有一丝以色相取悦于人的神态。"争奈娇波不顾人"还有一层意思,如今人亡画在，想要与江采苹再说说话的李三郎，如何才能得到回应？

虽然此画早已湮没在历史长河中，我们也无从了解这幅画的作者是谁，但当时深受唐玄宗赏识的宫廷画师是张萱，善画"绮罗人物"，表现华丽繁缛的衣物及丰腴浓妍的体貌。如此的风尚，从传世的唐人作品中已很难看到，今天所谓的唐画大多是宋人的临摹。宋徽宗临摹张萱的《虢国夫人游春图》和《捣练图》中的人物更为柔和，设色淡雅，更像这首诗中描绘的写真画，霜衣素绡，不施粉黛。大概徽宗临摹的只是构图和姿态，因为张萱的浓妍并不符合他的审美意趣。又或许张萱另有设色淡雅的画作，也未可知。一般的画真，尤其是帝王后妃的个人画像都是正襟危坐，应该是以正眼看人的。但这幅画分明画出了眼波的流转，却是"不顾人"的，很可能描绘的是侧脸若有所思的神态。当然这只是猜测，不过任何时代在主流审美之外，总有些别样的风雅在历史的轮回中化成一颗沧海遗珠，又被后一个时代奉为至宝，顶礼膜拜。

乐府·丹青引赠曹将军霸

〔唐〕杜甫

将军魏武之子孙，于今为庶为清门。
英雄割据虽已矣，文彩风流犹尚存。
学书初学卫夫人，但恨无过王右军。
丹青不知老将至，富贵于我如浮云。
开元之中常引见，承恩数上南熏殿。
凌烟功臣少颜色，将军下笔开生面。
良相头上进贤冠，猛将腰间大羽箭。
褒公鄂公毛发动，英姿飒爽来酣战。

先帝天马玉花骢，画工如山貌不同。
是日牵来赤墀下，迥立阊阖生长风。
诏谓将军拂绢素，意匠惨澹经营中。
斯须九重真龙出，一洗万古凡马空。
玉花却在御榻上，榻上庭前屹相向。
至尊含笑催赐金，圉人太仆皆惆怅。
弟子韩幹早入室，亦能画马穷殊相。
幹惟画肉不画骨，忍使骅骝气凋丧。
将军画善盖有神，必逢佳士亦写真。
即今飘泊干戈际，屡貌寻常行路人。
途穷反遭俗眼白，世上未有如公贫。
但看古来盛名下，终日坎壈缠其身。

【品注】 安史之乱后期，杜甫避乱居住在成都草堂，听闻浣花溪一带来了个北方人，当街为人画像为生，所画气韵非凡。杜甫数次寻访，终于发现这"鞋儿破帽儿破"的潦倒之人就是在长安的旧识，当年名动京师的大画家，官拜左武卫将军的曹霸。一位诗圣，一位画霸，同是天涯沦落人，相见不胜唏嘘，短暂的盘桓后便有了这首诗。

杜甫的这首诗简直不像是诗，倒像是一幅白描的行迹图，朴实无华却又生动传神，将曹霸的生平事迹娓娓道来。曹霸，谯县（今安徽亳州市）人，本是魏武帝曹操的后裔，唐代之时曹家已是庶民但诗书家风犹存。曹霸本有志于功名，但在父亲的教诲下，以"伴君如伴虎"为戒，故而隐居在家，专心学习书法。初学晋代卫夫人，后学王羲之，但自觉无法在书法上超越前人便开始画画。不久曹霸的画作便得到了世人的青睐和传颂，开元年间唐玄宗听说了他的画名，命其入宫修复凌烟阁的画像。曹霸不敢抗旨，便收拾行李进京。他到凌烟阁观摩了当年阎立本所作的画像后，发现确实有画迹磨漫、褪色的问题。但他并没有马上提笔修缮，而是闭门研读关于凌烟阁二十四功臣的文章。最后动笔时志得意满，如有神助。无论是文官的礼冠还是武将的装备这些细节都刻画得别开生面，更为神奇的是褒公（段志玄）和鄂公（尉迟恭）的须发栩栩如生，像是随时准备出征的样子。完工后唐玄宗大为赞赏，又命他画自己的爱马玉花骢。画完之日在朱红色的御阶前展开，画中宝驹迎着宫门，似乎要踏风而去。唐玄宗大喜过望，下诏封曹霸为左武卫将军，随即赐绢令他更作《九马图》。曹霸从意象和形式上惨淡经营，图成之时如见九龙出世，或奔或走，与皇上置于御榻上时时赏玩的《玉花骢图》屹立相对。唐玄宗于是重赏曹霸，御马监的太仆和养马官纷纷感叹养马的还不如画马的。之后杜甫还提到一点，当时曹霸每次领旨作画都要求完成之后能返回故乡，唐玄宗都不置可否。为了留住他的画艺，他派了许多人跟曹霸学画，其中最早入门也最有名望的就是韩幹。后来韩幹甚至成了画马的代名词，与画牛的戴嵩并称"韩马戴牛"。但是杜工部对韩幹的评价不高，原因是其"画肉不画骨"。从韩幹存世的画作来看，他画的马确实偏重形态和质感，丰腴圆润而缺乏筋骨的气韵。曹霸的马则更能体现出马的风骨精神，正所谓诗中所说"画工如山貌不同"，曹霸的马有着崇山峻岭一般的气势，韩幹比之如水草丰美的丘陵。

"丹青不知老将至，富贵于我如浮云"是此诗的精华，也是绘画之道乃至整个雅道的价值取向，深谙此道的人会将绘画作为毕生的追求，以此为乐，孜孜不倦，但不会以此作为谋取功名利禄

的工具。这两句诗的原话都出自《论语》,王羲之在《兰亭集序》中也引用过"不知老之将至"的句子。玄宗皇帝在寝宫南熏殿数次亲自接见曹霸,曹霸深知荣宠不可长久,一再表示回乡的心愿,果然后来就以莫须有的罪名丢了官。安史之乱爆发,故乡是回不去了,曹霸一路流离,受俗人白眼,纵然一无所有,想来他还是以作画为乐,排忧遣怀。最后老杜这句"但看古来盛名下,终日坎壈缠其身"是至理名言,也是他自己以及许多超凡入圣的艺术家的生存写照。反过来说如果杜甫官运亨通,锦衣玉食,朝中只会多了一个御用文人,便不可能有"诗圣"了。

诗中有些词字需稍微注释音义,以便诵读。"墀"音"池",台阶。"阊阖"音"昌和",指宫门或都门。"圉人",负责养马的侍从,"圉"音"与"。"骅骝",赤色良驹,音"华留"。"屡貌",此处指无论怎么看(都像普通路人)。"坎壈",困顿貌,"壈"音"兰"。

七绝·金陵晚望

〔唐〕高蟾

曾伴浮云归晚翠,犹陪落日泛秋声。
世间无限丹青手,一片伤心画不成。

【品注】高蟾,晚唐诗人,生卒不详。渤海(今河北沧州一带)人。出身贫寒,大约活跃在唐僖宗、唐昭宗时代,官至御史中丞。与郑谷、贯休等人友善。高蟾的诗风清秀,不事雕琢,郑谷推崇其诗文,以前辈视之。

前两句写登高远望,金陵城在落日余晖中金风阵阵、秋意阑珊,"陪"字之妙,点出了现实的无奈。这种无奈的伤感源于王朝的没落以及诗人自身的际遇,尤其是回想先前登高时"浮云归晚翠"的景象,更是加深了感伤。后两句以绘画比喻,妙句天成。世间纵有无数丹青妙手,纵能画出天地山川却难画出春愁夏困,纵能画出秋声冬意却无人能画出这一片伤心。诗人因"画不成"而心死之哀,跃然字里行间。这"画不成"的伤心更甚于李白的"寒山一带伤心碧",给历代画家留了一道千古难题。大唐王朝覆灭后,五代前蜀丞相韦庄在《金陵图》一诗中给出了"画不成"的答案,大致因为画家迎合世情不愿描绘伤心罢了,请看金陵山水六扇屏,枯木寒云间的六朝古都写满伤心。其诗云:"谁谓伤心画不成,画人心逐世人情。君看六幅南朝事,老木寒云满故城。"可惜我们无缘得见这六幅"伤心图",可见的是,八百多年后八大山人以泪点化为墨点,皴擦出一片伤心。

五律·写真寄夫

〔唐〕薛媛

欲下丹青笔,先拈宝镜寒。
已经颜索寞,渐觉鬓凋残。
泪眼描将易,愁肠写出难。
恐君浑忘却,时展画图看。

【品注】薛媛生卒不详,大约于唐宣宗至唐懿宗时在世,濠梁(今安徽凤阳)人,能诗善画。嫁给同郡的才子南楚材为妻,琴瑟和鸣。后来南楚材到陈留、许昌一带游历谋职,颍州太守仰慕他的才华,想将女儿许配给他。南楚材考虑再三同意了,便派仆人回乡拣取平时自己用的琴和一些藏书,谎称无心宦名,将要到衡山、青城

山等地寻僧访道。薛媛有所察觉，不动声色，于清晨梳洗后对镜自绘图形，并附诗一首，交给仆人带回。南楚材见诗画后惭愧感动，与太守说明真相，辞婚返乡，与薛媛白头终老。

许多人大概觉得是这幅画挽救了这次婚姻危机，确实如此，但薛媛的情商才是令夫君回心转意的关键。仆人的传话中自有端倪，她明知夫君若是学禅修道何必再带家什，却没有哭闹也不去指责论理，而是顺着丈夫的说法以诗画寄赠，虽然顾影自怜感叹年老色衰，但大概可以想见其优雅成熟的风韵，"泪眼描将易，愁肠写出难"。此画没有刻意点染"泪眼婆娑"而是着重描摹"愁肠寸断"，所以能够感人。最后说希望夫君不要忘了我，思念之时就看一看这幅画吧。

北宋画院苏汉臣有一幅著名的团扇《妆靓仕女图》，画中仕女年纪稍长，妆容不算靓丽，近似素颜，眼眉嘴角分明露出惆怅和凄苦之情。手中之笔较之寻常的化妆笔更为粗长，竟有些"欲下丹青笔，先拈宝镜寒"的意味。她身后的侍女躬身向前，透露出焦虑和关切的眼神。纵然无法揣测苏汉臣作画时的立意，也不知他是否读到过薛媛写真寄夫的故事，但此画所传递出的情感与薛媛的诗意更接近，《妆靓仕女图》这样的名目虽然正确无误，却有些空泛，难以引起观者的共鸣。

五律·答大愚禅师

〔五代〕荆浩

恣意纵横扫，峰峦次第成；
笔尖寒树瘦，墨淡野烟清。
崖石喷泉窄，山根到水平；
禅房时一展，兼称可空情。

【品注】山水画由唐入宋步入另一个高峰，不得不提到一个人。荆浩（约850—911），字浩然，号洪谷子，孟州（今河南济源）人。他不是一位画师，不领皇家薪水，不做政治任务。他非僧非道，不炼丹不坐禅，不以画传法。他也不是一位传统意义上的文人，既不吟风弄月，也不愤世嫉俗。他毕生行坐于太行山洪谷的山水之间，作画数万本，千锤百炼后锻出一篇《笔法记》，以心得体会总结了唐人山水画的优劣，如王者归来，开创出宋画的万里江山。北宋山水画自此进入"三家鼎峙"时期，其中关仝是荆浩的入室弟子，另外两位是李成和范宽，皆效法荆浩而自成一体，梅尧臣有诗云，"范宽到老学未足，李成但得平远工"，指明了他们的师承关系，虽然只是一家之言，可见其对荆浩的推重。荆浩的传世真迹《匡庐图》气韵完足，笔墨如神，全景磅礴，"三远"妙融，是以庐山之名写太行洪谷之实，描绘出心中的隐逸修真之地。同时他也能作小幅山水，"咫尺而得千顷之势，水墨浓淡生秀绝伦"。这首《答大愚禅师》所作的应该就是一幅禅意小品挂画。

要了解这首诗的内容，先要弄清楚邺城青莲寺大愚禅师来信寄诗的内容是什么。"六幅故牢建，知君笔意踪。不求千涧水，止要两株松。树下留磐石，天边纵远峰；近岩幽湿处，惟藉墨烟浓。""六幅"，应该是指六幅山水画组成的屏风或画障，流行于唐宋之间。如今日本一些寺院禅房仍保留有六幅屏障画的形式。"建"，竖立之意。诗中大愚禅师先是说，之前所作的六扇屏风仍好好地竖立着，从此可知您的笔法气韵上乘。这次请您再作一幅画，不用重山千涧，只消画两株松。接着禅师还对绘画的构图和笔墨提出了具体建议：近景布置两株奇松，下以磐石护根，远景以淡墨点抹出天边远峰，峰下岩壑以浓墨润染出青幽之貌。由此可以看出大愚禅师对绘画颇有心得。荆浩以诗对答，亦得其妙。有一幅传为荆浩所作的私人收藏《山水中堂》，画中峰峦远近迭出，轻烟淡墨之间一偃一仰两株寒松，崖石飞泉长泻，山根连水齐平，都与荆浩的诗句如出一辙。然而山石的皴法和松树的画法较为呆板，大概是后世的好事者以此故事摹仿而来，更在山坳中添了一角寺院飞檐。模仿者或许不曾注意到大愚禅师索要的是较小的条幅，如此大幅的中堂画是不适合"禅房时一展"的。另外，整幅画也没有传达出"空情"和禅境。这样的作品是对诗句循规蹈矩的刻画，纵得些许荆浩笔意但却流于刻板。

五言古诗·墨君堂

〔宋〕文同

嗜竹种复画，浑如王掾居。
高堂倚空岩，素壁交扶疏。
山影覆秋静，月色澄夜虚。
萧爽只自适，谁能爱吾庐。

【品注】文同（1018—1079），字与可，号笑笑居士、笑笑先生，人称石室先生。梓州梓潼（今属四川绵阳）人。文同以墨竹闻名，在教授苏轼画竹时口传出"胸有成竹"的绘画理论，文同强调"意在笔先""形在胸中"的方法，临画之时"静如处子，动如脱兔"，倾泻出胸中意象。但文与可却认为画竹并非自己的强项。只有知己苏东坡了解他有四绝：诗第一，楚词二，草书三，画第四。

相比设色的"画竹"，"墨竹"更能凸显出文人清雅的审美情趣。文同称呼竹子为"墨君"，是赋予竹子清高的文人品格。他爱竹、种竹、画竹，直追宋初隐士王携的风骨。王携效仿魏晋七贤，隐居在历阳（今安徽马鞍山）的竹林之间，唯与贺铸等少数文人往来。文同的种竹之趣在高广的庭堂种得两三竿竹，夹于顽石前后；沿素壁粉墙种上一片，高低错落，疏密有致。赏竹之时，最好是山影下秋声寂静，月光下秋色澄明。但是，此中萧瑟清爽只能自吟自赏，"谁能爱吾庐"之问是继陶渊明"吾爱吾庐"之后对同道知音的呼唤。

　　文同将这样的风骨付诸笔端，故而他画的竹茎并非一味笔直而是曲中见直，尤显风雨中的姿态。他画的竹叶并非疏淡几笔而是密中见疏，于虚实变化中见精神。更具特色的是粗大的环节，一节包着一节，坚固朴实，没有纤巧之态。他的这种耿直常被苏东坡友善地调侃。不时有人手执绢素登门求画墨竹，文同得知后不胜其烦，将绢扔在地上说："我将拿来做袜子。"士大夫们都信以为真。苏轼在徐州做官时，文同写信给他开玩笑说："我已经跟士人们说了，我画墨竹一派，真传尽在彭城（徐州）苏轼那里，当年拟作袜子的绢材也在他那儿。"信后随附的诗中有"扫取寒梢万尺长"一句。苏轼回信称："万尺长的竹子，应当用绢匹二百五。我知道您已经厌倦了作画，那就把这二百五十匹绢给我吧，我愿代劳。"文同竟无言以对，只好说"万尺竹"只是虚言夸语。苏轼再答诗戏称世间真有万尺竹，只待月落空庭影长斜之时。文同这才知道苏轼诡辩戏谑之意，慨然作了一幅有万尺之势的《筼筜谷偃竹图》送给苏轼。文同亡故七年后，东坡先生偶然翻阅到这幅画，不禁掩卷失声长泣。文与可之墨竹，可以使人瘦，可以使人清，可以使人笑，可以使人哭，独不能使人俗也。

七绝·郭熙秋山平远二首（之一）

〔宋〕苏轼

目尽孤鸿落照边，遥知风雨不同川。

此间有句无人见，送与襄阳孟浩然。

【品注】东坡先生是宋代文人画的始作范者，讲究画机不重画工，重视意韵不重形骸。在北宋的山水画家中，最能得其青眼的还是郭熙。苏轼认为范宽用笔虽妙但"微有俗气"，而郭熙的画"白波青嶂非人间"，更为超凡脱俗。即便被贬到黄州时，东坡草堂上还挂着一幅郭熙的秋山图，终日相对。比东坡先生更厌俗、绝俗的黄庭坚也多次题诗礼赞郭熙，直言"李成不在郭熙死，奈此百嶂千峰何"。还有在审美评价方面比二人更为理性的苏辙，在观赏郭熙的长卷后竟梦到自己在山水画中游历的景象。在庙堂之上，郭熙更是得宋神宗的垂青，宫阙馆阁中一律都是他的作品。然而在神宗一朝的大红大紫过后，随着哲宗、徽宗的上台及其审美趣味的改变，再加上元祐党人的失势，郭熙的画作被尽数撤换清退，甚至沦为宫府中仆役擦拭桌椅的抹布，令人扼腕叹息。

郭熙（约1000—1090），字淳夫，河阳（今河南温县）人。他出身平民，在画学方面并无家传或直接的师承。郭熙常年浸润于道家学问，于天真中自得一种清旷。他学画时看到李成的真迹后潜心揣摩，遂自成一派。其实他的画受到苏门学士推崇有一个很重要的原因，郭熙作画并不像其他画家对具体时间地点的自然景物进行描摹，而是常常以前人诗句为题展开主观想象，画面的布置如诗意一般，云水、山石、树木、人物各具诗韵，体现出四时风物的变化，细节处既可独立观赏，又相映成趣，浑若天成，令人再三品读玩味。所以他的画既能跳出古人的窠臼，也能不落自己的俗套。东坡先生所题《秋山平远图》就体现出如此意境。"目尽孤鸿落照边,遥知风雨不同川"极目远望,画面尽头是孤鸿落日下的山峦,而近处山川却有着不同风烟,落木萧萧,隐有别离之意。东坡先生颇为自得的是他读出了郭熙画中的诗句是题赠孟浩然的。这大概不是世人熟知的李白于烟花三月《送孟浩然之广陵》中的"孤帆远影碧空尽,唯见长江天际流",也不是他《春日归山寄孟浩然》"岭树攒飞栱,岩花覆谷泉。塔形标海月,楼势出江烟",而是刘眘虚的《暮秋扬子江寄孟浩然》的"木叶纷纷下,东南日烟霜。林山相晚暮,天海空青苍"。刘眘虚与孟浩然诗风相近,同为归隐田园之人,更能写出平远萧瑟的意境。

　　郭熙的过人之处不单在画,还能"自说自画"。中国古代艺术家讨论书画通常秉承着"只可意会不可言传"的宗旨,故而根据郭熙口述和事迹整理出的《林泉高致》显得尤为珍贵。其中不但总结归纳了唐宋以来的山水画技法,如高远、平远、深远的透视法,以及云、山、水、木的技法,郭熙还结合自己的画作详细阐明其中的立意构图,既有极好的示范效应,又省却了后人关于画中意境的揣测和官司。更难得的是《林泉高致》中对于中国审美价值的探讨,不仅对书画本身大有裨益,也值得其他雅道艺术借鉴。例如"看山水亦有体。以林泉之心临之,则价高;以矫侈之目临之,则价低"。也就是说带有世俗功利心去欣赏,看重画作的观赏性和装饰性是低层次的审美,而"林泉之心"才是超凡脱俗的务虚审美。自古"师古人"还是"师造化"、重"形"还是重"神"之辩,形成了"学院画"与"文人画"的分野,在郭熙这里都得到了辩证的统一。学习古人但不拘泥于一家,兼收并揽,广议博考,是为了自成一家。师法自然但不是模山范水,而是营造亦真亦幻,可

行可望，可游可居，心中的山水妙境。历史上大概没有哪位古代画家像郭熙这样，有生之年同时在庙堂上和文人中享有盛誉，又同时在艺术实践与理论研究方面彪炳史册。

六言古体·题郑防画夹五首（之一）

〔宋〕黄庭坚

惠崇烟雨归雁，坐我潇湘洞庭。
欲唤扁舟归去，故人言是丹青。

【品注】所谓"画夹"，大概是参考梵文贝叶经的装帧方式，将小品画以硬纸装裱成活页，打孔系连，上下夹以木板固定，便于收纳和翻阅。黄庭坚看到郑防收藏的画夹中有五幅图，其中有郭熙的《远山骤雨图》、徐姓画师的《双鱼看晚图》、无名氏的《枯荷睡鸭图》及《子母猿号图》，而第一幅便是惠崇禅师的《烟雨归雁图》。

此类小景正是惠崇禅师所擅长的寒江远渚、潇洒虚旷之景象。虽然主题是烟雨归雁，却让诗人产生了梦回潇湘的感觉。一来是惠崇禅师善于以虚写实，妙手勾勒出烟波浩渺、归雁萧萧之情。二来是山谷道人以实写虚，好辞点染出洞庭实景，令人浮想联翩。此情此景惹人相思，顿生归意，黄庭坚入画至深，不禁唤取扁舟靠岸。一旁的友人提醒道：您看的这是画啊。他才幡然醒悟，哑然一笑。谢赫提出"六法"的第一条"气韵生动"，顾恺之提倡的"以形写神"，黄庭坚的这首诗中之画便是一个绝好的注脚。另外，从诗文的创作来看，这首诗也当得起"气韵生动"之语。不同于其他题画诗喜欢将绘者比拟为前代画师的夸赞，此诗无一处恭维之词,却令读者对画师景仰万分。不同于其他题画诗极力描写画作的妙处,此诗无一个妙赞的字眼,却使观者随诗人会心一笑。诗句朴实无华又逸趣横生。

七绝·东窗梅影上有寒雀往来

〔宋〕杨万里

梅花寒雀不须摹,日影横窗作画图。
寒雀解飞花解舞,君看此画古今无。

【品注】诚斋先生虽然不画画,但他的诗句分明就是一幅幅丹青妙笔。其中有"小荷才露尖尖角,早有蜻蜓立上头"的花鸟画轴,也有"儿童急走追黄蝶,飞入菜花无处寻"的婴戏图卷,更有"一水横拖两岸峰,千痕万摺碧重重。谁言老子经行处,身在江山障子中"这样的青绿山水屏风。可以说诗词与绘画的审美意趣是相同的,至少在诚斋先生这里是完全相通的,"新、奇、快、活"(刘克庄诗评)就是他的"画风"。

冬日的暖阳催开了窗外的梅花,梅枝上不时有鸟雀往来,这样的场景在多数人眼中并不稀奇,至多是说一句"梅花开了,好美呀",或者说"梅花里有阳光,真好"。然而,这枝诚斋东窗外的梅花却开出了别样的画韵。日光将孤梅寒雀的影子投射在轻薄透亮的纸窗上,幻化出一幅气韵生动的水墨画,其间梅花缤纷、雀儿飞舞,画面灵动,令人陶醉。末了,诚斋先生问:古往今来,你可曾见过这样的画吗?此问很难以"是"或"否"作答,倘若应之以"假作真时真亦假,无为有处有还无",或许可令诚斋先生抒髯一笑吧。

偈颂·金刚经注

〔宋〕释道川

远观山有色，近听水无声。
春去花犹在，人来鸟不惊。
头头皆显露，物物体元平。
如何言不会，祇为太分明。

【品注】乍读之下，一般人会感到奇怪，这不是王维的诗作《画》吗？怎么就成了偈颂了呢？这首诗是"平起"的格律（平起或仄起依照第一句的第二个字而定），第二句的"听"是仄声（第四声）。今人附会为王维之作时按现代读音将"远观"改为"远看"，将格律改作"仄起"，却是顾此失彼。这样不合格律的唐诗会是王维作品吗？另外，《唐诗三百首》作为启蒙读本，遴选王维29首不同体裁诗作；《全唐诗》中收录王维各类诗歌119篇，即便是《王右丞集》中也没有这首诗，大概可以说明一定问题。

表面上我们将这四句当作一个谜语是没有问题的，也很贴切有趣，但道川禅师却是另有所指。他是用深入浅出的办法来解释《金刚经》，这首偈颂句句不离"自性"二字。自性，又称佛性，或者叫"本来面目"，但自性不可说，怎么办呢？只好用比喻。比喻成远山如黛，当入得山中之时却看不见黛色。比喻为山下听见的溪瀑之声，越是靠近源头越听不见水声。妄图以色、声求见自性来的，"是人行邪道，不能见如来"。自性"无所住而生其心"，自性就是当下一枝花却不是具象的哪一枝花，自性就是当下一只鸟却不是具象的哪一只鸟，怎么会凋谢或惊扰呢？后四句顺势指出世间万物平等无差,众生皆有佛性,为什么人们却无法信解呢?只因分别心、攀缘心太过炽烈,正如禅宗三祖僧璨在《信心铭》中开宗明义:"至道无难,唯嫌拣择。但莫爱憎,洞然明白。"

　　道川禅师是南宋临济宗高僧,大约生活在高宗、孝宗时代。驻锡于安徽庐江冶父山伏虎寺,以善解《金刚经》闻名,他所著的《川老金刚经注》流传甚广,其中就收录了这首偈颂。他还有一句偈颂许多人都曾听闻获益:"竹密不妨流水过,山高岂碍白云飞。"不论是解经还是作偈,他的目的都是让人们识取本来面目。我们很难具体说道川禅师的思想影响过哪些画师,但在禅法兴盛的南宋时期,涌现出如梁楷的简笔人物,牧溪的禅意花鸟正是"为有源头活水来"。

七律·次韵梅山弟

〔宋〕陈著

挂画烧香书满前,丰标清出剡溪源。
平坡肘腋眠牛垄,小屋规模放鹤园。
外事任如黄叶寂,闲心暗与白云论。
应须参到希夷处,自是三峰直下孙。

【品注】陈著(1214—1297),字子微,号本堂,晚号嵩溪遗耄,鄞县(今浙江宁波)人。宋理宗宝祐四年(1256)进士,曾任白鹭书院山长。宋亡后隐居四明山,时常"孤坐小窗香一篆,弦绿绮,鼓离骚"。诗题中的梅山弟,其人不详,多半也是隐沦之人,他们常常一起浸淫于"菜粥琴书画,梅花雪月风"之中。如今人们津津乐道的宋代四雅"点茶、焚香、插花、挂画"就是他们的日常生活。

读书之时，烧的是兰、沉、檀等清雅之香，若用聚仙供佛、安神助眠之香是不合时宜的。挂画也是如此，诸如簪花仕女、婴戏春庭、富贵花鸟大抵是有碍观瞻的。所以"四雅"并非刻意以"四雅"为雅，而是与诗书分不开的。也只有这样，才能"丰标清出剡溪源"。"丰标"犹言风度、风雅。"剡溪源"在今天绍兴嵊州，历代多有名家诗文泛溪而出。梅山老弟的居所如何呢？就是一个"小"字。"平坡肘腋眠牛垄，小屋规模放鹤园。"屋后拐角就能闻到牛粪的清香，房前小园内可见仙鹤的羽毛。对常人而言，大概熏修不来这样的风雅。对主人而言却是无妨，只因"外事任如黄叶寂，闲心暗与白云论"。陈著在诗的结尾说，梅山老弟应该已经参悟到陈希夷的道术，自得仙家真传啊。"希夷"即宋代著名道士陈抟，著有《三峰寓言》，故诗中言"自是三峰直下孙"。

虽说陈著及其梅山老弟以道法为依归，但并不拘泥于吐纳引导之术、辟谷静坐之功。按本堂先生自己的说法，"但烧香挂画，呼童扫地，对山揖水，共客登楼"就是理想的神仙生活，果然他以84岁的高寿仙逝于四明山中。

七绝·题秀石疏林图

〔元〕赵孟頫

石如飞白木如籀，写竹还应八法通。
若也有人能会此，须知书画本来同。

【品注】恰恰是因为元代统治者不太重视汉文化，也不太重视传统绘画，使得元代的"文人画"得以"野蛮生长"，逐步取代了南宋"院体画"，成为当时绘画的主流，赵孟頫便是其中翘楚。他年轻时曾问画于钱选,与钱舜举一样,他也有着深厚的传统绘画功底。更胜于钱舜举的是,赵孟頫集儒心、禅性和道骨于一体,自然和谐地由内而外散发出来,弥漫在他的诗书画印之中,元代以降,无出其右者。

虽然"书画同源"概念不是由赵孟頫最早提出,但"以书法入画"这样的理念和实践自他开始深入人心、蔚然成风却是不争的事实。现藏于北京故宫博物院的这幅《秀石疏林图》,就能让人感受到那种一扫南宋末期颓靡,流露出天真散逸的"士人气"。山石不用勾勒皴擦而以草书飞白,草木不经描摹设色而如篆如隶,竹叶的写法就是"永字八法"的"侧、勒、努、趯、策、掠、啄、磔",气韵生动而浑然天成。落款"子昂",钤印朱文"赵氏子昂",卷末作此诗并书。相较元代诸家,赵子昂更有个好习惯,"先画后书此一纸,咫尺之间兼二美",也就是将题诗或题跋写在画卷之后,或另作一纸。如此一来,书画相映成趣又各自独立,也最大限度保留了画面的完整清净,比起那些在画面留白处随意题诗盖章的做法高雅了许多。赵孟頫的题跋不单提升了绘画作品的文趣和书趣,更平添了一些史趣。例如他在钱选的《八花图》拖尾处写道:画作是钱舜举真迹无疑,虽然仍未脱离南宋风格,但傅色姿媚,殊不可得。近来此公沉湎饮酒,手指颤抖,不可能再画出这样的作品了。如今之人多模仿此画,却是东施效颦而已,更凸显出此卷之珍贵。又如从他在唐代郑虔山水画后的题跋,可知这位画名仅次于王维的文人画家已经开自画自诗自书的先河。更难能可贵的是,郑虔敢于在献给唐太宗的画上自由挥洒,必定是看破了世俗的荣辱贵贱才能如此啊。

七绝·题九珠峰翠图

〔元〕杨维桢

九珠峰翠接云间，无数人家住碧湾。
老子嬉春三日醉，梦回疑对铁崖山。

【品注】杨维桢的这首题诗见于台北"故宫博物院"所藏的黄公望《九珠峰翠图》之上，故而要解读此诗，最好先将这幅画找来细细欣赏一番。本来这幅挂轴上并没有黄公望的题跋、款识及印章，故而没有被认定为黄公望的真迹。但经过李霖灿、傅申等各位方家的考证，从画中的气韵、笔墨以及作画所用花绫都符合大痴道人真迹的条件。另外一个直接证据就是，其中王逢的题诗及落款"梧溪王逢为草玄道人题大痴尊师画"，以及杨铁崖的题诗和印章都为真迹无疑。两者之中，王逢与黄公望是忘年之交并执弟子之礼，铁崖道人与大痴道人是诗画同好，交游密切。这恰好从另一个侧面反映了诗词在解读及鉴赏绘画方面的重要性。

由于此画没有作者的题款，故而杨铁崖题诗的前四个字"九珠峰翠"便被《石渠宝笈》的编者拟作画题，沿用至今。从字面和画面上看到的景象都是山峰叠翠，远黛接云，江湾溪岸的林木间掩映着几处屋舍楼宇；而作为真山水的出处和诗句的另一层意思也是一致的，黄公望描绘的正是吴淞江（苏州河）流入松江县后"九峰三泖"一带的春景，所谓"九峰"的海拔高度都不过百米，却秀丽可观，称为"九珠"名副其实。而"云间"恰好是松江府的别称，元末许多文人包括杨维桢都隐居于此。"老子嬉春三日醉"中的"老子"是杨维桢的自称，也不知这位狂士是在现实中的九峰踏青，还是在图画中的九峰嬉春，总之是沉醉了三天，梦中仿佛回到了诸暨老家的铁崖山。

　　黄公望虽以《富春山居图》长卷闻名于世，但在画史中对明清画家影响更大的却是这幅《九珠峰翠图》。此画高79.6厘米，宽58.5厘米，尺幅相较传统挂轴的比例要宽得多，大概是因为不忍浪费主人特地准备的珍贵花绫，只能量体作画的缘故。如果我们将此画的右半边遮起来，神奇的事情出现了，左半幅正是众多明清画家着重仿作或意临的范本。明代有沈周的纸本设色《仿大痴山水图》峰头别出心裁，而皴法树法及其构图皆从此出；董其昌的洒金笺纸本设色《仿黄公望山水图轴》则与之一脉相承。清初"四王"中王翚的纸本设色《仿黄公望山水》、王原祁的绫本《仿子久山水图》、王时敏纸本设色《仿大痴山水轴》、王鉴的绢本设色《仿大痴山水图轴》，都取法这半幅山水。此图仿者长长的名单上还有蓝瑛、项圣谟、奚冈等。这幅《九珠峰翠图》正是黄公望心法《山水诀》的"看图说话"版本，难怪后人纷纷顶礼摹写。

渔父歌·题洞庭渔隐图
〔元〕吴镇

洞庭湖上晚风生，风揽湖心一叶横。
兰棹稳，草衣轻，只钓鲈鱼不钓名。

　　【品注】吴镇（1280—1354），字仲圭，号梅花道人，浙江嘉兴（今浙江嘉兴）人。在"元四家"之中他是最清贫的寒士。如果说倪瓒的清高是以雅俗而定交，吴镇却从来不与达官贵人往来，不论雅俗。吴镇自青年起专研易经，讲天人性命之学，崇幽洁孤僻之气。与其他三家一样，吴镇也贯通儒释道三教，他晚年心仪佛门，

自称"梅沙弥",死前自书墓碑,名"梅花和尚之塔",故而他的画作虽脱尘绝俗却不像倪云林一般纤尘不染、至简极淡,而是在枯荣之间带着一些禅意,于平淡之中别蕴险奇。这是因为他在取法五代北宋之余,并不排斥南宋马远、夏珪的技巧。

"渔隐"是文人士大夫"渔樵耕读"的理想国之首,毕竟"读"是文人的本分,"耕"则是他们不擅长的,像陶渊明那样勤勉地"晨兴理荒秽,带月荷锄归",也只是落得个"草盛豆苗稀"罢了。即便像东坡先生这样乐于亲近农事之人,"雪中拾堕樵"还是可以胜任的,真若伐薪担柴恐怕是吃不消的。"渔隐"于是成了最清闲而富有诗意的隐居符号,也成了山水画中最受文人青睐的象征之一。吴镇曾临摹荆浩的《渔父图》16幅,每幅图都自作诗词并书,这是其中一首,题写在《洞庭渔隐图》之上,此图现藏台北"故宫博物院"。吴镇时年61岁,隐居在太湖一带,"洞庭"指的是太湖上的"洞山"和"庭山"。"洞庭湖上晚风生,风揽湖心一叶横","风"字在两句中重复,平添了江南小曲的韵味。"揽"炼字极妙,湖心生风,非"揽"不足以令舟横。时下流传的版本作"风触湖心一叶横",大概是误抄讹传。风"触"可令小舟荡漾,却不至于横摆。只要去看看吴镇真迹上的题诗,是"触"是"揽"一目了然。"兰棹稳,草衣轻"是隐逸之人心性的写照,任尔湖风拂揽,稳坐舟中下钓竿,"只钓鲈鱼不钓名"绝非虚言,而是隐者知行合一的实践。吴镇用丹青妙笔表达了对荆浩隐于太行山水的追摹,又以诗词翰墨酬唱张志和隐于苕溪湖光的恬淡,直教人"斜风细雨不须归",尽日观摩难去,吟咏不绝。"元四家"的绘画各有千秋,然而吴镇的题画诗及书法更有一种禅悦的余韵。

"明四家"之首沈周阅尽千峰,晚年最钦佩梅花道人,曾写下

"梅花庵主墨精神,七十年来用未真。落日晚山秋水上,扁舟惭愧白头人"。后来"清初四王"之王翚在 79 岁时作《仿沈石田山水轴》,借此诗向两位前辈致敬,自认为已得笔墨之酣畅,可叹无缘请得白石翁雅正。

七律·咏溪南八景之东畴绿绕
〔明〕祝允明

庞公宅畔甫田多,畎亩春深水气和。
五两细风摇翠练,一犁甘雨展青罗。
鱼鳞隐伏轻围径,燕尾逶迤不作波。
最喜经锄多有获,丰年宁愧伐檀歌。

【品注】有人可能会奇怪,虽然这首诗画意唯美但祝枝山又不是画家,为何会选入绘画诗词中?此处先卖个小小的关子,且了解一下诗作的背景。徽州的西溪南村自古人杰地灵,元代时有位梅溪居士作《溪南吴氏八景记》记其胜景,后来祝枝山应吴氏后人之邀到此地游览,沉醉山水田园之间,乘兴为八景题诗并书,分别是"祖祠乔木""梅溪草堂""南山翠屏""东畴绿绕""清溪涵月""西陇藏云""竹坞凤鸣""山源春涨"。这首"东畴绿绕"的画意极佳。"庞公",指庞德公,东汉末年隐居襄阳,与司马徽、诸葛亮、庞统、徐庶相友善。"甫田"即大田,语出《诗经·小雅·甫田》。"畎"音"犬",意为田间的小水沟。首句称赞西溪南村自古多有如庞公这般的隐士乡贤,以耕读诗书传家。第二句则勾勒出东畴的水田春光。颔联"五两细风摇翠练,一犁甘雨展青罗",用语既新又雅,水墨淋漓映入眼帘。鱼米之乡的富足安宁,连同

莺歌燕舞的闲适静谧，都是轻轻地围绕着村径，淡淡地不泛涟漪。"经锄"，意同耕读。"伐檀"，出自《诗经·魏风·伐檀》，嘲讽所谓的君子靠剥削民众不劳而获。此句的意思是此地人家勤于耕读，精神物质双丰收，大可不必再唱那伐檀之歌了。

一百多年后，石涛从桂林一路颠沛流离来到这个世外桃源，尘心如洗，遂将祝枝山的诗意以丹青写出八开册页，自此西溪南村的诗情与画意跨越时空交融于笔墨中。《东畴绿绕》画面左侧是呈半弧形布置的松岗柏坡，几许村屋小径错落其间。右侧大幅留白中隐隐有枯淡笔墨，任凭观者想象"五两细风"和"一犁甘雨"中烟雨缥缈的溪光田乐。石涛的《溪南八景图册》被后世奉为至宝，传承有绪，直到1937年全国抗战爆发南浔沦陷后，丢失了四页。可喜的是号称"石涛再世"的张大千后来补绘了那四页，真迹与神仿璀璨一堂，其历史文化艺术价值都胜过原来完整的八开册页。有心人无论是到上海博物馆观摩画册还是到徽州寻访实迹，都不要忘了带上这把钥匙：祝枝山的《咏溪南八景诗》。

七绝·和令则题画

〔明〕陈继儒

山村雨霁水痕加，鸭嘴滩头燕尾沙。
新结松棚试新茗，好风无力扫藤花。

【品注】 陈继儒（1558—1639），字仲醇，号眉公、麋公，亦号白石山樵。松江府华亭（今上海市松江区）人。他在29岁时烧掉儒生衣冠，以表明无意科举宦途，隐居在松江的小昆山，也就是"九峰三泖"之地，自此成了黄公望《九珠峰翠图》的画中人。

陈继儒与倪瓒的"江湖之隐"不同,与沈周的"市井之隐"也不同,他是隐居不避世。除了与吴中士人保持密切的往来,他也是达官显贵的座上宾,因而常被时人诟病。如果依照陶渊明"白日掩荆扉,虚室绝尘想"的标准,陈继儒确实算不上是隐士,不过他的理想是做陶弘景那样的"山中宰相",希望在半隐的状态下用自己的思想影响世人,匡扶世风,所以这些不带功利性的交游对他来说是必要的,而且是没有负担的。

陈眉公在文学和思想上的成就掩盖了他的画名,晚明到清初"松江画派"名声日隆,董其昌执画坛牛耳,但实际上陈继儒才是"松江画派"的精神领袖和理论基石,董其昌、莫是龙、孙克弘等人则是这些理念的宣传者和实践家。眉公所作山水画虽然也不时出现"仿"某某的字样,但却常在巨然画意中融入米点山水,在小李将军的构图中全施水墨皴擦,他甚至不追求形成自己的独特风格,这恰恰成为他文人画不拘一格、无迹可寻的风格。在山水画中晴峦碧树是相对容易表现的,若是烟雨山村则更考验画家对墨和水的控制能力,这首《和令则题画》就传递出这样的绘画理念。夏雨初晴的江南山村,加重水痕的渲染可以更好地表现云气氤氲的状貌。江南水岸的滩头和浅沙的画法始于董源,眉公于此形象地比喻为"鸭嘴滩头燕尾沙",最得其妙。近处的古松下有人搭起凉棚,煮泉试茶。雨后清风徐徐,吹来茶香却吹不动藤花。此诗此画,此情此景令人心旷神怡。

更漏子·一重山

〔明〕陈洪绶

一重山,一重水,有甚别离情思。开扇面,展屏风,丹青都是侬。杭州客,并州况,吴越两山相望。苴母发,豆娘飞,望侬还浙西。

【品注】陈洪绶（1598—1652），字章侯，世称陈老莲，晚号老迟、悔迟。诸暨县枫桥（今浙江诸暨市枫桥镇）人。对明代瓶花艺术稍有了解的人都知道"明代插花三部曲"，即高濂《遵生八笺》中的《瓶花三说》等章节，张谦德的《瓶花谱》和袁宏道的《瓶史》，虽然这些精妙的文字传递出了明代文人关于瓶花的哲思、审美和技法，但更有赖于陈洪绶的绘画作品让这些文字鲜活起来。单独为插花作品绘图的做法大概始于陈老莲，为后人更直观地描绘了明人对于择瓶、修枝、构图、配色的审美意趣。另外，在他的人物画中时常出现简雅的瓶花，让后人了解到明代文人是如何将插花作品融入雅道空间，形成整体的艺术审美。所以陈洪绶可以算得上是中国花道的恩师。

　　"一重山，一重水，有甚别离情思。"字面上说哪有什么别离情思，其实相思是有的，只是山长水远无可奈何。这样的起句令人联想到后来纳兰性德的《长相思·山一程水一程》，不过陈老莲的曲子更俚俗些，适合坊间传唱。相思何解？陈洪绶自有妙法，打开折扇，展开屏风，画的都是相思之人的容貌身影。有了陈洪绶的妙手丹青，可以聊慰相思了。"杭州客，并州况"，犹言杭州人在并州的况味，并州大致相当于今天太原地区。"茸母"即菊科植物鼠曲草，常见于湿地田边，春季开小黄花，花序被茸毛，故名"茸母"。"豆娘"，类似小型蜻蜓，但腹部细长而直，复眼分于两侧似哑铃，翅膀色泽艳丽，春暖花开后常见于溪边湖畔。诗中以二者作为春回江南的物象，勾人思念故乡。直白地说就是，"春已经回来了，侬何时回浙西？"浙西是北宋行政区划两浙西路的简称，范围包括浙北、苏南及皖东，治所在杭州，后世文人以沿用古称为雅，如清初的"浙西词派"。当时陈洪绶曾与好友流连西子湖畔的风月场所，故有此作。

七绝·题西瓜图

〔清〕朱耷

从来瓜瓞咏绵绵，果熟香飘道自然。
不似东家黄叶落，谩将心印补西天。

【品注】 朱耷（约 1626—1705），号八大山人，原名朱容重，字子庄，明朝宁献王朱权九世孙，世居南昌。明亡后出家为僧，法号释传綮，字刃庵，号雪个、个山、个山驴。后还俗，遂以朱耷为名，"耷"拆字"大耳"即驴之俗称。顺治十三年（1656）朱耷携母及弟隐居南昌天宁观，后改名"青云圃"。《传綮写生册》是他出家时的戏墨，也是八大山人现存最早的画作，瓜果蔬菜，笔简意禅，饶有生活气息和笔墨趣味。其中的诗偈全用禅家机锋话头，可以想见当时传綮禅师参话头禅的状貌。

清代画坛渐有一种风气，以谐音的吉祥语作吉祥画。"瓜瓞绵绵"就是其中一个大受欢迎的题材，"瓞"，音"蝶"，本意为小瓜，所谓"绵绵瓜瓞"就是大瓜藤蔓上连着许多小瓜，语出《诗经》，表达了世俗对子孙昌盛的美好向往和祝愿。由于民间识字比例很低，"瓞"字生僻难识，绘者便在大小瓜果外，画一两只翩翩的彩蝶，慢慢流传形成了固定的绘画格式。然而传綮在图中只画了两只开裂的歪瓜，没有藤蔓也无小瓜更无彩蝶。画上题了三首诗，这是第三首。诗中的意思有些隐晦，前两句大意是说世人都希望子孙昌盛，如同果熟香飘，是自然而然的事。"东家"可以理解为主人，但此时明朝主人已成了遗民。后两句回观自身，画中之瓜

与老朱家黄叶坠落、子孙凋零形成参照，诗人只能在青灯古佛之畔求取一个心印去补天。然而，带有目的性的参禅往往难以勘破，获取祖师心印。隐晦的诗文或许传递出传綮心中还有解不开的疑问，取得心印于世又有何补？于朱家又有何补？于己又有何补？画中另外两首诗，分别说的是庞居士向马祖道一请教"不二"法门，但是马祖让他先"一口吸尽西江水"的公案，以及八大山人自己虽出家修行但仍有挂碍的心境。所以当弟弟带着母亲找到他时，他扔下了西瓜，选择了还俗奉亲。

  八大山人无疑是清代超凡脱俗的大家，同为宗室遗民，同样出家避祸的苦瓜和尚称赞他为"金枝玉叶老遗民，笔砚精良迥出尘"。他的诗境和画境固然是其艺术的自觉，但这个自觉与历史时代背景及其切身遭遇是分不开的，因而在学习八大山人时要辩证地审视，什么是适合自己学习的，是笔墨，气韵，还是意境？但一定不仅仅是白眼鸟、瞪目鱼或歪瓜裂枣的形式。如同大家都希望能写出杜甫那样的千古绝句，但请先扪心自问，是否愿意像杜甫那样颠沛流离，忍饥挨饿，茅屋为秋风所破？如果没有这样的时代背景和个人经历，"为赋新词强说愁"，只能是东施效颦而已。如果不是明亡家破，八大山人作为贵族子弟过着优渥的生活，其艺术成就大概很难超过明宪宗朱见深，也就是画《一团和气图》和《一苇渡江图》的那位成化皇帝。

七绝·题送别诗意图四首（之三）

〔清〕王原祁

意止图成点染新，一山一水未能真。
知君夙有烟霞癖，侧理重贻拂旧尘。

【品注】王原祁（1642—1715），字茂京，号麓台、石师道人，太仓（今江苏太仓）人，祖父为王时敏。当时王翚和吴历都向王时敏学画，所以王原祁既算是二人的子侄又是小师弟。清初的正统画学以五代董源、巨然为祖，元代黄公望为宗，明末董其昌为师，王时敏曾向王翚说：董其昌得黄子久之神韵，自己得黄子久之形势，而神形兼备者只有我这个孙子（王原祁）了。

王麓台60岁后的画作不但是学黄公望学得神形兼备，更抹出自己本来面目，越发古拙。因为他所谓"仿黄公望"不是临摹，也不是意临，甚至根本没见过那幅画，"大痴秋山，余从未见之……不知当年真虎笔墨如何？神韵如何？但以余之笔写余之意"（王原祁《仿黄公望秋山》题跋）。此幅《送别诗意图》浅绛山水也是一例。乍一看线条短拙，色、墨绝不相容，远观始知山水树木的苍郁之感正是由这些笨拙的笔墨形成。再细细观摩，山涧野村的布置，溪口树木的穿插，晴岚远岫的交融，各自成趣又气韵相合。这山水不是用笔画出，亦非以墨染就，而是麓台先生用"金刚杵"一杵杵凿出来的。"一山一水未能真"，他所表达的不是真实的山水，也不是纸面的山水，而是笔墨游戏的心中山水。意在笔墨之先，胸中的意韵淋漓尽致后，作画也就结束，没有需要补缀润色的地方，即所谓的"意止图成点染新"。诗中题赠的这个"夙有烟霞癖"之人，是王原祁的表叔龚秉直，二人也曾同在意止斋学习，这是"意止图成点染新"的字面意思。但凡古雅之人，大多有饮烟餐霞、散逸林泉的志向。但在儒家思想的深刻影响下，大多数文人只能通过描绘或欣赏山水画来慰藉那颗出尘之心。时值龚秉直北上选官之际，王原祁在书斋中呵着冻手率意挥洒的山水画，胜过离别时的千言万语，此情比山重，此意比水长。

像这样的题画诗,在王原祁的画作中很少见。他晚年画作中的题跋大多是关于构图、笔法、用墨的论述,这是他浸润丹青一生的心得,使得他的画作兼具自然之气、士人之气和大匠之气。无论对绘画者、鉴藏者还是学术研究者都有很好的参考价值。有意思的是作为黄公望、董其昌一脉的正宗传人,王原祁引领画坛三百年,是当时绘画之雅的代名词。晚清民国之后情况反转,评语成了"其俗入骨"。原先非主流的青藤白阳、八大石涛、扬州八怪转身为风雅的时尚之选。且不论王麓台是雅是俗,但能"入骨",则说明盛名之下自有一杆"笔墨金刚杵"。

七律·惠山听松庵观王孟端竹炉诗画卷次吴文定公韵

〔清〕厉鹗

舍人雅尚寄名泉,为爱山僧手自煎。
瓶响风中兼雨外,水评陆后更张前。
空寮只许茶人住,一榻翻同竹祖眠。
三百年来留宝墨,箫材无恙是天全。

【品注】厉鹗(1692—1752),字太鸿,一字雄飞,号樊榭,南湖花隐,钱塘人,清代著名学者,是为浙西词派之栋梁。时人将其诗词与金农的书画等量齐观,称之为"髯金瘦厉"。厉樊榭深谙宋元典故亦熟知绘事,著有《宋诗纪事》《辽史拾遗》《南宋杂事诗》《绝妙好词笺》《南宋院画录》《秋林琴雅》等雅道丛书。在他的《樊榭山房集》中有多首吟咏古铜钱、旧拓本以及古画的诗词,例如这首诗中之画就大有来头。

厉鹗在无锡惠山听松庵观摩的这幅就是大名鼎鼎的《竹炉煮

茶图》，作者是号称"明代墨竹第一"的王绂，字孟端，参与编纂《永乐大典》，官至中书舍人。大明建文四年（1402），王绂在惠山寺与性海禅师复原制作古代竹炉煎茶，炉成之日一众文士围炉雅集，吃茶赋诗，王绂遂作此画。画作当时由侍读学士王达作序并题，之后又有吴宽（谥号文定）、秦夔、邵宝等人的题跋唱和。厉鹗在惠山僧人好茶好水的款待下，又能细细观赏这件明代诗画合璧，口腹身心皆得大欢喜、大自在。"舍人雅尚寄名泉，为爱山僧手自煎"之句，点出王绂雅好惠山泉又亲手煎茶供奉性海禅师的典故以及此画的缘起。"瓶响风中兼雨外"意境颇佳，像是写煎茶时的景象和动态，又似乎写一瓶风雨手自煎的潇洒。惠山泉先是被陆羽《茶经》评为"天下第二泉"，继而张又新在《煎茶水记》中也将其目为水中"榜眼"，这个名号便没有争议地沿用至今。听松庵僧人空闲的寮房只招待茶人，似乎有些奇怪，其实这个茶人即是以茶参禅之人。正因没有俗人打扰，厉鹗得以穿越时空与"竹祖"王绂抵足同榻而眠，幸甚至哉。这件墨宝三百多年来安然无恙，画中竹炉历久弥新，或许是上天对雅物的眷顾吧。此后乾隆皇帝下江南时也效仿厉鹗于此品水观画，但不久之后此画不慎被毁，令人惋惜。不过，只要诗文不绝，我们可以相信竹炉雅集的诗情画意并不会被毁坏断绝。

七言古诗 · 罗苏溪前辈赠石溪上人画幅

〔清〕何绍基

苦瓜之前雪个后，吾乡画禅来石溪。
直从幽异入坚浑，与两佛子殊町畦。
云游日被洞壑裹，笔落能使狖鼯啼。

此幅著意更深远，烟雨一黑天为霽。
荒荒水光树不辨，黯黯苔气云含凄。
入佛入魔信有此，湘君山鬼群来栖。
蒙君持赠副所愿，既到画处心沉迷。
挂壁两日侧卧视，傍徨悚仄不能携。

【品注】诗题中的罗苏溪，即罗饶典（1793—1854），字兰陵，号苏溪，湖南安化县人。官至云贵总督，封太子少保。他赠予何绍基这幅画的作者石溪上人，即髡残（1612—1692），湖南武陵人，作画者、赠画者和受赠者都算是湖南同乡。髡残与八大山人、石涛、弘仁并称画坛"清初四僧"。与另外三位在明亡大势下出家避祸不同，髡残20岁即放弃科举出家，纵情山水书画之间。清军入关时僧腊已有十二年，但他义无反顾地投身抗清运动中，失败后避难湖南常德桃花源，后来移居南京牛首山幽栖寺终老。所以他不但是一位杰出的书画僧，还是一位忠义之僧。

石溪上人比八大山人（号雪个）和苦瓜和尚（石涛）都要年长，"苦瓜之前雪个后"大概是指其艺术成就，又或者仅为契合诗文格律而泛言之。何绍基认为他的绘画"直从幽异入坚浑"，完全不同于八大和石涛的风格，另有坚实浑厚的面貌。"町畦"，原意指田亩的边界，引申为规矩格局之意。"云游日被洞壑裹，笔落能使狌鼯啼"凸显出其画作气韵生动、引人入胜的特点。"狌"通假"猩"，在他笔下的山林似乎能听见猩猩和鼯鼠的啼叫声。如果说八大的山水是"墨点无如泪点多"，石涛的笔墨是"搜尽奇峰打草稿，我自用我法"，而髡残的画面中始终有一种直指人心的禅意，例如观者在南京博物院所藏的《苍翠凌天图》前，无论是立是坐，只要能静下心来,就能感受"坐来诸境了,心事托天机"的禅境。何绍基获赠的这幅姑且名为《烟雨潇湘》的画作,其意境就没那么容易理解了。"黳"音"医",意为黑色。画面施以浓墨,烟雨是黑的,天也是黑的。"荒荒水光树不辨,黯黯苔气云含凄",眼前景象令诗人产生了"一念成佛,一念成魔"的感觉,仿佛是湘妃仙游之地,又像是山鬼幽栖之所。最后诗人说承蒙罗老前辈的厚爱,唯恐无法欣赏此画。因为挂在墙上看了两天,总是迷失在画境中,心存疑虑,惶恐不安,不敢将此画带走。"悚"音"耸",惊悚。"仄",与"平"相反,意为不安。"悚仄"即惶恐不安之意。

髡残的一部分山水画具有"浓厚浑黑"的特点,但其中别有通透之处,以何绍基的温文儒雅或难欣赏,恰好说明石溪上人的禅境深邃莫测。

中国传统绘画从本质上反映的是"天人合一"的朴素哲学理念。从审美对象上看,遵循自然规律忠于自然形象,法度严明的就是"天";抒发内心情感抽象夸张表现,恣意挥洒的就是"人"。从审美意趣上讲,拙是"天",巧是"人"。从学习方法上说"天"就是道法自然,"人"就是师法古人。而"天人合一"就是在二者之间达到巧妙的平衡。中国绘画之道的演进,就是围绕着这个平衡点螺旋式前进的历程。关于什么是中国绘画中的"雅",如何才能"雅",很难给出一个标准答案。但如果按照"天人合一"的观念,这个"雅"应该就是一种巧妙的平衡。例如吴道子说当世俗

着重于观赏性时,他醉心于点画的趣味,当世俗追求形似的时候,他追求神似。这便是"雅"。当世人以吴道子为圭臬,注重点画线条的勾勒时而忽视水墨的渲染时,荆浩力求在线条和水墨的运用上达到平衡,从此"笔墨"成了中国画的灵魂。这便是"雅"。北宋的山水画形成中正磅礴、顶天立地的拙朴雄浑,是"雅"的厅堂。南宋发展出留白虚空、经营边角的精巧奇峭,是"雅"的院落。一般认为宋画是中国绘画的高峰,难以逾越,正是因为两宋的绘画兼具拙巧,形神完备,意韵具足。其后元明清的每一个层峦叠嶂都是围绕着这个"雅"的平衡点进行反复的思辨和创新,每一个画派末期趋于流俗正是缺少了这样的思辨与创新。人物画和花鸟画的情况同理亦然。有志于绘画之雅的人,无论是创作、收藏、鉴赏之时,不可不察这"天人合一"之雅。

第八章　收藏诗词

　　茶道、花道、香道、琴道、书法、绘画等雅道内容除了口传心授之外，还有文字、图像及器物作为雅道传承的重要载体。对这些载体的收集、归纳和鉴识就构成了第七项雅道内容：收藏。广义的收藏包括琴棋书画、古籍善本、文房器具、金铜陶瓷、奇珍异宝等古今器物的鉴藏，文化价值、艺术价值和经济价值并重。而雅道收藏作为陶冶情操的方便法门，则更注重其历史文化及艺术审美的内涵，是提高个人学养和品味的重要手段之一。收藏之雅道有四个重要意义，稽古、格物、尚志、离俗。所谓"稽古"，以古人为师，明古识今；所谓"格物"，以造化为师，穷究理义；所谓"尚志"，广雅博爱，精研专深；所谓"离俗"，独立思辨，不从众流。除了以上"四义"，收藏还有"四法"，即藏、鉴、赏、传。所谓"藏"不是孤芳自赏的封藏，而是指以惜福之心妥善地保护藏品，尽可能地延长其寿命。"鉴"，是对藏品的年代、材质、技艺以及文化内涵进行细致的研究。"赏"，是发现和提炼藏品的美学价值、文化价值和历史价值。"传"包括藏品以及收藏雅道的

传承和传播，藏品的每一任主人其实都只是短暂的过客，如何不断传承和发扬才是收藏永恒的主题。了解并践行"四义"和"四法"，可谓步入收藏之雅道也。

七言古诗·宝鼎诗

〔汉〕班固

岳修贡兮川效珍。吐金景兮歊浮云。
宝鼎见兮色纷缊。焕其炳兮被龙文。
登祖庙兮享圣神。昭灵德兮弥亿年。

【品注】 班固（32—92），字孟坚，扶风安陵（今属陕西咸阳）人，作为《汉书》的主要作者，以及《白虎通义》的编者，班固的诗赋文采被史学家和经学家的盛名所掩盖。除《两都赋》《封燕然山铭》外，他的五言、七言叙事诗都有开创性的成就，这首《宝鼎诗》就是其中代表。三代的彝鼎之器既是权力的象征，更是礼教的形式和文化的载体，向来是皇室贵族的珍贵收藏。诗中所赞宝鼎，于东汉明帝永平六年（63）在王雒山出土，由庐江太守进献朝廷。按《东观汉记》记载，此鼎被视为珍宝，每逢新春大祭时才被请出，供奉在太庙。之所以如此珍贵，是因为以班固为代表的文臣认为其象征着汉祚的传承。早在汉武帝时，后土祠堂之侧发现了一个古鼎，上有黄云之纹。因汉德属土，崇尚黄色，公卿大夫视为吉祥之物，尊其为宝鼎，收藏于甘泉宫内。虽然没有确凿的证据表明东汉明帝得到的这个鼎就是西汉武帝之物，但当时所有人都是这么理解并且认同的。于是宝鼎"登祖庙兮享圣神。昭灵德兮弥亿年"，希望大汉受到神灵庇佑，仁德传承亿万年。"修贡",进贡之意。"效珍",献宝。"金景",金色光芒。"歊"音"肖",云气上升的样子。前两句说这是山岳河川进献的珍宝,金光灿烂,云气升腾。宝鼎现世,锈土斑斓。稍事清理,焕然铜光,可见鼎身龙纹。"文"通"纹"。商周时期的青铜器上常见夔龙纹或螭龙纹,呈现出连续的抽象几何形图案,纹细如发而匀净分明,令人赞叹。

  这些至高无上的礼器真正进入文人书斋,却在宋代以后。欧阳修的《集古录》开金石收藏鉴赏之先河,其后吕大临、李公麟各自作《考古图》,曾巩、赵明诚分别著有《金石录》,南宋时薛尚功集诸家之大成汇编《历代钟鼎彝器款识》,为铜器的藏、鉴、赏、传立下了规矩,也为清代金石学的复兴奠定了基础。

四言古诗·砚赞(节选)

〔魏晋〕繁钦

或薄或厚,乃圆乃方。
方如地体,圆似天常。
班温采散,色染毫芒。
点黛文字,耀明典章。
施而不德,吐惠无疆。
浸渍甘液,吸受流芳。

【品注】繁钦,字休伯,颍川(今河南禹州)人,生年不详,卒于东汉建安二十三年(218)。"繁"做姓氏时读"婆"音,繁钦于东汉末年避祸荆州,以诗赋闻名,曹操征服荆州后任命他为丞相主簿。相较于大名鼎鼎的同僚杨修,繁钦显得十分低调,许多人可能从来都没有听说过他的名字。因为有关记载有限,无从得

知他收藏了多少砚台，但从其存世的两篇诗文《砚赞》和《砚颂》来看，他对砚的崇敬喜爱之情溢于言表。

　　砚有厚有薄，有圆有方，其中蕴含的朴素哲学思想"天圆地方"源于阴阳学说。从魏晋以前砚的形制来看，除了各种或方或圆的石砚、漆砚和金属砚，东汉出现了圆形的陶质辟雍砚，还有瓦当砚虽然也是方的，但从短侧看去却如地平面一样，同样象征着天圆地方。"班温采散"中的"班"字，本意为用刀分割玉石，"班温"此处形容如割玉一般裁制大块砚石。"采散"形容采集小块的卵石为砚。"色染毫芒"是磨墨成汁的状态，墨色染黑了笔毫和石芒。正是有了磨墨的砚，才能"点黛文字，耀明典章"，"黛"青黑色。"施而不德，吐惠无疆"是拟人化的表述，砚台如施恩而无所求的君子，吐露芬芳惠及天下。"德"此处通假"得"。"浸渍甘液，吸受流芳"又说回其物性优点，好的砚台能够涵养墨汁，久而不涸，长时间使用后自然带着一股淡淡的墨香。所谓砚赞，也是君子之赞，雅人之赞。

五言古诗·卖玉器者诗

〔南北朝〕鲍照

泾渭不可杂，珉玉当早分。
子实旧楚客，蒙俗谬前闻。
安知理孚采，岂识质明温。
我方历上国，从洛入函辕。
扬光十贵室，驰誉四豪门。
奇声振朝邑，高价服乡村。
宁能与尔曹，瑜瑕稍辨论。

小序：见卖玉器者。或人欲买，疑其是珉，不肯成市。聊作此诗，以戏买者。

【品注】鲍照出身贫寒，在刘宋时期辗转刘氏诸王幕府，但一直没有受到重用，还时常遭到猜疑和禁锢。这首诗讽刺的是有意收藏玉器却玉石不分的权贵，字面上都是在为卖玉者鸣不平，实则自喻之辞。"珉"音"民"，似玉的石头。从《说文解字》和《山海经》中关于"珉"的记述来看，可能是指白色半透明的石英石，其硬度略高于白玉但密度较低，物理表现为手感较轻，质地松脆，透明度较高，具玻璃光泽，没有白玉那种温润细腻的感觉。

稍微了解玉石的人，是很容易分辨白玉和白石英的，就像泾渭之水，一清一浊。"子实旧楚客。蒙俗谬前闻"，说的这位买玉之人不明物理。古代玉石多产自北方，如"四大名玉"新疆和田玉、陕西蓝田玉、河南独山玉和辽宁岫岩玉，所以诗中"旧楚客"代指南方人，为俗言谬论所蒙蔽，哪里知道玉石的纹理浮动着白絮，质地洁净而温润呢？"我方历上国。从洛入函辕"是卖玉者自述先前的游历。"上国"此处指中原地区，"函辕"，是函谷关和轩辕关的简称，函谷关在长安和洛阳之间，轩辕关位于洛阳东南要道，自古为交通要道和兵家必争之地。卖玉者曾带着这块宝玉争光贵室，驰誉豪门。此处"十"和"四"都是虚词，备言玉器的珍贵和惜售之情。最后卖玉者说，此玉名声震动朝廷诸侯，高价折服乡贤村绅，岂能与尔等不识货之人讨论玉器的瑕疵好坏呢？华夏先民对玉器的收藏和鉴赏可以追溯到三代以前，《礼记·玉藻》曰："古之君子必佩玉，君子无故，玉不离身。"究其原因就是"君子比德于玉"，收藏和佩戴玉器就是涵养和彰显自己的德操，时刻提醒和勉励自己。或许有人认为鲍照有些苛责买家,买家不了解玉石特征,卖家应该耐心解释啊。但实际上《礼记》中的君子特指士大夫阶层,是"格物致知"的文化人,是应该了解玉之五德及其基本特征的。这首诗中传递出一个收藏的行为准则:不与外行争辩。如诗中的买家对着一块美玉问,这恐怕是石英吧?卖家不必多言,收起宝物,道一声送客便是了。

五言排律·和牛相公题姑苏所寄太湖石兼寄李苏州

〔唐〕刘禹锡

震泽生奇石,沉潜得地灵。
初辞水府出,犹带龙宫腥。
发自江湖国,来荣卿相庭。
从风夏云势,上汉古查形。
拂拭鱼鳞见,铿锵玉韵聆。
烟波含宿润,苔藓助新青。
嵌穴胡雏貌,纤铓虫篆铭。
屏颜傲林薄,飞动向雷霆。
烦热近还散,余酲见便醒。
凡禽不敢息,浮蝱莫能停。
静称垂松盖,鲜宜映鹤翎。
忘忧常目击,素尚与心冥。
眇小欺湘燕,团圆笑落星。
徒然想融结,安可测年龄。
采取询乡耋,搜求按旧经。
垂钩入空隙,隔浪动晶荧。

有获人争贺,欢谣众共听。
一州惊阅宝,千里远扬舲。
睹物洛阳陌,怀人吴御亭。
寄言垂天翼,早晚起沧溟。

【品注】李苏州即李道枢,开成二年(837)任苏州刺史,兼御史中丞。他在任上采集了几块奇状绝伦的太湖石,千里迢迢送给远在洛阳的牛僧孺。牛僧孺,字思黯,唐穆宗和唐文宗执政时两度拜相,后请辞外放,开成二年任洛阳留守。牛僧孺为官正直清廉,唯独爱石成痴,他将李苏州送来的奇石安置于庭院池塘后,终日欣赏,"似逢三益友,如对十年兄"。因作排句二十韵,并请白居易、刘禹锡和诗。当时二人都在洛阳赋闲,一个是太子少傅,一个是太子宾客,更巧的是刘白二人早先都曾出任苏州刺史,对太湖石颇有了解。白居易在和诗中盛赞太湖石的天然奇巧后,慨叹自己先前无缘得见,真是"虚管太湖来",然后将长诗抄送给刘禹锡。

当年刘禹锡任苏州太守时并非不知太湖石的奇巧,只是志不在此,又或者不愿为了私欲劳民伤财罢了。太湖古称震泽、笠泽,出产奇石,有水石和干石之分,以"瘦、皱、漏、透"的水石为佳。从磅礴的气韵上看,如夏云之多姿,如古槎之仙踪。"古查"同"古楂""古槎",原意为仙人浮泛云海的木筏,在古代绘画中常表现为一段枯劲曲奇的木头。从石头古拙的造型上看,有的像老松垂盖,有的像仙鹤梳翎。从精妙的细节上看,洞窍的外形好似胡儿起舞,纤细的石筋好似篆书铭文。最重要的是奇石给予收藏者的精神寄托,"烦热近还散,余醒见便醒","忘忧常目击,素尚与心冥"。观赏奇石可以解酒忘忧,消烦静心,这是文人雅士的共识。如此

可敬可玩、可倚可心的奇石如何采得呢？"采取询乡叟，搜求按旧经。"首先查看《水经注》等典籍，翻阅历代地方志，了解地理位置，询问当地的乡贤野老摸清石脉走向，然后令人潜入水中下钩，"垂钩入空隙，隔浪动晶荧"，打捞太湖石的过程描写得细致生动。最后刘禹锡笔锋一转，看着洛阳郊外归仁园中的奇石，想起远在苏州的故人，"寄言垂天翼，早晚起沧溟"，希望李苏州您不要忘了逍遥物外的鲲鹏之志才好啊。

牛僧孺、白居易和刘禹锡的三篇长诗开文人藏石赏石之先风，奇石爱好者不可不读。

五言排律·题文集柜

〔唐〕白居易

破柏作书柜，柜牢柏复坚。
收贮谁家集，题云白乐天。
我生业文字，自幼及老年。
前后七十卷，小大三千篇。
诚知终散失，未忍遽弃捐。
自开自锁闭，置在书帷前。
身是邓伯道，世无王仲宣。
只应分付女，留与外孙传。

【**品注**】唐文宗开成四年（839），白居易患上了风疾，时年68岁。他遣散了歌姬樊素和小蛮，在家中静养了两年。他平日调酒为药，筑炉煮茶，漫抚瑶琴，自言"老去生涯只如此，更无余事可劳心"。但他身体稍微康复后还是不免劳心于自家"池北书库"中的藏书和文章。晓得用柏木做书柜之人,必然是爱书籍、懂收藏的行家。"破柏"应该是指自然腐朽陈化后的柏木板材,没有精雕细琢而保持了质朴的风韵。柏木本身的香气使其不易生蛀,含有油脂能防潮且不易开裂,纹理细密不易腐朽,所以说"柜牢柏复坚"。近年出土的秦汉大墓中的棺椁"黄肠题凑"即为柏木所制,至今坚固如初。书柜中收藏的正是白居易自己编辑的《白氏长庆集》,有75卷传世,作此诗时只编了70卷。像香山居士这样达观之人,自然明了书籍终会散失,但仍不愿就此抛弃。"遽"音"句",意同"遂"。不时自己打开取阅又自行锁闭,徒生感慨。感慨自己如邓伯道没有子嗣,也没有王仲宣这样的青年才俊可以托付藏书。只能告诉女儿,将来传给外孙了。

邓攸,字伯道,素有德行。西晋永嘉之乱时被石勒俘虏,后携妻带子和侄子出逃,步行缓慢。追兵将至邓攸说服妻子毅然舍弃了亲生儿子,带着侄子逃脱。渡江后妻子一直无法怀孕,邓攸于是纳妾,成婚之日询问籍贯才知道是自己的外甥女,以礼待之,终身不再纳妾,所以没有子嗣。白居易58岁时得一子,名唤阿崔,可惜3岁夭折。所以诗中白居易与邓攸同病相怜。最后弟弟白行简将次子白景受过继给他,香火得以流传,那是后话。王粲,字仲宣,曹魏文学家,"建安七子"之一。少年时就被蔡邕赏识,王粲去拜见蔡邕的时候,蔡邕倒跂着鞋出来迎接,宾客们都很诧异这个其貌不扬的小子是什么来头。蔡邕说王粲是奇才,自愧不如,百年之后要将藏书托付给他。蔡邕死后蔡家果然依嘱行事,将藏书都送给了王粲。白居易在此自比蔡邕,恨世间再无王粲可以托付藏书。

七言古诗·杨生青花紫石砚歌

〔唐〕李贺

端州石工巧如神,踏天磨刀割紫云。
佣刓抱水含满唇,暗洒苌弘冷血痕。
纱帷昼暖墨花春,轻沤漂沫松麝薰。
干腻薄重立脚匀,数寸光秋无日昏。
圆毫促点声静新,孔砚宽顽何足云。

【品注】李贺(790—816),字长吉,河南福昌(今河南洛阳宜阳县)人。以极富浪漫主义的奇幻诗文得名"诗鬼"。李贺平日出门常骑一头瘦骡,跟着个小奚奴,背着一个破锦囊,忽然有灵感时李贺就随手写下来投入囊中,晚上回到家中整理诗囊,续写成篇,可谓是笔砚纸墨寸步不离。作为四大名砚"端歙洮澄"之首的端砚,虽然在唐初已有开采记载,但到了唐代中叶才开始显露峥嵘。唐代楷书四大家欧阳询、褚遂良、颜真卿、柳公权都没有使用端砚的记录,尤其是柳公权的诗文中多次论及各类砚台的品第,其中都没有端砚的身影。所以李贺大概可以称得上是端砚"第一代言人",反过来说,若是有人持所谓欧阳询题款的端砚邀赏,恐怕要打个问号的。

"青花紫石"说明它很可能产自端砚老坑水岩,所谓"青花"是隐现于石中的青蓝色细小斑纹,湿水后方才明显。成片的"青花"称为"天青",是老坑的顶级石品。石质最为细腻、滋润,发墨而不伤毫,掌按出水,呵气成流。虽说端州石工有鬼斧神工之巧,但也只有李贺那颗充满了奇幻浪漫的脑袋才能想出"踏天磨刀割紫云"这样的句子,"紫云"从此成为端砚的代名词。"佣刓抱水含满唇，暗洒苌弘冷血痕"一联用字奇僻，"佣"，引申为平直的意思，"刓"音"玩"，挖、刻之意。"抱水"为名词，指用以磨墨的砚堂。"含满唇"，指砚堂前端下凹的砚池。"苌弘"是东周大夫，忠于周室，含冤被杀，传说死后三年，其心化为红玉，其血化为碧玉。成语"碧血丹心"即出自苌弘故事。此处的"暗洒冷血痕"也就是"青花"等大小石品不规则分布在砚面上的状貌。接下四句是形容用此砚磨墨的感觉，身心都获得了美的享受。面对集实用与美观于一体的青花紫石砚，孔子那又大又笨的砚台有什么值得称道的呢？东晋伍辑之《从征记》云："鲁国孔子庙中有石砚一枚，制甚古朴，盖夫孔子平生时物也。"孔砚尚古而不重形质，与端砚的温润精妙不可相提并论。从李贺的诗中可以看出，这位狂士对此端砚的珍爱无以复加。

正乐府十篇·诮虚器

〔唐〕皮日休

襄阳作髹器，中有库露真。

持以遗北房，绐云生有神。

每岁走其使，所费如云屯。

吾闻古圣王，修德来远人。

未闻作巧诈，用欺禽兽君。

吾道尚如此，戎心安足云。

如何汉宣帝，却得呼韩臣。

【品注】皮日休所谓的"诮虚器"，表面上是讽刺那些华而不实、劳民伤财的器物，其实矛头直指好大喜功、奢欲无度的统治者。

题中的"虚器"实指名为"库露真"的器具。中国的髹漆艺术源远流长，种类繁多。襄阳自古是荆楚重镇，出产各式精美的漆器。《新唐书·地理志》："襄州土贡漆器库路真二品，十乘花文，五乘碎石文。"所谓"库露真"是胡语音译，从时代背景和文字记载上看，应该是指马鞍或整套的鞍具。以唐代的髹漆技法，层涂朱漆、黑漆或黄漆后饰以金银平脱、螺钿镶嵌、剔犀等繁缛工艺。故而造价高昂，靡费时力。从文献记载可知，整个襄阳地区一年才能进贡15件（套）而已。皮日休对唐懿宗那种宴乐无度，劳民伤财，四处索求奇珍异宝，然后大肆赏赐的做法自然是看不过眼，他本身就是襄阳人，对制作这些"虚器"的情况了如指掌，故而以此为题针砭时弊。不过皮日休对家乡的漆器还是做了客观评价的，这些赏赐给北方少数民族领袖的鞍具"绐云生有神"，"绐"音"带"，"绐云"即缠绕的云纹，神采奕奕。其后八句，皮日休笔锋指向统治者，不能修德以怀远人，却用此虚巧之器收买少数民族首领之心。如果泱泱中华崇尚利巧，那么戎夷之人一定会效仿逐利而来，这正是国家的大患啊。如果不知道该怎么做，请看看汉宣帝是如何克勤克俭，薄税轻徭，政清人和，安定富足，然后使得匈奴呼韩邪单于前来归附大汉的吧。

  如此精美的唐代"库露真"今天已看不到实物，一来是产量极低，二来是易于损坏，三来宋人并不欣赏这类华而不实的东西，更没有以此封赏的需求，其制作工艺就慢慢失传了。然而如果我们去到日本的博物馆，里面珍藏的日本战国时代的鞍具，无论是涂金还是朱漆的莳绘鞍镫，都隐隐透露出大唐"库露真"的影子。

七律·二遗诗

〔唐〕陆龟蒙

谁从毫末见参天，又到苍苍化石年。
万古清风吹作籁，一条寒溜滴成穿。
闲追金带徒劳恨，静格朱丝更可怜。
幸与野人俱散诞，不烦良匠更雕镌。

【品注】陆龟蒙在诗序中交代了所谓"二遗"是朋友赠送的石枕和琴荐，以金华永康山中的松木化石制成，纹理曲折俨然古松。这大概也就是今天人们说的木化石或硅化木。远古的树木死亡后被埋藏在干燥的环境，木质肌理经过石英等矿物质上百万年填充交代后形成了硅化木。从唐宋之人的笔记来看，他们收藏的应该是裸露于地表风化侵蚀而成的半硅化木。参天大树起于毫末，又变成苍苍化石，不知要经历多少沧海桑田，谁又能见证这岁月的变迁？恐怕只有万古清风天籁，千年穿石寒滴吧。回顾人间，有人追求功名终是徒劳，有人静写文章也是可怜。幸好有这古拙的玩意儿，像我一样无拘无束，不用刻意如何如何。

陆龟蒙在诗中将天然木化石赋予隐者逸士一样逍遥散诞的品格，不事雕琢，古朴自然。石枕是古人夏季常用的枕具，半硅化木所制枕头兼具石枕和木枕的优点，寒气不会太盛，又不易渍汗生霉。琴荐是放置在琴头和雁足下防止滑动的小物件，半硅化木既有木质的防滑功能，又比较稳重，而且古拙天然的气质与古琴相得益彰，难怪甫里先生爱不释手，吟咏再三。

五绝·藏墨诀

〔五代〕李廷珪

赠尔乌玉玦,泉清研须洁。

避暑悬葛囊,临风度梅月。

【品注】李廷珪,唐末墨工李超之子,本姓奚。后避乱渡江至歙州,因造墨精良,南唐国主赐其李姓。唐朝末年时,奚超所制松烟墨就已经声名远播。南唐徐铉说他幼年时曾得到一挺李超墨,长不过尺,细裁如筋。他和弟弟共用此墨,每天写五千字,十年后才用完,磨薄后的残墨坚硬而边缘锋利,可以裁纸。入宋之后,李廷珪墨成为皇家贡品,宋太宗诏书敕令必用此墨,因其久不褪色,兼有暗香。蔡襄更是称赞"廷珪墨天下第一品",到了宋仁宗之时存世的李廷珪墨已经很少见,庆历年间一挺可以卖到一万钱。东坡先生收藏李氏墨颇丰,当他自海南放还时渡船漏水,坏了四箱李廷珪墨,仰天长叹,如失至宝。

"乌玉玦"指李廷珪造的玦形墨。"玦"音义同"决",本义是带缺口的环形佩玉,后来也成为墨的雅称。取来清澈的泉水,洗净砚台,然后用乌玉玦磨墨真是一件赏心雅事。不用之时又该如何收藏呢?制墨大家亲自现身说法,要用葛麻制的囊悬挂起来,避免暑湿之气。放置的地方要通风,则可安然度过梅雨季节。晁说之《墨经》称:"大凡养新墨,纳轻器中,悬风处,每丸以纸封之。恶湿气相薄,不可卧放,卧放多曲。"也说要悬挂在避湿通风之处,一定不能平放。按宋人的说法,李廷珪墨存放四五十年不在话下,"其坚如玉,其纹如犀"。其背后是古人独到的匠心和满满的诚意。如今磨墨作书之人少之又少,虽然还有藏墨之家,但多数取其纪念价值和观赏性罢了。

《博学彙书》中记载司马光与苏东坡曾有一段关于茶和墨的雅论。司马光说墨茶相反,"茶欲白而墨欲黑,茶欲重而墨欲轻,茶欲新而墨欲陈"。东坡则说茶墨相同,"茶墨俱香是其德同,茶墨皆坚是其操同"。司马光叹服,深以为然。温公所言形质也,东坡所论精神也,各得其妙。

五言排律·珊瑚笔格
〔宋〕钱惟演

蕴粹沧波远,搜奇铁网劳。
柔条钻火树,丽景夺星旄。
丛倚栖油几,枝疏荐兔毫。
宝跗光互映,翠匣价相高。
钩谩标祥谍,人须咏楚骚。
休将铁如意,碎击为争豪。

【品注】 钱惟演(977—1034),字希圣,钱塘人。末代吴越王钱俶之子,归宋后历任工部尚书、枢密使等要职。钱惟演是北宋初年"西昆体"诗风的主力军之一,追效李商隐的风格和意趣。按欧阳修《归田录》记载,钱希圣生性俭约,对子弟家教甚严,吃穿用度都很节俭,平时几乎不给零花钱。他有一个家传的珊瑚笔格,十分钟爱。家中子弟于是偷偷将珊瑚笔格藏起来,钱惟演以为被盗便悬赏万金以求,子弟们托人进献笔格获得了赏金。从此这个珊瑚笔格一年大概会失窃五六次。看来钱氏对笔格之爱不亚于对子弟之爱,对盗窃行为浑然不觉,貌似迂腐,倒也可爱。

或许是他每每沉浸在失而复得的乐趣中,忘了细思追究吧。

　　前两句诗描述打捞珊瑚的境况,沧浪远海中蕴藏着精粹,古人以铁网沉入深海中打捞珊瑚。后世衍生出"铁网珊瑚"的词语,比喻收罗奇珍异宝。"柔条钻火树,丽景夺星旄。"珊瑚以深红、鲜红者为佳,树形高大,枝柯多杈者为贵,诗中比喻为"火树"。"星旄"指绘有星辰图案的旗帜,"旄"音"毛"。"丛倚栖油几,枝疏荐兔毫。"这株珊瑚枝丫稀疏或许不适宜作为树形陈列,被随形制成了笔格,放置在漆案上。"宝跗"中的"跗",读音"夫",特指固定笔毫的镶头,又称装斗。所谓"宝跗"就是以名贵材料制作而成的镶头。"翠匣",以各色珍宝以及翠鸟羽毛装饰的盒子。《西京杂记》云:"汉制,天子笔以错宝为跗……又以杂宝为匣,厕以玉璧翠羽,皆直百金。"如此看来,钱惟演珍爱的珊瑚笔格应该就是当年御用遗物。"钩谩标祥谍"一句读着拗口费解,"钩"钩形器,此处指笔格。"谩"同"漫",随意。"标",标注。"谍"同"牒",书谱或图谱。此句说研究古玩不要仅仅标注成谱,应该多多吟咏楚辞离骚。这是在强调文玩背后蕴藏的文化内涵才是重中之重。"休将铁如意,碎击为争豪。"千万不要像石崇与王恺争豪,将大枝珊瑚砸碎来炫富。

五言古诗 · 古瓦砚

〔宋〕欧阳修

砖瓦贱微物,得厕笔墨间。
于物用有宜,不计丑与妍。
金非不为宝,玉岂不为坚。
用之以发墨,不及瓦砾顽。

乃知物虽贱,当用价难攀。

岂惟瓦砾尔,用人从古难。

【品注】欧阳永叔虽然不像米芾爱砚成痴,风流逸事广为流传,但他对砚石的钟情却不亚于同时代的文人。从这首诗中可以看出他对砚石收藏的独到见解。"古瓦砚"指以抟土烧窑而成的砖瓦做砚。古代宫殿庙宇所用砖瓦用料配方都十分讲究,炼泥和烧窑的制度严明,后世文人以为古瓦砚比金属砚、玉砚,乃至石砚更好用,更文雅,更具人文内涵,得益于欧阳修的极力推崇。

欧阳修认为砖瓦做砚貌似轻贱,但却很实用。文房用具只有适宜不适宜而没有绝对的美与丑。这是从整体空间艺术以及精神审美来考量择用器物。金砚固然宝贵,玉砚固然坚硬,但论发墨却比不上一块破瓦。所以说瓦砚虽贱,却不是用价值可以衡量的。末了,欧阳永叔引申道"岂惟瓦砾尔,用人从古难"。由择砚之法类比用人之道,以古雅之心用人唯贤真是不容易啊。他在《砚谱》中说:"虢州澄泥,唐人品砚以为第一,而今人罕用矣。"当时著作郎刘义叟曾按《文房四谱》中的"造瓦砚法"制作瓦砚,欧阳修得到两枚,一枚送给了刘敞,一枚留在中书省自用,当作宝物,日日厮磨。可见欧阳永叔正是从精神和形式上真正稽古之人。

七言古诗 · 李士衡砚

〔宋〕刘敞

李侯宝砚刘侯得,上有刺史李元刻。
云是天宝八年冬,端州东溪灵卵石。
我语二客此不然,天宝称载不称年。

刺史为守州为郡，此独云尔奚所传。
两君卢胡为绝倒，嗟尔于人几为宝。
万事售伪必眩真，此固区区无足道。

【品注】刘敞（1019—1068），字原父，一作原甫，临江新喻荻斜（今属江西樟树）人。庆历六年（1046）进士，与梅尧臣、欧阳修交善。为人耿直，学识渊博，经典传记、天文地理、卜医数术、浮屠老庄，无所不通。诗中记录了一个古砚收藏辨伪的故事，也从侧面说明收藏玩到最后拼的是渊博的学识。

泾州刘太守从越州观察使李士衡手中得让一方古砚，以端州东溪卵石雕琢成蟾蜍样式，上面刻着"天宝八年冬刺史李元"字样。李士衡认为这是他们家唐代先祖用过的砚，于是二人拿来给刘原父掌眼。谁知刘原父说这是一眼假的赝品，何以见得？唐玄宗曾发布敕旨，自天宝三年正月朔改"年"为"载"，故而砚台上题款应为"天宝八载"而不能写"天宝八年"。另外，从天宝元年（742）开始，唐玄宗将地方行政区划的"州"改为"郡"，行政长官刺史改称太守，因而李元的称谓应为太守或郡守而非刺史。到了乾元元年（758）唐肃宗执政两年后废除玄宗旧制，"年"和"刺史"称谓又统统被改了回来，一般人都不知道这个典故，包括作伪刻字之人。刘李二人听完佩服至极，呵呵不已，苦叹差点将此物视为珍宝。"卢胡"，象声词，以喉音发出的笑声。"绝倒"，此处为佩服、折服之意。最后，刘原父道出警句"万事售伪必眩真"，作伪谋利之人必然尽力做到乱真的程度。砚台材质再好，制作得再精巧，但只是个赝品，不足为道。

又有人得一枚玉印，印文"周恶夫印"，不明就里，于是拿给刘敞过目。刘敞感叹道:"没想到今天能见到汉条侯(周亚夫的爵号)的印!"那人将信将疑,刘敞解释说汉代"亚""恶"通用,例如《史记》中记载卢绾的孙子被封为"亚谷侯",《汉书》中写作"恶谷侯"。世人都十分佩服他的博学善鉴。

五绝·笋石铭

〔宋〕黄庭坚

南崖新妇石,霹雳压笋出。
勺水润其根,成竹知何日。

【品注】因为这块镌刻了铭文题诗的笋石流传至今,现代人赋予了黄庭坚一个名号——中国古化石收藏第一人。这块比巴掌略大的长方形石板现在是南京古生物博物馆的镇馆之宝,青黢的石面上长着一条像竹笋剖面一样的白色物体。石板的左侧刻着这首诗,落款"庭坚",还有一枚圆形印章图案。"南崖新妇石",说的是这块石头的产地和品名。因为石板是1975年在江西武宁县发现的,有人认为"南崖"即武宁县的南岩,新妇是黄庭坚自喻之语,未免有些牵强。要知道"南崖""西关"此类以方位命名的地标在历史上各地多有重名,难以确定具体归属。宋代最详尽的《云林石谱》中记载江西的奇石有袁州石、吉州石、修口石等,并没有此类笋石。倒是绛州石的描述与之相符。"其质坚矿,色稍白,纹多花浪,颇类牛角,土人谓之'角石'……"故而"南崖"不一定是在江西。"新妇"指新娘,也作为对儿媳的称呼。"新妇石"的称谓或许与其用途有关,可能是婆家将这种兼具美观和实用功能的石头馈赠新媳妇用来研丹傅粉,因此得名。也因为笋石或角

石质地坚密细白,后来被文人用来研磨朱砂制作印泥。与之类似,端砚中的白端石也是从闱中物慢慢流传成文房雅器的。

黄庭坚在研朱磨赤之余,不改戏谑本性。洗砚时不时问一句:我天天这么浇水,什么时候才能长出竹子来呢?其实这块砚石中的"竹笋"就是大名鼎鼎的震旦角,是4亿多年前奥陶纪鹦鹉螺类的海生无脊椎动物的化石。从其剖面纹理来看把它误认为"竹笋"也情有可原。所以黄庭坚误打误撞收藏的这枚古生物化石,原本只是作为"不可居无竹"的文房雅玩,这是中国古人对天精地骨的崇敬,对大自然鬼斧神工的赞叹,也是山谷道人好古博雅的表现。

三言古诗·研山铭

〔宋〕米芾

五色水,浮昆仑。

潭在顶,出黑云。

挂龙怪,烁电痕。

下震霆,泽厚坤。

极变化,阖道门。

【品注】米芾是众所周知的"石痴","米颠拜石"成为后世长盛不衰的绘画和吟咏题材。他也是砚石的收藏大家,著有《砚史》一卷。米襄阳对砚石的收藏最注重实用性,即首先是否发墨,其次才是质地纹理,最后是制作工艺。在今天的收藏热潮中这个顺序似乎被颠倒了,所谓大师的精工巧作受到追捧。稍微懂行的人玩弄石品,例如端砚中老坑的"鸲鹆眼"、麻子坑的"绿豆眼",乃至梅花坑的"象眼",都按眼计价。追捧歙砚眉纹的人有"一眉万金"的说法。殊不知这些都是砚石的矿物填充体,滑不受墨,属于古人所说的"石病"。而真正紫黑质朴、拙如璞玉的砚石却少人问津。

米芾的研山铭书写在南唐澄心堂纸上,附有研山图,可谓诗书画"三绝",十多年前被观复博物馆从日本购回,现藏于北京故宫博物院,实乃大快人心之雅事。相传研山原是南唐李后主的珍藏,蔡绦在《铁围山丛谈》中说李后主的研山"前耸三十六峰,皆大如手指,左右则两阜坡陀,而中凿为研"。米芾得到后珍玩不已,后来他到镇江时用这个集文房赏石、砚台、笔架于一身的雅玩与苏仲恭置换了一个古木参天、翠柳成荫的园林。然而米芾的研山图仅作五峰,或者仅为研山的缩影。五峰在诗中被比喻为"五色水,出昆仑"。《山海经》及后世的典籍记载,西南四百里有昆仑山,是弱水(青)、赤水(红)、洋水(黄)、白水(白)、墨水(黑)五条河流的发源地。米芾在研山图上标注"翠峦"下有一"龙池",天要下雨时此处就会湿润,滴水在内十多日都不会干涸,可谓"潭在顶,出黑云"。五峰之中似乎藏龙隐怪,又像雷神电母行经之处,泽被大地。研山的形神千变万化,处处都是窥见天地大道之门。"阖"音"合",全部的意思。诗中的文字全是道家术语,可见米元章一贯深刻地受到道学思想的影响。从文字描述和图形上看,研山应该是一块浑然天成、骨骼清绝的灵璧石,后世虽有人仿造加工出形似的灵璧石摆件,终难得其神韵,也并非研山全貌。

西江月·汉铸九金神鼎

〔宋〕张孝祥

汉铸九金神鼎,隋书小字莲经。
刚风劫火转青冥。护守应烦仙圣。

昨梦归来帝所，今朝寿我亲庭。

只将此宝伴长生。谈笑中原底定。

【品注】 张孝祥（1132—1170），字安国，别号于湖居士，历阳乌江（今安徽和县乌江镇）人。他的诗文和书法深得高宗、孝宗推崇，尤其是行草兼得颜真卿和米芾的妙处，而别出己意。作为南宋力主为岳飞平反的文臣，他的诗词自有一股慷慨悲放之情。即便是他钟爱的收藏之物，也被赋予了"还我河山"的情怀。

《汉书》中记载大禹收九州之金铸九鼎，奉为传国之宝。从典籍和出土墓葬可知，汉代仿铸三代鼎彝之器蔚然成风。与其说于湖居士收藏了一尊汉鼎，还不如说这是他珍藏的大汉荣光。他的另一件藏品是隋代无名氏小楷书《妙法莲华经》。隋文帝即位后，大力复兴佛教，准许各地自由建寺度僧。当时无论是官方、寺院还是民间，抄写佛经盛极一时，其中不乏优秀的书法作品被后世珍藏。与其说这是张孝祥收藏的隋代书法珍品，不如说这是他宝护的隋唐风尚。如此的文化珍宝历经盛世和灾难而得以长存天地之间应该是有神灵庇佑吧？"刚风"即"罡风"，意为天地之间浩然正气。"劫火"，原为佛教用语，后引申为大灾难。"青冥"指青天或天庭。下一句"昨梦归来帝所"隐隐回答了这个问题，诗人在梦中到天庭证实过了。今朝将此宝奉给至亲贺寿，祝愿老人家与宝物长伴长生，笑谈间眼见中原长久安定。"底定"，平定、安定之意。张孝祥以珍藏之物为尊长祝寿，其中的家国情怀跃然纸上，也不辜负他名字中的一个"孝"字。

五律·题方竹杖松根枕二首（之二）

〔宋〕张镃

鹤骨何能尔，龙姿或果然。

锋棱四面峻，节操一生坚。

界纸书堪使，敲针钓最便。

从教方有碍，终不效规圆。

【品注】张镃（约1153—1221），字功甫，号约斋，籍贯成纪（今甘肃天水），寓居临安。出身显赫，为宋代南渡名将张俊曾孙，刘光世外孙。张镃身为贵胄，有奢雅之风，尤其他举办的"牡丹会"，其间园林布置、歌姬声伎、器服雅玩之精良冠绝南宋一朝，虽然所处的时局内忧外患不断，张镃无疑是活得极为雅致的一个文人。出身豪门固然令他天生有钱有闲，但如果金钱和时间不能花在适宜的地方，还是会流于庸俗。张功甫能真正雅得起来，一方面是自己在读书时留心雅道内容，另一方面则是以陆游、杨万里等人为师友，潜移默化所致。翻看他的诗作，诸如观书、题画、写扇、探梅、听琴、焙茶、炷香、文房这样的雅道内容比比皆是，具化为诗，甚至到了"一日不觅句，更觉身不轻"的程度。如果不能做到雅俗共赏的"大雅"，那么小众的"小雅"倒是有个方便法门，就是"不从众"。别人的竹杖大多是圆的，张功甫就偏偏喜欢用方的。

张镃在此处认为连鹤骨都无法形容方竹杖的神韵，将其比作龙的身姿还差不多，估计此杖头有屈曲盘结的形态。方竹环节突出，显得瘦骨清癯，竹节处长有均匀对称的尖刺，"锋棱四面峻，节操一生坚"正是文人赋予方竹刚正不阿的人格精神。除了制作竹杖，方竹坚如硬木而有韧性，可做竹刀界纸，可做钓竿垂纶。"从教方

有碍,终不效规圆"则是作者借方竹的物性道出自己的心性,虽然习从教化却不磨灭个性,终不能随波逐流,不墨守成规亦不世故圆滑。其实方竹的剖面并非完全呈方形,而是由比较明显的四个弧面组成,可谓是方中有圆,圆中有方,方圆默契,造化妙用。

  相传唐代开国功臣李靖曾珍藏着一根方竹杖,出自大宛国。节眼须牙,四面对出。后来李靖将方竹杖赠给了镇江甘露寺的一位僧人。又过了一段时间,李靖顺路拜访僧人问竹杖还好用吗,僧人说已经将其磨圆上漆了,还不错。李靖回去后整天都在惋惜嗟叹。六百多年后元代书法家仇远在《方竹杖》诗中仍为之愤愤不平:"山翁甚爱资扶老,村衲无知误削圆。"方竹质地较其他竹子更坚密耐用,无需刻意打磨涂装。老化后包浆莹润,恰似一挺紫铜宝铜,断面类似陈年犀角的鱼子纹,古朴清雅。从文玩收藏的角度看,甘露寺僧人将其磨圆上漆的举动无疑是暴殄天物、画蛇添足。不过此物已归僧人,或方或圆,或素或漆,悉听尊便,无可厚非。不然就是心有挂碍,爱憎染著了。

五律·廉公子家藏元石名武夷春雨

〔元〕仇远

至宝忽横道,峰峦高复低。
数尖灵璧石,一曲武夷溪。
黛色春浮玉,黄流雨曳泥。
遥知千载下,名与岘山齐。

  【**品注**】仇远(1247—1326),字仁近,一字仁父,人称山村先生。钱塘(今浙江杭州)人。宋末时以诗文著称,与同为杭州人的白斑并称"仇白"。楷书学欧阳询，行、草也善。与赵孟頫、鲜于枢、方回等人时有交游答赠。元大德年间任儒学教授，旋即罢归。

诗题中的"廉公子"应该是元初担任廉访使的维吾尔人布鲁海牙的子孙，以官职赐汉姓"廉"。与仇远同时代的金陵诗人丁复在《送廉公子北归》中点明"策勋际盛皇元世，赐姓为廉旧相家"。廉姓维吾尔人久居中原，汉化程度很深，故而也像汉人一样喜欢文化收藏。"元石"即人们今天说的原石，此处的"元"是天地本源的意思。这件家传的灵璧石山子因其神韵形态得名"武夷春雨"，连仇远都叹为至宝。俗言道"灵璧无峰"，此石却有少见的峰峦起伏，其下还有形似曲溪的凹槽。灵璧石色黑如黛，坚润如玉，故言"黛色春浮玉"。灵璧石开采之时有黄泥赤土紧裹，经过刮洗制作成山子，但背面及底部仍留下难以清理的泥痕，所以是"黄流雨曳泥"。最后两句诗将宿州灵璧石与襄阳岘山石相提并论，因为二者皆是文玩佳石，也都是制作石磬的良材。曾侯乙墓出土的编磬就是取材于襄阳岘山石。不过灵璧石在后世声名大噪，近代被称为"天下第一奇石"，这大概是仇远预想不到的。今人对于灵璧石的收藏大概有个误区，许多人都追求"云头雨脚"的奇巧造型，又或是人物、动物的象形。其实灵璧石之中自成天然山水之趣的更可雅玩。

古体·题姑苏陆友仁所藏卫青印

〔宋〕揭傒斯

白玉蟠螭小篆文，姓名识得卫将军。
卫将军，今何在，白草茫茫古时塞。
将军功业汉山河，江南陆郎古意多。

【品注】揭傒斯（1274—1344），字曼硕，号贞文，龙兴富州（今江西丰城杜市镇大屋场）人。揭傒斯出身寒门，勤奋好学，以布衣跻身翰林。元朝编修辽、金、宋三史，揭傒斯是总裁官之一。然而这位元代著名史学家、书法家、"元诗四大家"之一在后世并不怎么有名，或许有人第一次听说还会以为是个蒙古人或色目人的名字。其实揭姓的源流之一在汉代豫章郡古揭阳县（今江西宁都一带），当地人原先以地名"揭阳"为姓，后流变为单姓。

陆友仁是元代中期知名收藏家，以精于鉴赏书画、铜器著称，编撰了《研史》《墨史》《印史》等专著。当他得到这枚卫青的玉印后喜不自胜，遍邀揭傒斯、虞集、泰不华等人观摩吟咏。从揭傒斯的诗中看，这是一枚白玉印，螭龙印纽，印文上有"卫青"字样。当年卫青建功立业的古塞雄关如今白草茫茫，而将军不知身在何方。今日得见，多亏江南陆友仁善于收集这些古意雅玩。不过，这其中有一个很大的疑点，按《汉旧仪》《文献通考》记载汉代印玺制度，白玉螭纽为帝王及皇后用玺，诸王大臣只能用龟纽、驼纽、环纽、鼻纽等。以卫青的忠毅谨慎，绝不可能在私印上做出此类僭越之事。为什么这些文人都没有质疑卫青玉印的真伪呢？原因是无论从材质、形制、包浆来看，这真的是一枚汉代印玺无疑，只不过印文被人磨去伪刻了卫青之名。或许有人认为如果是帝后的玉玺应该更有价值，何必磨去重刻呢？事情的原委发生在元朝至元年间，太师伯颜奏请元世祖，将大内所藏历代帝后印玺磨字改作他物，赏赐近臣（详见《南村辍耕录》）。这些宝物流散民间后或有好事者刻上卫青的名字，再高价兜售给陆友仁这样的收藏家。由于印玺本身没问题，又因仰慕卫青，爱印成痴的收藏者很容易上当。

这是一个古今延续的作伪手法,在砚台、赏石之类藏品中尤为普遍。有人将清代民国无名款的旧物新刻纪晓岚、刘墉、何绍基等文人的题款惑众渔利,故而在收藏中要重视文字研究但却不能迷信文字。

五律·拜长耳和尚肉身
〔宋〕袁宏道

轮相居然定,漆光与鉴新。
神魂知也未,爪齿幻耶真。
一个庄严佛,千年骨董人。
饶他铜与铁,到此亦成尘。

【品注】"肉身"即肉身佛像。"轮相"是佛陀三十二庄严妙相之一,足底显现千辐轮形纹。"骨董"即古董。袁宏道参拜这尊跏趺而坐的佛像时见到了足底的轮相,大为诧异。身上的漆光如新磨的铜镜一般,可以照见人影。明明是一尊肃穆的佛像,精神魂魄似乎具在;明明是一件千年的人形,手指牙齿亦幻亦真。任是铜像铁像历经千年都已腐朽毁坏,化土扬灰,但这尊肉身佛像出尘遗世而享誉尘世。

长耳和尚是何方神圣?他的真身舍利又为何会被袁中郎戏称为"千年骨董人"?这要从杭州三台山东麓的法相寺说起。五代时有一位法真和尚,得嗣于雪峰义存禅师。一日,法真从国清寺游历到杭州时受吴越国王礼遇,遂驻锡法相寺。据说这位和尚生有长耳异相,耳尖接近头顶,耳垂齐平腮帮。还不时有人见到猛兽毒蛇在他面前俯首帖耳的场景。法真禅师圆寂后,弟子漆其真身,

供僧俗祭拜。时人目之为定光佛后身。后来民间讹传此像送子最为灵验，进香求子之人络绎不绝，膜拜摩抚。六百多年后，等到袁中郎前去参拜时，俨然一尊千年古董，在众人的盘摩下包浆莹润。

袁中郎在诗中暗讽了民间的迷信活动，却也赞叹因此成就了一尊古董佛像。肉身佛造像兴盛于唐代福建地区，尤其是泉州、漳州一带。高僧一般会在圆寂前一段时间绝食，饮用特定的汤药，圆寂之后经特殊工艺处理，再以大漆涂装，故而金身千年不坏。这是一种虔诚信仰和精湛工艺结合的产物，而法真禅师正是泉州人，俗姓陈。

三姝媚·题仇十洲箜篌图
〔清〕梁清标

茅亭连涧草。看青山一抹，白云遮了。鬈几桃笙，有翠眉红袖，浅颦低笑。寒出春纤，二十五、冰弦缥缈。密坐焚香，牙拍轻催，双鬟娇小。

卷幔东风吹早。更萝径烟深，药栏花绕。曲奏云和，伴林中高士，瑟琴静好。江树归舟，向梦里、相逢偏巧。记取箜篌朱字，青春未老。

【品注】梁清标（1620—1691），字玉立，一字苍岩，号棠村、蕉林。直隶真定（今河北省正定县）人。明末清初著名文人、收藏家。梁清标为崇祯十六年（1643）进士，闯王进京后归伏，顺治元年（1644）降清，其名节为时人诟病。反观这位乱世收藏家，守着数十万卷历代书画古籍，既不可仓皇南迁，也不愿玉石俱焚，只能是"管他谁人坐金銮，委曲求全保墨翰"。

顺治、康熙之时的蕉林书屋是文人聚集之地，雅客流连之所。

如今北京故宫博物院和台北"故宫博物院"中许多名画曾经是梁清标的收藏，例如大名鼎鼎的隋代展子虔《游春图》、唐阎立本《步辇图》、五代顾闳中《韩熙载夜宴图》卷等，不胜枚举，以及宋代范宽、郭熙、李公麟、李唐的代表作品，更有许多佚名宋画、元画、明画，皆是精品真迹。

这幅仇英的弹箜篌图轴不知何时流落境外，现存美国波士顿美术馆，上有白阳山人及董其昌等人题跋。董其昌认为此件青绿山水已经超越南宋赵伯驹的精巧，其士人之气亦不让文征明。一般传统山水画中的人物不做具象描绘，而人物画中的山水仅做点缀。仇英此画山水人物并重，气韵神形、笔意设色皆妙，所以白阳山人赞其为前无古人之作。画轴上方为淡雅的云嶂烟峦，山涧随峰婉转，连绵近前。溪流环绕之处有一茅亭，两株古松侧立，半遮天日。其下花木烂漫。茅亭设屏风，幔帐高卷。屏风前置一髹漆案几，几上铜尊空无一物。几侧一位文士席地坐于桃笙（竹席）之上，正横琴转身，袖中隐见象牙节板，准备请面前的粉襦仕女弹奏箜篌。仕女似笑非笑，望向文士身后朱漆案上的香炉。左近之处，一位婢女手捧花枝兰叶，步上溪桥缓缓向茅亭走去。与之相映成趣，这首《三姝媚》词意婉静，由远及近描绘出仇十洲画中景象，无须咬文嚼字，人人皆可感受其中"琴瑟静好""青春未老"的悠然自得，更令人仿佛置身画中仙境，陶然忘忧。词情画意两相映，可见梁清标亦是深得雅趣，雍容风流之藏家。

齐天乐·汝哥官定闲题品

〔清〕高士奇

汝哥官定闲题品，寻思慨然今古。二百年来，搏泥雅玩，也

逐清风黄土。当时秘府。问几度花晨,几番月午。巧样光莹,为谁妆镜伴眉妩。

鸡缸尽堪俦伍,爱鲜花点染,酒徒摩抚。输与深宫,涂脂搓粉,小匣封纨藏贮。人间买取。须姹女金钱,泥他频数。携并香奁,绮窗吟丽句。

【品注】高士奇(1645—1704),字澹人,号瓶庐,又号江村。钱塘(今浙江杭州)人。他长期担任康熙皇帝的侍读,兢兢业业,深得康熙信任并赐居所于大内。因而得与皇家珍藏的书画器物朝夕相对,又因其学识博杂,故精于书画、鼎彝、瓷器的考证鉴赏,凡是他过眼首肯的古玩字画,身价倍增。以其"江村"之号,与同时代的收藏大家梁清标(棠村)和安岐(麓村)并称"三家村"。

从这首词中不难看出,清代收藏的四大名窑是"汝哥官定"。因为明代藏家所论"柴汝哥官"中的柴窑已是渺不可寻,于是将定窑递补其中。一来因为宣和年间定窑曾烧造御供之器,胎薄釉润,质色如玉;二来定窑工艺精巧、款式新奇,更符合清代审美。高士奇细品闲题的名窑瓷器,应该是在清宫之内的明代旧藏。这些被称为"搏泥雅玩"的瓷器,出黄土,逐清风,小巧雅致,不知在宫中历经几度花晨月夜,也不知在镜前陪伴过几位新妆残颜。想到这里,高士奇拿起一个大明成化年制的鸡缸杯把玩,算算距今已是两百年。如今人们爱它斗彩绚烂如鲜花点染,常常用作酒杯。谁知道这是当年深宫之中涂脂傅粉的佳器,细裹于纨素之中,珍藏于小匣之内。民间能够拥有此物的,必是年少多金的美人,多次苦苦央求才能得到。入手后小心装入香奁,倚窗吟诵清丽之句。"姹女"指妙龄美人,"泥"此处为软缠痴求之意。"奁"音"连",

梳妆用的镜匣。

或许有人认为鸡缸杯有些俗气,但名气大了,仿品多了确是难以免俗的。从高士奇的诗词中看,它原本没有半点酒气和俗气。另从绘画的角度看,成化年间的作品鸡群其乐融融,花草山石相映,体现出雅致的生活气息,笔触率真可爱。在明宫中满目色调统一、纹饰规矩的青花瓷器之间,尤为活泼雅致。也许正是因为高士奇的推荐,康熙皇帝才下令仿制鸡缸杯。只不过清代仿品的笔墨较为呆板程式,用色也偏浓郁。等到乾隆时期大力仿制时更是"一鸡不如一鸡"了。

七律·题寿山石

〔清〕黄任

俪白妃青又比红,洞天生长小玲珑。

怡情到老同燕玉,好色于君似国风。

神骨每凝秋涧水,精华多射暮山虹。

爱他冰雪聪明极,何止灵犀一点通。

【品注】黄任(1683—1768),字莘田,永福(今福建永泰县)人。因有藏砚之癖好,专筑"十砚轩",自号十砚老人。黄任早年已有诗名,其《杨花诗》曰:"行人莫折青青柳,看取杨花可暂停。到底不知离别苦,后身还去作浮萍。"时人称之为"黄杨花",此诗尤为袁枚所称羡,认为是性灵心境使然,绝非苦吟炼句者可得。除了爱砚刻砚之外,黄莘田也爱福建老家的印石,他有一枚"端溪长吏"的小印就是寿山石所制。黄任身故后,他所藏所刻砚石印章流散,为文人所珍视。乾隆皇帝也以能够搜罗到"十砚轩"

的旧砚闲章为荣，可见其风雅名重。

　　寿山石产于福州，为四大印章石之首，在宋代就有开采。到了明代成为文人雅士热衷收藏的治印良材，清代由于乾隆皇帝的推崇，取其好意头"福（州）寿（山）田（黄）"，寿山石中的极品田黄石被视为石中之皇，芙蓉石则被奉为石中之后。虽然寿山石有一百多个品种，但大多质地细腻软硬适中，指甲划不动，孱弱的文人却能奏刀爽利，治印题款。其中坚脆、温润和通透者兼而有之，青、红、黄、白、紫五色齐备，也有俏色参差的，被黄任形容为出自仙家洞府玲珑多姿的绝代佳人。"燕玉"指燕地美人，出自杜甫《独坐》诗。《国风》为诗经的篇章，其中多有歌咏爱情之作。收藏一枚寿山石可谓是得一佳人相伴，怡情到老，不弃不离。正如《国风》中的好色诗篇，思也无邪，行也无碍。"神骨每凝秋涧水，精华多射暮山虹"一联极言寿山石之神采风韵，妙句天成。最后两句将前人诗句巧妙化用，不露痕迹。杜甫《送樊二十三侍御赴汉中判官》中有句"冰雪净聪明，雷霆走精锐"，本是形容男子气质，此处被黄任借拟寿山石冰清玉洁的人格。他借用李商隐"心有灵犀一点通"之句也是如此，道尽其可人之妙。寿山石之所以博得文人美誉，因其"似玉非玉而胜于玉，无情有情乃最关情"。遍览历代寿山石诗赞，十砚老人此篇或可暂列第一。

七言古诗·铜雀瓦砚歌

〔清〕纪昀

铜雀台址颓无遗，何乃剩瓦多如斯。
文人例有嗜奇癖，心知其妄姑自欺。
齐征鲁鼎甘受赝，宋珍燕石恒遭嗤。

西邻迂叟旧蓄此，宝如商鬲周尊彝。
饥来持以易斗粟，强置之去不得辞。
背文凸起建安字。额镌坡谷诸铭词。
平生雅不信古物，时或启椟先颦眉。
他时偶尔取一试，觉与笔墨颇相宜。
惜其本质原不恶，俗工强使生疮痍。
急呼奴子具砺石，阶前交手相磨治。
莹然顿见真面目，对之方觉心神怡。
友朋骤见骇且笑，谓如方竹加圆规。
三国距今二千载，胡桃油事谁见之？
况为陶家日作伪，实非出自漳河湄。
诸公莫笑杀风景，太学石鼓吾犹疑。
嘻！太学石鼓吾犹疑。

【品注】 纪昀（1724—1805），字晓岚，别字春帆，号石云，道号观弈道人、孤石老人，河间府献县（今河北省献县）人，清代文人显宦以籍贯相称，故称"纪河间"。世人皆知纪大学士三大爱好：抽烟、藏砚、善诙谐。他的书房号"九十九砚斋"，砚拓和铭文著录于《阅微草堂砚谱》。其实纪晓岚所藏良砚不下一百余方，涵盖端歙洮澄，包罗宋元明清，但以九十九言数目之无穷而已。藏砚是纪昀的雅癖，考据专精而富有文趣，持论理性而不痴不妄。他的收藏理念和收藏故事堪称雅道收藏的典范，值得后人揣摩玩味。

官渡之战后，曹操在邺都（今属河北邯郸临漳）修建了铜雀台，一时文士歌咏不绝。魏铜雀台与汉未央宫的残砖古瓦成为后世文人追逐的雅物。因其存世稀少，从宋代开始就有人伪制，元、明之际铜雀台陆续被洪水冲毁,到了清代,市面上的铜雀台瓦十无一真。对此纪晓岚笑称皆因文人有猎奇之癖,所以世间有如此多的"古物"。"齐钲"即齐钲,钲为古代军乐器,也就是成语"鸣金收兵"中的"金"。"齐钲鲁鼎"代指春秋战国的古铜器。另据《太平御览》记载,宋国有一愚人在齐国梧台旁拾得一块燕石,珍视宝玩。经不住来自周室客人的多次请求,宋人庄重地沐浴焚香斋戒后捧出鉴赏。周人见了忍俊不禁,笑说这是燕石,价值与瓦砾相同。宋人不以为然,愈加珍藏。这就是"宋珍燕石恒遭嗤"典故。纪晓岚借此嘲讽世俗文士的收藏观,价值高、名头大的古铜器即便是假的也乐于收购,反过来却讥笑那些收藏真品不重名利的人,根本不知道所谓"千金难买心头好"的道理。接下来他说了一个善编故事的掮客向他兜售"铜雀瓦砚"的经历:一位老者拿着这枚瓦砚登门,说是世家旧藏,平日当作商周礼器一般珍视。如今家道中落腹中饥饿,愿以此宝换小米一斗,请纪大学士不要推辞,务必成全。此人还说瓦砚背后有建安年款的阳文,砚额上有苏东坡、黄庭坚的题刻,确真无疑。纪晓岚并不迷信所谓的"古物",但也只好收下,打开砚匣不禁皱眉。虽然是后人伪作,但磨墨试笔后觉得瓦砚的质地还过得去,只是俗工弄巧刻上如疮痍般的伪文。他连忙让仆人将其磨去清洗,露出瓦砚本来面目,大快人心。朋友们听说纪昀的行为大惊失色,打趣说他是将方竹磨圆的俗人。对此纪晓岚又开启了戏谑模式:三国距今两千年,谁来解释一下为什么包浆像胡桃油涂成似的?瓦的质地确实不是铜雀台的,只是近来陶工作伪售奸而已。嘻嘻,不要说铜雀台瓦了,我连太学的石鼓都怀疑其真伪呢!话说回头,当时置于太学前的石鼓确实是乾隆命人仿刻的,而真品藏于大内。纪大学士还真是不改诙谐本性，满嘴大实话。

　　不过纪晓岚玩收藏有一个优点，以他的专精和学识却从不妄评别人的藏品。过眼无数"秦砖汉瓦"他只是微笑而不语，偶尔仰天长叹的时候总算是千年际会。关于纪晓岚的收藏趣事三天三夜也说不完，其中最值得称道的便是他与刘罗锅的"石头友情"。两人年纪相近，志趣相投，同样不屑与和珅为伍，也同样对砚情有独钟。两位先生时常辩论真伪，互相馈赠。有时见到自己心仪的砚台直接抢走，对方也无可奈何。如刘墉的"甘林瓦当砚"和纪昀的"眉寿宋砚"都是在这种情况下易主的。这些雅趣怡情都记录在《阅微草堂砚谱》中，不足为外人道也。另外，这首长诗被纪晓岚请人铭刻在"铜雀台瓦砚"之上，此砚现藏于河北博物院，有意有缘之人可前往一观。

七律·题程木庵所藏彝器拓本
〔清〕何绍基

羊戈辛爵虢周钟，让老图形注考工。
家学未荒蝉藻碧，古光先证雁镫红。
珊瑚错落交柯树，竹屋辉煌贯月虹。
却笑木庵心似木，闲中雕尽古来虫。

　　【品注】晚清藏书家甚夥，以何绍基藏书的珍稀程度自然排不上号，但他继承父亲的古籍万余卷，悉心收集，藏书一度达到十万余卷，其中不乏孤本碑帖。更难得的是他"藏以致用"，潜心摹写，从中体会金石味道，化为己用，这是同时代许多"图书管理者"所不及的。题跋中的程木庵，新安（今浙江淳安）人，在

翰林院担任下级从事，世代为制墨名家，刘墉、阮元等名臣大员均有赞许之词。另外程家酷爱古铜，世代收藏的青铜彝器不下千件，大部分精品由六舟和尚花费四年时间制成全形拓本（全方位立体拓印），东洲居士于此诗中歌咏的就是一幅精雅绝伦的六舟拓本。何绍基本人与六舟和尚也有很深的交情，道光三十年（1850）他路过杭州时盘桓灵隐寺两个月，每天从早到晚与六舟和尚谈论艺文翰墨，乐此不疲。

　　有些学者诟病何绍基这类金石考据的诗歌缺乏美感和情趣，堆砌僻词，味同嚼蜡，乏善可陈，这恰恰是不了解诗歌背景故事，也不了解金石之趣的缘故。此诗前两句交代了这件拓片中的青铜器共三件，带有铭文的羊戈首、辛爵和虢钟。其中羊、辛是商周时的贵族，虢是周代诸侯国，三者的古源都来自姬姓。"让老图形"的说法新奇，选让古老的铜器拓图描形，拓片的下方有详尽的考注。"蟫"音"银"，俗称蠹鱼、书虫。所谓"蟫藻碧"是形容程氏家学传承有绪，精于考据。"古光先证雁镫红"则是称赞传拓者六舟和尚以"剔灯图"成名，图中六舟和尚将自己缩小画在战汉时期青铜雁足灯的拓片上，一边审视铜灯，一边剔除有害的锈斑，使其重焕古光。"雁镫"即雁足灯。六舟和尚的全形拓不仅仅是将铜器全方位拓出，有时还与插花艺术相结合，在传拓的铜器中画上奇珍花卉及柯枝枯木，错落生姿，故有"珊瑚错落交柯树"之词。与之对仗的"竹屋辉煌贯月虹"则是说,拓片画轴令竹屋蓬荜生辉，如月如虹。结句笔锋一转，调侃程木庵的心像木头，生动有趣地比喻程木庵木讷地埋头钻研古铜器的源流制式；其实这榆木疙瘩之中有一只上古之虫，将木心啮雕得千洞百孔，通透无比。字面上的戏谑之词充满了对程木庵专精于收藏的赞叹之情。

　　玩收藏不一定要会吟诗，但诗词无疑是最能够表达鉴藏者见地与学养的。这些不足为外人道的情感还有捡漏儿时的欢喜、打眼后的苦笑、了悟中的通透，以及考据切磋过程的甘苦自知，都是值得吟诵成篇、自省省人的题材。即便不会作诗填词，吟诵前人的咏物辞章也可以让一个收藏者真正地雅致起来。另外，如以上 24 首诗词中反映的那样，通过比较阅读前人的诗词，可以提取出大量翔实的收藏信息，作为考证的旁据。在雅道收藏的"藏、鉴、赏、传"中，诗词都不应缺席。

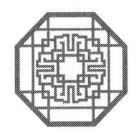

第九章　诗词歌赋

《诗大序》曰："诗者，志之所之也，在心为志，发言为诗。情动于中而形于言，言之不足故嗟叹之，嗟叹之不足故永歌之，永歌之不足，不知手之舞之足之蹈之也。"由此可见，古人创造诗歌的目的是为了"言心志""抒性情"。所谓雅道诗词也就是表达和抒发"雅志"与"雅情"的诗歌，特别是包含有雅道八项内容的诗词。唐代皎然《诗议》云："夫诗工创心，以情为地，以兴为经。"所以雅道诗词就是以"雅情"为皮毛骨肉、以"雅志"为气血脉络的大雅之心。再具体一点，"志"往大了说是志向，往小了说是志气，"志"有大小雅俗之分，却没有是非对错之别。"情"则包含了情境、情韵和情趣三个方面。

所谓的高雅志向有许多，其中既有感应天地的哲思和体察人伦的道德，也有逍遥山水的故梦和建功立业的豪迈，还有安贫乐道的静默和忧国悯民的抗辩。如前文所说，"雅"的概念并非一成不变的，每个时代每个群体都有自认为"雅"的内容与形式。如果拂去雅道之上的千年尘埃，我们可以发现兼具历史现实、主观客观意义上的"雅"通常是那些回归自然本性、观照内心世界的东西，是东方审美的终极内涵。从"雅志"上看，其中不乏澄心放怀、论道谈禅、讽古喻今、自省劝世的内容。从"雅情"上说，无外乎群则众乐，独则清修；纵情于山水田园、文艺雅玩之乐而超然物外，游戏于三教九流、诗书典籍之间而不离般若。故而诗词之雅正如泥塘中的一瓣出水芙蓉，无论是青莲还是白荷都是能够涤荡人心耳目的。在以下的诗篇里，我们试着来解读诗词中的"雅"是如何影响和成就个人志向和生活情趣的。

国风·晨风

〔先秦〕诗经

鴥彼晨风，郁彼北林。
未见君子，忧心钦钦。
如何如何，忘我实多！
山有苞栎，隰有六驳。
未见君子，忧心靡乐。
如何如何，忘我实多！
山有苞棣，隰有树檖。
未见君子，忧心如醉。
如何如何，忘我实多！

【品注】《晨风》出自诗经中的《秦风》，以典型的"兴"咏物起句，再以重章叠句的形式反复吟咏忧心和被人忘记的情绪。三千年后的人读来，即便有些词句的含义不甚了了，但依然可以感念那种

忧心忡忡。如果想进一步了解诗作内涵和隐喻，便需要了解一下此诗中"兴"的内容。如今人们常将"比兴"连用为诗的修辞手法，但二者之间还是有区别的。"比"是将景、物、人、事做显性比拟，直接将读者带入设定的场景。"兴"则是隐性的、含蓄的象征，通常需要经过读者的思考或感同身受才能引起共鸣，故而对"兴"的解读可能因人因时因地而异。对于一般读者而言，会因其费解而不求甚解，但这耐人寻味的地方通常正是古诗的雅志所在，了解之后会有"柳暗花明又一村"的感觉。

"晨风"是一种鹯鹰的雅名，巢于山林，清晨之时盘旋高空，捕食野兔鼠雀之类。"鴥"音"玉"，疾飞的样子，此处应指"晨风"捕食的飞行状态。我们可以想象一下晨光中苍鹰盘旋于苍郁的山林之上俯冲捕猎的场景，转念想想这如何"兴"起不见君子令人怀忧叹息的情感。下一段中"苞栎"指丛生的栎木，木材可做房屋栋梁，如今装修流行的白橡、红橡就是栎木之属。果实橡子是古代先民充饥的食物。"六驳"是梓榆的一种，树皮青白斑驳，故名。木材可用于制作器具。"隰"音"溪"，意为低洼湿地。我们可以想象一下，山岗上是一片栎木林，可伐为屋，采果而食；沼泽处有一片梓榆也已成材。再转念想想这如何"兴"起不见君子令人愁眉不展的情感。第三段"棣"即"棠棣"，音"堂弟"，一般认为就是郁李，一种樱属观花灌木。棠棣本身也有兄弟情深的寓意。"檖"音"遂"，山梨的一种。我们可以想象一下，山上郁李吐信，湿地旁山梨绽蕊，正是携伴游览之时。又转念想想这如何"兴"起不见君子如饮闷酒宿醉的情感。在一叹三叠之中，忧伤层层递进，诗歌所言的志向和情感达到高潮。诗中的雅志一般理解为贤臣见弃于君和妻子见弃于夫两种，如果我们细细体味苍鹰疾飞捕猎、栋梁器具之材和手足情深之木的隐喻,不难领悟哪一个更合乎作者的本意。另外,"北林"一词后世被曹植、阮籍等人使用时,都隐喻为君子之地并感叹贤士见弃,或可参考。

劝谏君主尚贤用能是文人士大夫普遍的志向,晓之以理恐怕耳朵早已起茧,不如动之以情。这种忧而不怨的情感是一种风雅,后来屈大夫说"唯草木之零落兮,恐美人之迟暮",似乎来得更文雅一些。就现实而言,无论君臣、父子、夫妻种种关系"见弃"之时,愤愤不平地说些狠话,远远比不上淡淡的忧伤能够令旁人追悔反思,也就更谈不上文雅了。

楚辞·九章之怀沙

〔先秦〕屈原

滔滔孟夏兮,草木莽莽。
伤怀永哀兮,汩徂南土。
眴兮杳杳,孔静幽默。
郁结纡轸兮,离愍而长鞠。
抚情效志兮,冤屈而自抑。
刓方以为圜兮,常度未替。
易初本迪兮,君子所鄙。
章画志墨兮,前图未改。
内厚质正兮,大人所盛。
巧倕不斵兮,孰察其拨正?
玄文处幽兮,蒙瞍谓之不章。
离娄微睇兮,瞽以为无明。
变白以为黑兮,倒上以为下。

凤皇在笯兮，鸡鹜翔舞。
同糅玉石兮，一概而相量。
夫惟党人之鄙固兮，羌不知余之所臧？
任重载盛兮，陷滞而不济。
怀瑾握瑜兮，穷不知所示。
邑犬之群吠兮，吠所怪也。
非俊疑杰兮，固庸态也。
文质疏内兮，众不知余之异采。
材朴委积兮，莫知余之所有。
重仁袭义兮，谨厚以为丰。
重华不可遻兮，孰知余之从容？
古固有不并兮，岂知其何故也？
汤禹久远兮，邈而不可慕。
惩违改忿兮，抑心而自强。
离愍而不迁兮，愿志之有像。
进路北次兮，日昧昧其将暮。
舒忧娱哀兮，限之以大故。
乱曰：浩浩沅湘，分流汩兮。
修路幽蔽，道远忽兮。
曾吟恒悲兮，永慨叹兮。
世既莫吾知兮，人心不可谓兮。
怀质抱青，独无匹兮。
伯乐既没，骥焉程兮。
民生禀命，各有所错兮。
定心广志，余何畏惧兮！

曾伤爰哀，永叹喟兮。

世溷浊莫吾知，人心不可谓兮。

知死不可让，愿勿爱兮。

明告君子，吾将以为类兮。

【品注】屈原（前340—前278），出生于楚国丹阳秭归（今湖北宜昌）。他的《九章》向来不如《离骚》那么引人关注，其中的《怀沙》更是少人问津。大概因为《怀沙》是绝命之词，所言死志是中国人所避讳的。孔子云："未知生，焉知死"，但在探讨生命的终极意义之时却是"不知死，焉知生"。试问谁是中国古代死得最风雅的人？大概非屈原莫属。所以不妨来读一读这位大雅君子临死前的情志。

开篇以初夏滔滔和暖的风气与莽莽无边的草木起兴，反衬诗人怀着心死之哀、顺水南行的状貌。"汩徂"音"玉殂"，通常释为如流水疾行，但此处屈原的心境更似暗流汩汩的平缓江面。"眴"音义同"瞬"，晃眼一瞬，满目昏远幽静，对应着诗人郁结困顿之心，纡尊降贵的士大夫如今像一个流浪汉，备受非议和讥谤而无人哀怜。此段诗句中，"纡轸"音"迂枕"，"纡"盘结之意，"轸"代指车。"离慜"，遭遇忧患，此处为无人怜悯之意。"鞠"，困顿貌。对此，纵然以歌咏抒情效志，冤屈只能稍稍释怀。接下来屈原用君子所鄙视的行为和大人所盛赞的志向，表明自己的心性。世人因功利"易初本迪"，君子却不忘初心，"前图未改"；世人不解大匠不斫，以曲为正，君子却"内厚质正""常度未替"。纯粹说理可能有些枯燥，接下来屈大夫讲起类似庄周寓言的故事：这好比五彩纹章在幽暗处，青光弱视的"蒙叟"称其不够明艳；视力极佳的离娄微微闭眼，

患有眼疾的"瞽伯"以为他比自己更看不清。此段诗句中,"倕"音"垂",尧帝时巧匠之名。"瞽"音"鼓",盲人。世间之事总是"变白以为黑,倒上以为下",将凤凰关在竹笼中,命鸡鸭振翅高飞;把美玉顽石混为一堆,等价齐观。此段诗句中,"笯"音"奴",竹笼。"鹜"音"务",野鸭。屈原身故之后,斗转星移,朝代更迭,这样的颠倒众生相却没有什么改变,也无人能解。其实佛家早已给出了终极答案"四颠倒",即以"无我"为"有我",以"无常"为"有常",以"苦"为"乐",以"垢"为"净"。屈大夫固然不知,如果知道恐怕就不会自沉了。接着他用"羌不知""穷不知""众不知""莫知""孰知"五个"不知"讽刺了党人之弊难改,表达了君子"怀瑾握瑜""文质疏内""材朴委积""重仁袭义"的节操气质同样不会更改的决心。言之至此,屈原对个人际遇的感伤和将死的哀叹已渐渐平息,也不再悲愤和犹豫。"舒忧娱哀兮,限之以大故","大故"即死亡。因为他将追随圣人重华(舜帝)、汤禹(大禹)的脚步,为情操气节而死。对于"怀沙"的解释,向来有"抱石沉江"和"怀念长沙"的说法,但似乎都不够准确,屈原作《怀沙》在孟夏四月,五月初五才抱石沉江。"怀念长沙"之意则过于狭隘,非屈大夫之志。"怀"虽为怀念、依归的意思,但"沙"应指水中时隐时现、孤立中流的沙洲,意喻诗人的独立孤洁。

　　屈原此时走到了汨罗江南岸,暮色昏沉。一边走一边唱着,最后的"乱曰"通常是一篇诗歌的尾声,此处正是屈原悲吟的高潮。他知道人终有一死,节操比生命更重要,如今可以告慰先贤古圣,我以你们为楷模,此生无悔,死而无憾!此段诗句中,"青"同"情"。"错"同"措"。"爰"音"援","爰哀"为绵绵不绝之哀。"溷浊"通"混浊"。屈原的歌声渐渐淹没在波涛之中,他的死让一些人思考何谓之生，而许多人只是仰慕他的雅志，并不愿追随他的形式。更多的人还笑他傻，包括那个江边的渔父，正是"人心不可谓兮"。不知道中国历史上有多少人在死志或守节时吟诵过"怀沙"的辞章，但他们心中必定喊出过"明告君子，吾将以为类兮"这样的决绝。

五言古诗·拟古其一

〔魏晋〕陶渊明

荣荣窗下兰，密密堂前柳。
初与君别时，不谓行当久。
出门万里客，中道逢嘉友。
未言心相醉，不在接杯酒。
兰枯柳亦衰，遂令此言负。
多谢诸少年，相知不中厚。
意气倾人命，离隔复何有？

【品注】金代元好问在《论诗》中评价陶渊明"一语天然万古新，豪华落尽见真淳"，确是一语中的。因其崇尚自然而出语天然，因其甘于恬淡而豪华尽落，就连他的拟古诗也不例外，名曰"拟古"却是装在旧瓶里的新酿。

兰蕙必言"幽幽"、杨柳则称"依依"的是泥古不化之人。陶渊明笔下的比兴之物不但从山中移种窗下、河边转栽堂前，也是荣荣密密的不再弱不禁风。实际情况是"初与君别时，不谓行当久"，所以比兴的对象也就没有多少深刻的感伤，而是体现出友情的青葱岁月。后来各自分别相隔万里，没想到今日途中相见，那

还等什么呢？上酒吧。白居易曾戏称陶渊明"篇篇劝我饮，此外无所云"，但这篇恰恰是说不要劝酒的。故人相见通常是打开话匣子，然后一杯接一杯地喝。陶公却说"未言心相醉，不在接杯酒"，以此言婉拒劝酒之人，倒是颇为雅致的。"兰枯柳衰"意喻往日少年都已白头，年老气衰，但这些"嘉友"的友情如当年一样浓厚，浓厚得竟像是"损友"，"遂令此言负"。其后四句全是调侃的意味，"多谢"就是今天说的多谢，而非劝诫的意思。多谢诸位少年时的老友，还记得我以前很能喝，这样不厚道地凭意气劝酒是会闹出人命的啊，除了阴阳相隔还能有什么呢？后人总爱从陶诗中搜寻一些蛛丝马迹，附会这位伟大诗人是在劝喻忠厚守诺。但从古拙而新趣的语句中，浮现出的就是一位爱喝酒但又不落俗套的老头，这个有趣的老头此时年近六旬，已经快喝不动了。

  东坡先生晚年最爱陶渊明，甚至依原韵和诗："客居远林薄，依墙种杨柳。归期未可必，成阴定非久。邑中有佳士，忠信可与友。相逢话禅寂，落日共杯酒。艰难本何求，缓急肯相负。故人在万里，不复为薄厚。米尽鬻衣裳，时劳问有无。"相比陶渊明的"损友"，坡翁的友人喝酒就忠厚得多了，谈禅谈到日落，才一起喝上一杯解渴而已。陶渊明之所以可爱，除了他的情操，还有他的情趣。作诗礼赞陶渊明的大多是爱他的情操，但相隔千古与之唱和的，多半是爱他的情趣。唱和陶诗的人可以开出一个长长的名单，上面有同时代的鲍照、唐代的白居易、唐彦谦等人，宋代的梅尧臣、苏轼、苏辙、晁补之、张耒、陈与义、刘勰、陈造、赵蕃、方回诸君，明代有戴良、归世昌、祝允明、楚石梵琦之辈，还有许多人不能一一列出。

五言古诗·斋中读书诗

〔南北朝〕谢灵运

昔余游京华,未尝废丘壑。
矧乃归山川,心迹双寂寞。
虚馆绝诤讼,空庭来鸟雀。
卧疾丰暇豫,翰墨时间作。
怀抱观古今,寝食展戏谑。
既笑沮溺苦,又哂子云阁。
执戟亦以疲,耕稼岂云乐。
万事难并欢,达生幸可托。

【品注】谢灵运(385—433),原名公义,字灵运,以字行于世。祖籍陈郡阳夏县(今河南太康)人,生于会稽郡始宁县(今浙江上虞)。祖父为东晋名臣谢玄,晋安帝时谢灵运世袭为康乐公,刘宋代晋后降为康乐侯。在权势纷争的乱世,谢灵运效仿竹林七贤的雅志,怪诞不羁、蔑视礼法,以放任逍遥为务,以山水诗书为乐,最终以荒诞的"谋逆"之事被杀。

谢灵运的时代是山水诗肇兴的时代,与其他文人不同,他对山水的爱好是深入骨髓的。即便是在锦绣繁华的京城,轻裘肥马的少年时代,他也未尝忘却过丘壑之乐,以至于专门发明了一种便捷的登山鞋,后人称"谢公屐"。"矧"音"审",况且之意。何况是如今归隐山水之间,更是心灵与行迹都进入了空寂的状态,远离繁华。"心迹双寂寞"一句不事雕琢却值得玩味。清虚的馆舍中没有世俗纷争,空旷的庭院中时有鸟雀往来。卧病在床幸得时间充裕,书写翰墨不觉光阴流逝。读书可以澄怀散抱聊观古今,

读书可以废寝忘食偶发诙谐。调侃沮溺隐居的苦行，戏说子云亭阁的简陋。持戟侍立固然是令人疲倦之事，躬耕田野也非赏心之趣。万事都比不上读书之乐，能够将此身心托付诗书的正是"达生"之人啊。《庄子·达生》阐述了参透人生的无为达观境界。谢康乐在诗中提出寄情山水最终是寄情诗书的理念，并将读书之乐提升到"万事难并欢"的高度，后世衍生出了"万般皆下品，唯有读书高"的观点，却渐渐演变为谋取功名利禄的套路。不过，谢灵运在诗中对沮溺和子云的调侃令人难以苟同，"沮溺"是与孔子同时代的隐士长沮、桀溺的并称。二人避世水边，以渔樵耕读为乐。"子云"是汉辞赋家扬雄的表字，扬家世代以耕种养蚕为业。他们都是出身清苦的文人，不像谢灵运含玉弄璋而生，自幼浸淫于雅人、雅物之间，但这丝毫不影响他们在大雅之道上茕茕前行。借用刘禹锡的话说，何陋之有？何苦之有？

　　后人常将这位田园山水诗的鼻祖与同时代的陶渊明比较，以"池塘生春草，园柳变鸣禽"比之"采菊东篱下，悠然见南山"，认为陶诗自然天成而谢诗精于炼句，故陶胜于谢。例如南宋诗论家刘克庄说，"康乐一字百炼，乃出冶。"其实不尽然。谢灵运也有不事雕琢而意境优雅的诗，如："可怜谁家妇？缘流洗素足。明月在云间，迢迢不可得。"问题的关键在于，如果纯粹谈论诗的艺术，谢氏的技巧以及情趣、韵味和意境均不在陶潜之下，他甚至是当年风雅时尚的引领者。然而陶渊明能够放下谢灵运所执着的东西，情操上便高了一头。换句话说，文人墨客可效仿追随康乐公有钱有闲的雅，却只能仰望陶靖节抛弃彻底的俗。

五言排律 · 休沐寄怀

〔南北朝〕沈约

虽云万重岭，所玩终一丘。
阶墀幸自足，安事远遨游。
临池清溽暑，开幌望高秋。
园禽与时变，兰根应节抽。
凭轩搴木末，垂堂对水周。
紫箨开绿筱，白鸟映青畴。
艾叶弥南浦，荷花绕北楼。
送日隐层阁，引月入轻帱。
爨熟寒蔬剪，宾来春蚁浮。
来往既云倦，光景为谁留。

【品注】沈约（441—513），字休文，吴兴郡武康县（今浙江德清县）人，南北朝文学家，萧梁开国功臣。沈约致力于诗歌的格律规范，提出"四声八病"的创作理念。在南朝萧齐永明年间，沈约与谢朓、王融、萧衍、萧琛、范云、任昉、陆倕等人时常在竟陵王府邸雅聚，探讨切磋诗歌创作的格律和意境，后人称之为"竟陵八友"。这个文人群体大概是中国历史上最早和最有成就的诗社了，这并非因为其中出了一位皇帝和数位重臣，而是因为他们创造了"永明体"，并不断实践和改进，为隋唐"近体诗"的格律和艺术方向奠定了基础。

不同于前朝的山水诗人谢灵运酷爱四处游览，沈约喜欢宅在斋中。诗题中的"休沐"指官员的日常休假，相当于说沈约的周末假期通常在家中度过的。"虽云万重岭，所玩终一丘"，这样的理念除了性格使然，其思想大概源于庄子的"鹪鹩巢于林，不过一枝"。若是带着自足自乐的逍遥，眼中处处皆是风景。"墀"音"迟"，意为台阶上的平台。闲来无事信步庭院，上下台阶就已经很好了，哪里还用到远方遨游。"溽"音"入"，湿热。"幌"，门窗的帘幔。"园禽与时变"是化用谢灵运的句子，与下句"兰根应节抽"一起道尽四时花鸟流转变化之妙。"搴"音"牵"，采摘。"木末"指树梢或花枝。"垂堂对水周"转写屈原之句"水周兮堂下"，属意高古。"紫箨开绿筱，白鸟映青畴"，此句意境微妙。"箨"音"拓"，本义为包裹竹节的硬壳，此处指老竹节。"筱"音"小"，嫩竹。嫩绿的竹枝从苍紫的节箨上抽出，终将虚心有节；白鸟从青翠的田野上飞过，除了身影什么都没留下。苑中更有艾叶满浦，荷花绕楼，登临楼阁，送日引月，如对尊客。嘉宾即来，剪蔬做野羹，开坛尝春酿，"爨"音"窜"，意为炉灶。"来往既云倦，光景为谁留。"人生皆过客如云卷云舒，这美妙的光景何曾为谁停留？无论是作诗还是读诗都要一颗发现雅、创造雅和分享雅的心。美妙的光景确实不曾为谁停留，但这唯美的意境却凝固在了沈约的笔端。

五言古诗·游东田

〔南北朝〕谢朓

戚戚苦无惊，携手共行乐。

寻云陟累榭，随山望菌阁。

远树暖阡阡，生烟纷漠漠。

鱼戏新荷动，鸟散余花落。

不对芳春酒，还望青山郭。

【品注】比之"大谢",八十年之后"小谢"的清发之句已经初备后世流行的律诗体裁。如果我们将这首诗中间一联去掉,混入唐诗之中,恐怕不易分辨。拥有李白、白居易、杜牧、陆龟蒙、黄庭坚、晏几道等诸多诗迷的谢玄晖,在诗歌上的贡献绝非"永明体"的奠基人这么简单。

今人读这样的诗似乎不觉得有什么特别新颖之处,但放在南北朝时代来看却是新意迭出。诗歌"起承转合"的结构紧凑,顺理成章。开篇一改汉魏古诗比兴的起势,直抒"游东田"的由头,人生苦短当携手共乐。中间三联对仗严谨,景物绮丽,读之如游画卷。末句有点睛之雅,大凡文士雅集于山水之间多以酒事收场,但谢朓无志于此。他放下酒杯,独立栏杆,眺望山外青山。不知他望见了什么、思考些什么,是忧愁还是淡然,却于无语之处,自得风流。在下读到此句必然放下手中事物,凭栏远眺一番。诗者要发志言情,但志不可强发,情不可尽言,要留余韵,方称妙雅。例如他的《和宋记室省中诗》"落日飞鸟还,忧来不可极。竹树澄远阴,云霞成异色"。见落日飞鸟而生忧,此忧不可探究,不可明言,只可比喻为竹树远阴、云霞异色。所谓"异色"也不坐实具体颜色,引人遐想。比之另一首《晚登三山还望京邑》"余霞散成绮,澄江静如练。喧鸟覆春洲,杂英满芳甸",虽为千古传诵的名句,但情境一目了然,少了反复玩味的余韵。

回过头再读读这首诗的场景,"东田"是南朝萧齐文惠太子依山所建的宫苑,精巧的亭台楼阁融入自然山水田园之中,绮丽雅致的程度超过了皇宫,当时的文人雅士都以到东田游玩为胜事。"戚戚苦无悰"是世态常情,却也是谢朓当时担任微职、抱负难展的心情。"悰"音"从",此处做欢愉解。一入东田,戚戚苦情便抛

诸脑后了。遥望云烟缭绕的花榭菌阁，走近后云烟更在高处，所以一路寻寻停停。"菌阁"的修辞新颖而形象。登临之后的视角为之一变。"远树暖阡阡"的用语也是谢朓的创新。纵者为阡，横者为陌，晨光暖照，远树之影阡阡成列，与之对应的"生烟纷漠漠"，一静一动，一实一虚。词句虽有雕琢之工，尽得造化之妙。入得庭院之后的景象又为之一变，"鱼戏新荷动，鸟散余花落"，极言活色生香而悠闲恬淡。如果没有最后两句的升华，终还是流于形式主义的风雅，博雅君子不可不察。

五绝·于长安归还扬州九月九日行薇山亭赋韵

〔南北朝〕江总

心逐南云逝，形随北雁来。

故乡篱下菊，今日几花开。

【品注】江总（519—594），字总持，济阳考城（今河南商丘民权县）人，南北朝文学家，历仕梁朝、陈朝及隋朝。一生深受萧梁时代佛教思想影响，从他的名字就能看出来。"总持"是梵语"陀罗尼"的意译，本义为总摄一切善、除一切恶，后指佛教经咒。陈朝灭亡时他与陈后主一起被迁至长安，受到隋文帝礼遇，后以老病放还江都，途中适逢重阳，登薇山亭作诗。

江总在律诗和绝句的体裁上开唐诗先声，大概因"成王败寇"的观念通常被忽略。他创作的近体绝句涵盖了后来唐诗绝句的所有格式，相当于截取律诗中四句排列组合，有的首联散咏、尾联对仗；有的首联对仗、尾联散咏；有的两联皆作对仗；有的四句全为散咏。除了句式之外，江总也引领了唐代含蓄典雅的诗风，从王勃《羁春》的"客心千里倦"乃至王维《杂诗三首》的"君自故乡来",其中都隐约传来这首诗悠扬的和声。本来久别重回故乡之人应该是带着憧憬和喜悦之情,但遥望"南云"和"北雁"的意象似乎有莫名的感伤,一个"逝"字道出了隐情。"故乡篱下菊,今日几花开"似问非问,因为诗人并不需要答案。当年一起赏菊饮酒之人,亡的亡,散的散,只有陈后主还羁留长安。自己孤身回乡,亦觉愧对江东父老,只能借问菊花开几枝来思念故人了。

正如江总《自叙》中追悔的那样,自己身处高位并非刻意谋取,一生虽然行善积福不谋私利,但也没做过什么对江山社稷有益之事。如果无心政事就应该让贤归隐,而非引领君王不合时宜地沉醉于所谓的"雅事",以至辱国蒙羞。

五绝·江亭夜月送别二首(之二)

〔唐〕王勃

乱烟笼碧砌,飞月向南端。
寂寂离亭掩,江山此夜寒。

【品注】唐代的天下就是诗歌的天下,家国兴衰可以写成诗,科举考试可以答成诗,禅理道风可以吟成诗,市井俚俗可以谱成诗,更重要的是唐人真正将日子过成了诗,迎来送往、婚丧嫁娶无不是诗。现存的五万多首唐诗中,单单以送别为题的诗不下五千首。无论是"西出阳关无故人"的劝慰、"烟花三月下扬州"的逍遥,或是"莫愁前路无知己"的宽心、"一片冰心在玉壶"的释怀,还是"春风吹又生"的洒脱、"孤蓬万里征"的豪迈,其中并没有太高深的理念,只有弥足珍贵的真挚情感和包含天地的胸襟。这比

起所谓的艺术造诣,更难得也更高雅。

王勃(约元650—676),字子安,绛州龙门县(今山西河津)人。他与杨炯、卢照邻、骆宾王共称"初唐四杰"。若论初唐的送别诗,要数王勃第二。谁是第一?"文无第一,武无第二",所以他只能排第二了。作诗之时,王勃未及弱冠之年。16岁进士及第的王勃为沛王写了一篇像模像样的檄文来声讨英王的鸡,以助皇子们的斗鸡"雅兴"。文章流传到宫内,唐高宗龙颜不悦,给王勃扣上不务正业、离间皇族的帽子,下令逐出长安。此后的一段时间王勃游历巴山蜀水,由于"海内存知己,天涯若比邻",每到一处不乏迎来送往,他虽然依依不舍,却不栈恋巴蜀的温柔,只因"无论去与住,俱是梦中人"。若不说破谁能想到这些诗句的作者是一位不到20岁的翩翩少年?回头再看看这首诗,作于巴蜀的江亭之上,月夜之中,满目离情,不由涕下。吟至"江山此夜寒"又无端透出一丝暖意,在"乱""飞""寂"的反衬下,原来曾经温暖我的竟不是黄醅绿蚁、红泥火炉,而是友人绵长醇厚、暖心炽热的情谊,故而离别之夜,备感凄凉。

26岁时王勃前往交趾探望父亲,回程浪急落水,命丧南海。同为少年才子,唐伯虎15岁为苏州府乡试第一,也是壮志难酬。后来他曾作《落霞孤鹜图》追念王勃,并题诗云:"画栋珠帘烟水中,落霞孤鹜渺无踪。千年想见王南海,曾借龙王一阵风。"画中半边之势作翠岩含亭,柳烟蔽榭,亭中一士一童遥对江山轻寒,颇得王勃此诗之意。

五律·游长宁公主流杯池二十五首（之二十一）

〔唐〕上官婉儿

策杖临霞岫，危步下霜蹊。

志逐深山静，途随曲涧迷。

渐觉心神逸，俄看云雾低。

莫怪人题树，只为赏幽栖。

【品注】在初唐星光熠熠的文人之间，有一轮皎洁的明月令众人仰望，她就是上官婉儿（664—710）。上官婉儿本是官宦之后，陕州陕县（今河南陕县）人。祖父上官仪因谏高宗废后，反被武后设计以谋反罪处死，尚在襁褓中的上官婉儿与母亲一起被株连充入内廷为婢女。武则天称帝后又重用上官婉儿，封"内舍人"，唐中宗时封其为"昭容"，世称上官昭容。抛开她那些传奇故事和为政得失不论，单单从称量天下雅士、品评海内诗文而论，令当朝文臣叹服，历代女史无出其右。或许有人认为她不过是凭借皇帝宠幸卖弄绮错婉媚的宫词罢了，那么请读一读这首诗。

上官婉儿常常在文酒会中代长宁公主以诗答赠文士，"流杯池"应该就是在山林之间效仿"曲水流觞"的雅会。诗的开篇，策杖登临落霞之岫，危足步下霜滑之蹊，更何况志在深山幽静，不畏曲水迷途，这哪里是宫闱中柔弱女子的情志和形态？唐人打破了"男女不同裳"的伦常，可以想见此时上官婉儿头戴麻青幞头，身着绛紫圆领袍，腰系白玉蹀躞带，足蹬乌皮六合靴，手执竹杖，穿行在山径溪畔的清俊身姿。流连于山水之间便觉神清气爽，抬眼看看云雾低垂顿时诗意涌动，此情此景除却颔下少了几缕美髯，哪里逊于才高八斗的七尺须眉？"莫怪人题树，只为赏幽栖"又道出了一桩唐人雅事。与今时西方的街头涂鸦艺术类似，唐人也可以自由地在酒肆、饭庄、驿馆、寺院的粉墙或看板上题诗，但似乎不允许在树木修竹上刻字，不过上官婉儿网开一面，说"莫怪，莫怪"，只要是值得后人瞻仰的幽思雅情，也是可以接受的。除了题写诗文，历史故事中也有乱写"俺老孙到此一游"或露骨表白"女娲娘娘我爱你"的个例，但无疑都是有伤风雅的，其结局大抵逃不脱镇压山狱或者国破人亡。

又或许有人指摘上官婉儿所品评的文士如宋之问、杜审言皆非唐代上上之选，但任何时代风气都不可能是短期内形成的。上官婉儿建议设立修文馆，扩增学士，并主持品评诗文，遂使吟诗作赋之声不绝于长安，炼句穷词之人流布于天下，诗坛之牡丹绽放于盛唐之际，岂能忘了上官昭容锄苗之功？还是张说的评价妥帖："独使温柔之教，渐于生人，风雅之声，流于来叶。"

诗偈·第二百七十五

〔唐〕寒山

吾心似秋月，碧潭清皎洁。
无物堪比伦，教我如何说。

【品注】寒山，生卒不详，后人考证颇多或在开元至大历之间，未有定论。寒山长期寂寂无名大抵因其常年隐居天台山，不结交权贵、不酬答文人所致，又因其诗文中用语通俗，不合格律，所言多以禅机佛理喻世，乃至俗人不了其义，雅人不爱其辞，故当世之时不得广为流传。近代中国人了解寒山、拾得的文学艺术价值，反而是因日本美国推崇而"回流"。殊不知宋代以降与之唱和的诗僧、文人大有人在，如释师范、释普宁等人的赞偈，黄庭坚自言"前身寒山子，后身黄鲁直"。晁公溯曰"我师寒山子，丰干非同流"。又如王安石录得和寒山诗 36 首，清代学者陈汝楫作效寒山体诗 14 首，朱熹也曾多方寻觅寒山诗的古籍善本，刊刻于世。清雍正时敕封寒山、拾得为"和合二仙"，其形象作为世俗崇拜的仙佛广为流传，诗名反而被渐渐淹没了。

虽然说自性不可说，此处既然拈了这首诗出来，就还是要说道说道。秋高气爽之时，夜月最为澄明，但若指月为心则误矣。寒山子说吾心似秋月而不是秋月，当然也不是碧水之潭。秋夜之月，或有明暗，而自性没有明暗的分别；千尺之潭，深广有尽，而自性没有深浅的极限。所以说"自性"或称为"佛性"，是无与伦比的妙，妙不可言，不可思议。为什么这么说？自性的状态好比是量子力学中的"量子纠缠"，无法用任何一种方法从任何一个角度去观察其真实性。又如同"量子塌陷"的逻辑，一旦你开始去观测它，试图了解它、定义它的时候，它会因此发生改变，不再是观测前的状态。因而以某一种方法和某一种角度观察得到的只能是片面或谬误的自性。诗人只能用秋月碧潭作为一个大概比喻，说完之后立即又说，其实并没有什么能够与之比拟。只因自性或佛性是一切众生本来具足，平等无差的，寒山见到秋月碧潭而证悟的不单是寒山的自性，也是六祖惠能听见人诵《金刚经》"应无所住而生其心"之时所顿悟的自性，也是历代得道高僧禅坐持戒、扫地担水、吃茶插花、焚香抚琴、写经作画、吟诗诵偈之间灵光乍悟的自性。了悟自性与研究量子力学的方法一样，"应无所住而生其心"。

寒山的诗作中有许多隐逸和劝喻的题材，当然也有许多禅诗偈颂。这首禅诗写得并没有多么高明,多么精致,因为洞彻心性的表达无需高明精致的言辞,愈是追求高明精致离题愈远,如"量子纠缠"和"量子塌陷"一般。我们只需静下心来,穿过文字乃至忘掉文字,体悟其中空灵的禅境、悠长的禅韵和动静一如的禅趣,心无所得,亦无所失就好了。

五言古诗·偶然五首(之三)
〔唐〕皎然

隐心不隐迹,却欲住人寰。
欠树移春树,无山看画山。
居喧我未错,真意在其间。

【品注】皎然首先是一位僧人,但他更像是一位隐居寺院的雅士和游戏人间的禅者。如果说晋人以隐居的场所区分"小隐隐于野"和"大隐隐于市"的话,皎然则提出了精神区分法,即"小隐隐迹,大隐隐心",或许有人问隐心又隐迹岂不是更妙?是的,但这样的人世间难觅,或驾鹤西去,或早证涅槃了。如果我们可以从诗中读出"相由心生,境随心转"的境界,就能明白皎然禅师"隐心不隐迹"的清净随性,也就不会怀疑他在文酒诗会上的逍遥自在。"居喧我未错"中的"错"为错杂之意,身在红尘心却不会杂乱。有人用清规戒律提醒他,他说:"乐禅心似荡,吾道不相妨。独悟歌还笑,谁言老更狂。"禅师的可爱之处在于从不掩饰自己的真性情,无论是对颜真卿的惜别之意,还是对灵澈的思念之情。皎然禅师著有《诗式》五卷、《诗议》三卷,与其他人的诗论偏重义理不同,皎然在每一条理论后都附有诗例,方便读者理解和学习。例如《诗议》中引用了一首古诗"明月下山头，天河横戍楼，白云千万里，沧江朝夕流。浦沙望如雪，松风听似秋。不觉烟霞曙，花鸟乱芳洲"。乍读之下确实词句清丽，景色优美，然而满目风景不知作者落脚之处，也不知诗人的风雅何在，正是因为通篇堆砌文辞而缺少了情志立意的缘故，美则美矣，未可称雅。当时在长安学习佛教密宗的空海法师（弘法大师）回到日本后，编撰了《文镜秘府论》，向日本人介绍如何写作汉语诗文，其中完整抄录了皎然的《诗议》，正是因为这篇文章在指导诗歌创作上的重要性和实用性。后来日本人喜爱吟诵汉诗甚至写作汉诗无疑是空海法师大大的功劳，但其中也有皎然禅师小小的贡献吧。

不过皎然的"不隐迹"也曾给他带来了小小的麻烦，在与众多文人雅士的交游中，女道士李季兰对他心生爱慕之情，寄诗示好。这恰好是"隐心"的试金石，皎然当即口占一绝与原诗奉还："天女来相试，将花欲染衣。禅心竟不起，还捧旧花归。"回答既决绝又不伤情面，足见禅师的风雅。

一七令·诗

〔唐〕白居易

诗，

绮美，瑰奇。

明月夜，落花时。

能助欢笑，亦伤别离。

调清金石怨，吟苦鬼神悲。

天下只应我爱，世间惟有君知。

自从都尉别苏句，便到司空送白辞。

【品注】唐文宗大和三年(829)三月,莺飞草长,杂树生花。白居易即将离开长安前往洛阳任东都分司太子宾客,一群文人聚集在司空裴度的府邸西园为白居易送别,在场的还有刘禹锡、张籍等人。先前裴度听说白居易有一双白鹤不方便带走,便作诗请他将白鹤寄养在西园的池塘中,白居易答诗表示同意。临别之时,白居易携鹤作诗戏赠裴度,认真嘱咐白鹤在司空家要洁身自好,平步青云指日可待。裴度连忙答诗,刘、张也纷纷唱和这一雅事。酒酣之时众人联诗,裴度有句"东洛言归去,西园告别来。白头青眼客,池上手中杯",对白居易青眼有加,予以勉励。白居易则以"拟作云泥别,尤思顷刻陪。歌停珠贯断,饮罢玉峰颓"道尽依依不舍,一醉方休之情。众人你来我往,推杯换诗,一发而不可收。其后还有一次更大范围的雅聚送别活动,王起、元稹等人也参与其中。白居易作了这首一七令,念及今夜雅聚堪比当年都尉李陵惜别苏武归汉之时互相答赠七首诗的盛情。诗这个玩意儿,只有我辈欣赏,诸君领会。可以调和金石雅音,感泣天地鬼神。既言相见欢,又道离别苦。与月同辉,伴花共落。瑰丽奇美,这便是诗啊。有趣的是,不胜酒力的元稹拈得"茶"字,与酩酊大醉的文友诗敌唱起了反调。

所幸重逢的日子并不遥远,五年之后裴度也被排挤到洛阳出任闲职,接到任命后他毫无忧怨之情,而是想到即将能与刘、白等人时时文酒雅聚,半夜都笑出声来。自此唐代又多了一个以诗会友的社团,这个无组织无纪律的诗社却自有主张,裴度主张"不诡其词而词自丽,不异其理而理自新",白居易提出"歌诗合为事而作",以及刘禹锡崇尚朴素自然、高朗简逸的诗心,洛下诗风也朝着词白情切、雅俗共赏的方向发展。白居易与刘禹锡、崔玄亮、裴度、张籍、令狐楚等十多位洛下文人在闲暇时光调音抚琴、种树赏花、饮酒品茶、联句赋诗，创作了大量脍炙人口的诗篇，这个朋友圈因众人老病离散而结束，前后历时十九年。后人常常诟病白诗思想性不高，但这无疑是对诗歌赋予礼教和哲学方面的苛求。甚至苏轼青年时都看轻白居易，到老了才读懂他，以白乐天后身自居。元好问更直言陶渊明就是晋代的白居易。诗歌并非一定要言大志，也可以是纯粹的感性抒发，表现质朴的生活雅致。白居易以"感人心者莫先乎情"的理念创作，成诗之后请家中老妪通读能解方才发表著录，他更关心的是诗歌的感染力和传唱度。讲述高峻的哲理和营造玄妙的意境并非他的主要诉求，于真性情中偶得则妙。

四言古诗·二十四诗品之纤秾

〔唐〕司空图

采采流水，蓬蓬远春。
窈窕深谷，时见美人。
碧桃满树，风日水滨。
柳阴路曲，流莺比邻。
乘之愈往，识之愈真。
如将不尽，与古为新。

【品注】司空图（837—908），字表圣，自号知非子，又号耐辱居士。河中虞乡（今山西运城永济）人。唐懿宗时为侍御史，朱温弑唐哀帝自立后，司空图绝食而亡。司空图是晚唐著名诗论家，著作《二十四诗品》为传世诗论，苏轼认为其"诗文高雅，犹有

承平之遗风"。《二十四诗品》之妙在每一品以四言六韵古诗来阐述意境和韵味，分别是雄浑、冲淡、纤秾、沉着、高古、典雅、洗练、劲健、绮丽、自然、含蓄、豪放、精神、缜密、疏野、清奇、委曲、实境、悲慨、形容、超诣、飘逸、旷达和流动。

  这首《纤秾》有人解为富丽优美的意境，倘若如此却无法与其后的《绮丽》区分。若要了解"纤秾"的意韵，没有什么比细细品味这首诗来得更好了。"采采流水，蓬蓬远春"之句一出，所有人都会联想到《诗经》"采采芣苢，薄言采之"或"采采卷耳，不盈顷筐"的意象，但此处的"采采"与其后的"蓬蓬"类似，分别形容春水和春色的神采和气息。下面一句以"窈窕"形容"深谷"，却不觉突兀，因为"时见美人"的缘故。其后四句写微风拂岸，岸边桃花满树，流莺唱暖，歌声中柳荫路曲，并没有什么富丽的感觉。回过头来看看诗中有无"纤秾"二字？流水、深谷、柳荫路曲者为"纤"，远春、美人、碧桃满树者为"秾"，纤秾在诗中和谐并存，恰到好处。为什么会这样呢？"乘之愈往，识之愈真"。因为观察得越是细致深入，越能认识真实自然的意境。如此一来，意境如采采流水、蓬蓬远春一般绵绵不绝，也就能够在古人吟咏过的题材上别出新意了。"纤秾"这两个对立的词在这里构成和谐的美，但又不能简单释为和美，它是一种纤而不瘦、秾而不腴，增一分则太秾，减一分则太纤的意境，实在难以用语言诠释，读者还是自己慢慢体会吧。其实司空图用这两个字应该是有所本的，曹子建在《洛神赋》中形容宓妃的风姿"秾纤得衷，修短合度"，说的就是这种恰到好处的美。

五律·寄郑谷郎中

〔唐〕齐己

诗心何以传,所证自同禅。

觅句如探虎,逢知似得仙。

神清太古在,字好雅风全。

曾沐星郎许,终惭是斐然。

【品注】 关于诗格如何才能高雅,郑谷提出应该多到寺院熏修,"他夜松堂宿,论诗更入微。"在寺院中逗留或住宿可以净化心灵,涤荡耳目,确实有益于诗人突破瓶颈。后来他又进一步说"琴有涧风声转淡,诗无僧字格还卑",把这观点极端化了,被人诟病为教条主义。

齐己的这首诗只是平日寄赠,并非针对郑谷上述观点而作,却恰好对郑谷的诗格之论做了修善。齐己开门见山说诗心即禅心,靠的是个人体悟,正是妙论。诗歌的形式和思路都有规律可循,也有格律和技巧可学,但诗心却是教不来的。唐诗有"苦吟炼句"一脉,如杜甫的"语不惊人死不休",贾岛"二句三年得,一吟双泪流",齐己在这里比喻觅句要敢想人之不敢想,"不入虎穴焉得虎子",敢入无人曾入之境,因为"风光在险峰",所以得句之后如遇仙见佛一般。如何才是气韵形式皆雅的诗句呢?"神清太古在,字好雅风全。""太古"指盘古开辟鸿蒙后天清地爽的状态,"雅风"意为以诗经"风雅颂"的雅言正音为源流。齐己在诗中自谦说:我虽然明白道理却也不易做到,承蒙您曾经指教认可,自觉惭愧。但我还是狂放轻率,难称风雅。"星郎"即郎官的雅称,此处指郑谷。"斐然"此处解为狂放之貌。平心而论,齐己炼句的功力已然

不俗,丝毫不逊于郑谷,如《忆旧山》中之句"心清鉴底潇湘月,骨冷禅中太华秋"。虽然齐己推崇炼句但也吟诵自然朴实的句子,譬如他在《寄松江陆龟蒙处士》中写道:"道在谁开口,诗成自点头。中间欲相访,寻便阻戈矛。"是啊,诗心就是禅心,哪里有那么多的道理需要苦苦寻觅或争论不休呢?

五言古诗·送参寥师
〔宋〕苏轼

上人学苦空,百念已灰冷。
剑头唯一映,焦谷无新颖。
胡为逐吾辈,文字争蔚炳?
新诗如玉屑,出语便清警。
退之论草书,万事未尝屏。
忧愁不平气,一寓笔所骋。
颇怪浮屠人,视身如丘井。
颓然寄淡泊,谁与发豪猛?
细思乃不然,真巧非幻影。
欲令诗语妙,无厌空且静。
静故了群动,空故纳万境。
阅世走人间,观身卧云岭。
咸酸杂众好,中有至味永。
诗法不相妨,此语当更请。

【品注】后世文人对东坡与佛印和尚的风流雅事多有传颂,但从苏轼的诗文来看,提及佛印的只有数首而且多是戏赠之语。二人之间的逸事诗文多以贬低东坡为趣旨，不排除有后人杜撰戏说的成分。实际上与东坡先生唱和切磋最多的僧人却是道潜和尚，号参寥，苏诗中提到参寥的有百余首。两位雅趣相投的诗友禅客于杭州结识定交，一起观过钱塘的海潮，醉过西湖的烟雨。苏轼从杭州移守徐州，参寥专程拜谒，流连忘返；苏轼被贬黄州时参寥从杭州不远千里探望，陪伴经年；谪居惠州时参寥也遣使传书问候，坡翁读罢老泪纵横；流放海南时参寥甚至准备渡海相随但因东坡力劝作罢。两人三十年来的荣辱与共谱写了一阕风雅之词。令苏轼一往情深的还是参寥的诗才。按《宋稗类钞》记录，苏轼知徐州时尝邀参寥出席诗酒雅集，但法师不愿流连于风月之所，苏轼便派官妓马盼盼奉酒执笔向参寥索诗，意思是"人虽不到诗要到"，顺便考较一下他的定力。参寥法师不假思索提笔作诗云："多谢尊前窈窕娘，好将幽梦恼襄王。禅心已作沾泥絮，不逐春风上下狂。"苏轼见诗大喜道：我曾见柳絮落泥，以为可以入诗，不想今日被这僧占了先机。参寥的诗名自此远扬。

　　参寥法师离开徐州时苏轼以这首《送参寥师》相赠，实际上也是在探讨作诗的心境。前四韵先是称赞法师苦修和悟空的境界，百念俱灰，尘心不起。"剑头"即剑首，顶上有小孔用以穿剑穗，"映"音"谑"，以口吹尘时发出的轻声，这里是形容没有什么能够让参寥起心动念，仅存细微呼吸而已。"焦谷无新颖"，您的心又好像是烧焦的谷粒不会冒出新芽，但为什么您还要与我们这些人竞逐文采灿烂、词句雅丽呢？而且还出语新颖清警，字字珠玉。其后四韵是引用韩愈论张旭草书的观点，草圣将天地万物、喜怒哀乐汇集胸中，所以能将忧愁不平之气泄于笔端一展纸上。但难以理解的是佛门中人身似枯井，永不兴波，心境颓然淡泊，如何

也能抒发豪迈勇猛？再后四韵东坡自问自答，仔细想想所谓真实和巧妙的东西无非梦幻泡影，所以作诗的要妙不离"空"与"静"。在寂静中最能感受万物的律动，在空心中方可包罗万境的繁华。游戏人间才能够洞悉世情，静卧云岭是为了反观自身，正是这样的道理啊。随后东坡说，诗词如一道盛宴，咸酸雅正又众品杂陈，其中真味余韵悠长，耐人寻思。古人以盐（咸）梅（酸）为正味，司空图评诗有"盐梅"之论，食物以盐梅调味方美，但如果食材本身不好，调味再好也不会美味，以此辩证诗歌内容与技巧的关系，东坡于此化用。结尾两句正是诗心所在：我认为诗理与禅法本同，还请法师参详指正。道潜和尚当时道行坚深，唯独作诗及对待权贵常有忿忿不平之色，所以东坡先生此作即是诗心的自觉也是劝谏，在文学思想之外，别有深意。

从东坡的诗论来看，无疑受佛教思想影响良多，"空""静"二字是高雅的诗歌审美境界。但他并不赞成诗歌纯粹的说理谈空，而是倡导佛法的生活化、禅理的艺术化。所以后世在谈论禅宗美学之时，苏东坡是一座越不过的山坡，虽然这座山坡并没有多么高深险峻。

七绝·论诗

〔金〕元好问

晕碧裁红点缀匀，一回拈出一回新。

鸳鸯绣出从教看，莫把金针度与人。

【品注】元好问有《论诗三十首》，纵论陶谢、李杜、苏黄等人得失，颇为精彩，值得一读。这首《论诗》在 30 首之外，尤为精妙。如果不看题目，将其作为论述刺绣的文化传承也是恰当的，甚至用在禅宗公案的问答中也是见性之作。"晕碧裁红点缀匀"类似绘画中的随类赋彩，染制丝线、搭配色彩运用适宜的针法，可以绣出渐变晕染的画面，其中并无固定的格套，"一回拈出一回新"，因时而异、因人而异、因图而异。绣好的鸳鸯可以拿出来给众人欣赏，却不必将针法讲解给众人听。作诗也是如此。

有人或许会反对，你不将针与线的技艺心得讲解清楚，非物质文化遗产如何传承？这个问题很好，清代金圣叹也提过这个问题，他在评《西厢记》时就说少年时最恨元好问后面这两句，认为这是故弄玄虚的说辞，"若果知得金针，何妨与我略度？"但后来他自己也悟出了"妙处不传"的道理。作诗的格律和形式都是可以教授的，但作诗的妙处却无法口传，只可心悟。就像灵山法会上佛祖拈花示众，弟子们用语言怎么解释都不对，只有摩诃迦叶心领神会，微微一笑得授衣钵。回到最初的问题，刺绣的技艺和形式容易传承，但其中的意境和神韵却要靠个人的修行去慢慢感悟，这个意韵本是刺绣之外、融会贯通于雅道之内的精神，需要的是在传承的基础上发扬创造，"一回拈出一回新"，如何能够一一口传身授？

再来说说诗与禅的关系，如前文说到苏轼提出"诗法不相妨"，元好问则具体说"诗为禅客添花锦，禅是诗家切玉刀"。宋人韩驹在《赠赵伯鱼》一诗中更明言："学诗当如学参禅，未悟且遍参诸方，一朝悟罢正法眼，信手拈来皆成章。"确实是至理，但就一首诗而言，过于直白缺少趣味，不如元好问的这首"禅诗"来得妙趣横生。

七绝·水口行舟二首（之一）

〔宋〕朱熹

昨夜扁舟雨一蓑，满江风浪夜如何？

今朝试卷孤蓬看？依旧青山绿树多。

【品注】 朱熹（1130—1200），字元晦，又字仲晦，号晦庵，祖籍徽州府婺源县（今江西婺源），出生于南剑州尤溪（今属福建尤溪）。对于"存天理灭人欲"的理学家，人们通常以为他是寡情少趣之人，其实不然，朱熹也是深解雅趣的。有一回他去拜访隐士郑樵，招待他的只有一盘姜、一碟盐。饭后他拿出手稿请郑樵指点，郑樵将文稿置于案上，焚起一炷香，清风徐来，文稿被一页一页地翻过。风止后，郑樵将它还给朱熹。二人促膝长谈良久，临别时郑樵目送朱熹离开。朱熹的童子认为郑樵礼数不周，一路上愤愤不平。朱熹笑着说：盐出于海，姜生于山，招待我的不就是"山珍海味"吗？阅览手稿前焚香，这是对文章和作者莫大的尊重。借风翻页，以心观书，是为高雅之人。童子恍然大悟，转过山坳回头望去，黄昏中一个模糊的身影依稀站在那里。

很多时候文士的风雅并不一定要借重具体的器物，但诗文的陪伴和慰藉大概是少不了的。庆元三年（1197）继"理学"被定为"伪学"后，朱熹被罢官后又被列为"逆党"，在众弟子力劝下他离开武夷精舍暂避风头，乘船下古田游历闽东南。途经闽关水口时，一夜风雨后得诗二首。"昨夜扁舟雨一蓑"，一位艄公的形象跃然眼前。他独坐船头身披蓑衣，任凭风雨飘摇依然淡定如初，令人肃然起敬。朱熹在船舱内却有些忐忑，不禁问道："满江风浪夜如何？"艄公头也不回，答道："想知道的话，自己不会卷起帘篷看看？"孤篷卷起，豁然开朗，"依旧青山绿树多"。想必读者都能够从行舟的雅情中读出朱熹的志趣。在党禁高压下的流亡之人能写出这样的诗句，其雅量非同一般。苏洵以"泰山崩于前而色不变，麋鹿兴于左而目不瞬"为治心之道，这同样可以作为治雅之道。魏晋的名士风雅常常难分高下，有一次谢安与王羲之、孙兴公等人泛舟出海，一时风浪大作。王、孙都大喊着要掉头回去，谢安却一直安坐，时而吟诵诗歌，时而吹着口哨。随后风浪更急，众人都站起来惶惶不可终日的时候，谢安缓缓地说：请坐好，不然大家都回不去了。事后人们都认为谢安的雅量高于众人。雅道的力量正是如此看不见、摸不着，却足以安邦定国。

丑奴儿近·博山道中效李易安体

〔宋〕辛弃疾

千峰云起，骤雨一霎时价。更远树斜阳，风景怎生图画？青旗卖酒，山那畔、别有人间，只消山水光中，无事过这一夏。

午醉醒时，松窗竹户，万千潇洒。野鸟飞来，又是一般闲暇。却怪白鸥，觑着人、欲下未下。旧盟都在，新来莫是，别有说话？

【品注】辛弃疾（1140—1207），字幼安，号稼轩居士，高宗绍兴十年出生在金国治下的济南府历城（今山东济南历城）。金主完颜亮攻略蔡州之时，年仅弱冠的辛弃疾聚众两千人起事，豹胆枪挑连营，虎威刀斩叛将，投奔南宋，但朝廷忌惮他的出身并未委以重任。二十年后辛弃疾隐居江西上饶带湖之畔的稼轩，效仿陶靖节门前植五柳，院内开三径，以雅道自娱。又过了二十三年，韩侂胄主持"开禧北伐"，将辛弃疾召回临安，然而当年昏庸的赵

王如今变成了赵皇,终是报国无门的稼轩居士只能一声长叹:"凭谁问、廉颇老矣,尚能饭否?"郁郁而终。与之相应的是,稼轩居士的诗词风格也随着自身际遇变得丰富多彩。

李清照,字易安,与辛弃疾同为济南人,一个婉约,一个豪放。"泉城二安"可谓是撑起了南宋词坛的半壁江山。李清照曾写过一篇《论词》,提出"词别是一家",认为欧阳修、苏东坡等人以诗入词并非真正意义上的词。因为词是配合曲来唱的,并非只是拿来阅读,所以词除了像诗一样讲究平仄押韵之外,还要讲究唇齿喉舌鼻五音,宫商角徵羽五声,黄钟、太簇、姑洗、蕤宾、夷则、亡射的六律以及清浊轻重之音,等等。一时文人群起而攻之,认为女流之辈妄议诗词,蔑视豪放之风。对此辛弃疾没有说什么,而是在博山道中漫游时默默地作了这首词。若不看题目和作者,谁能想到是稼轩之词?若是拿来一唱更是清秀婉转。没有乐谱怎么唱?随便找一个句长相近的现代歌曲就好。例如可以将这首词套入徐小凤《明月千里寄相思》的曲子,一试便知。"觑"音"去",眯眼观瞧。"白鸥之盟"为相约归隐之喻。或许有人认为这是稼轩在声援济南老乡的意思,其实辛弃疾什么意思都没有,他只是说:不要把我贴上什么标签,我爱东坡的"大江东去",也爱易安的"冷冷清清"。我可以诗文入词、以典故入词、以俗语入词,只要情真意雅,管他什么豪放婉约,我就是我,不一样的词客。

鹧鸪天·元夕有所梦

〔宋〕姜夔

肥水东流无尽期,当初不合种相思。
梦中未比丹青见,暗里忽惊山鸟啼。

春未绿，鬓先丝，人间别久不成悲。
谁教岁岁红莲夜，两处沉吟各自知。

【品注】姜夔之所以在南宋词坛能够自成一家，正是因为他对北宋以来词风的雅俗之辨有了深刻的认知，同时触类旁通琴道和书法等雅道精髓，以此纵横词林，从而被奉为雅词正宗。白石道人既得范成大和杨万里的垂青，又得稼轩叹服唱和，连理学家朱熹都对他的诗词赞赏有加。但这些都是虚名，白石道人著有《诗说》一卷，其中的雅俗之论道出端倪。例如"人所易言，我寡言之，人所难言，我易言之，自不俗"。作诗能言人之所不能，自能免俗。又如"语贵含蓄……句中有余味，篇中有余意"者善之又善。还有一句稍微费解，"文以文而工，不以文而妙，然舍文无妙，胜处要自悟"。第二个"文"字指风雅颂赋比兴的修辞，也就是说诗文修辞恰当的可称工整，修辞不露痕迹的可称高妙，但完全没有修辞的却毫无妙处可言，其中的胜妙之处自己去感悟。

稍微熟悉姜夔的人都知道，他年轻时在庐州有一段未了情缘。庆元三年（1197）元夕之夜，白石道人梦见昔日恋人而填词，彼时距离二人分别已经二十余载，足见其用情至深。肥水穿过庐阳向东流入巢湖，思念也向东流入了姜夔的梦里。旧日的恋情是一般人不愿也难以启齿的，姜夔用一个"当初不合种相思"表达得巧妙含蓄，又带着无奈。"种"字于情于理都十分妥帖，道出了如今品尝着相思苦果的前因。先前看画中人是平面影像，梦中的立体之像本应更真实但却比图画来得模糊，难道是时间久远淡忘了吗？并不是，只怪山鸟没来由地啼叫，惊醒了词人的浅梦。醒来，"春未绿，鬓先丝"的惆怅油然而生，却早已没有了悲伤之情，哀莫大于心死啊。"红莲"指春节悬挂的红莲灯笼,"谁教"是明知故问的妙语,一种相思,两处沉吟,你知我知罢了。末句写得含蓄深沉,潜台词正是"相思相见知何日?此时此夜难为情!"(李白《秋风词》)。再回过头看看,"种相思""春未绿"的"比","肥水东流""夜夜红莲"的"兴",不露痕迹,正是"文不以文而妙"的典范。

虞美人·听雨

〔宋〕蒋捷

少年听雨歌楼上,红烛昏罗帐。壮年听雨客舟中,江阔云低,断雁叫西风。

而今听雨僧庐下,鬓已星星也。悲欢离合总无情,一任阶前,点滴到天明。

【品注】 蒋捷(约1245—1305),字胜欲,号竹山,阳羡(今江苏宜兴)人。南宋咸淳十年(1274)进士。南宋覆灭后隐居不仕,气节为时人所重。蒋捷工于词,与周密、王沂孙、张炎并称"宋末四大家",因"流光容易把人抛,红了樱桃,绿了芭蕉"之词被时人称为"樱桃进士"。

阴雨天气素为常人所不喜,出门不便,情绪低落。但在雅士眼中,听雨却是雅事一桩。李商隐把雨声当作琴声,"逡巡又过潇湘雨,雨打湘灵五十弦"。陆游将雨滴视为禅友,"老去同参惟夜雨,焚香卧听画檐声"。白玉蟾舟中听雨,却勾起吃茶念头,"雨来闹秋江,全似茶铛沸"。"雨打梨花深闭门,忘了青春,误了青春"则是唐伯虎讲述的相思之情。常人听雨为何听不出这些风雅呢?其实雨声本身并没有什么风雅,听雨的心雅了,雨声便雅了。

柳宗元说"美不自美，因人而彰"，故而也可以说"雅不自雅，因心不俗"。竹山先生这首词的妙处在以听雨贯穿全词，道出了人生百年的境况，点点滴滴落在心头。少年听雨，如歌楼上的情思，缱绻缠绵。中年听雨，敲击船篷的是点点离情和乡愁。如今再听，已是白头。坐于僧房之下，回忆多情却是无情，无情方是有情。雨滴似木鱼之声，声声滴到天明。从少年不识愁滋味，到中年识尽愁滋味，再到晚年不识愁滋味，这三重境界如同"见山是山"，是洞彻心性的智慧，也是中国人最能品味的风雅。

七律·秋尽

〔宋〕戴表元

秋尽空山无处寻，西风吹入鬓华深。
十年世事同纨扇，一夜交情到楮衾。
骨警如医知冷热，诗多当历记晴阴。
无聊最苦梧桐树，搅动江湖万里心。

【品注】 戴表元（1244—1310），字帅初，一字曾伯，号剡源，奉化剡源（今属浙江奉化溪口）人。南宋咸淳七年（1271）进士，入元后长期不仕。后被荐为信州教授，改调婺州，以疾辞归，晚年以诗书终身，著有《剡源集》。戴表元诗文创作力倡扫除宋末的颓靡，恢复唐风，同时因其身处国变，追思难忘，在清健的风格中融入了一份深沉，名重一时。

这首晚秋之咏写得别有情韵，秋花落尽，唯余空山本是司空见惯的秋景，诗人却自设问答。为何秋色无处寻？原来是"西风吹入鬓华深"。连同这秋风染白两鬓的还有无尽的秋思。纨扇的典

故是班婕妤见弃的感伤,但对戴表元来说它寄托的是十年世事两茫茫的哀思。"楮衾"音"楚亲",即纸制的被衾,白玉蟾有"楮衾不暖不成眠"之句。宋人不单有纸被、纸帐,还有纸盔甲,这种纸的工艺和质量令人瞠目结舌。"一夜交情到楮衾"用语亦新奇,此处应该指与某位友人秉烛夜谈、同榻而眠的雅事。戴表元大概也是第一个将风湿病入诗的人,当寒暑冷热交替时,骨头都会发出警报提醒自己该吃药了。诗作多到像日记,回头翻看甚至可以当作气象日历。诗以言志,歌以言情,苦闷孤寂之情是有多么浓重才需要如此多的诗歌来抒发啊。最后一韵是点睛之笔,自己身体的病痛和心情的郁结都不算什么,"无聊最苦梧桐树,搅动江湖万里心"。彻底将积压的情感喷薄而出,令人久久不能平息。

这首诗是感人至深的,出于种种原因一些词句隐晦,如果了解诗作背景则更能领会其感染力。成诗的时间在元朝至元十六年(1279),一个不寻常的多事之秋。这一年崖山海战后南宋宣告彻底灭亡,文天祥在上一年冬天被俘,此时已被押解至元大都,生死未卜,这些应该就是诗题"秋尽"的隐喻。诗人从咸淳七年春试登第到此时,算来将近十个年头,只不过这如纨扇一朝见弃的不是某个人,而正是他的故国。虽然没有直接证据表明诗中的"一夜交情"指的就是文天祥,但不妨大胆假设。众所周知文天祥被俘后作《过零丁洋》表明心志,但另外还有两首《重阳》诗在文人之间广为流传,其中有这样的诗句:"万里飘零两鬓蓬,故乡秋色老梧桐。""江南秋色满梧桐,回首青山万事空。"文天祥借梧桐抒发对故国浓浓的眷恋和离愁,一路羁押北上,深深地牵动着每一个士子之心。"无聊最苦梧桐树,搅动江湖万里心。"剡源先生吟出此句,潸然泪下。

七绝·遣兴

〔清〕袁枚

但肯寻诗便有诗，灵犀一点是吾师。
夕阳芳草寻常物，解用多为绝妙词。

【品注】随园主人一生力主"性灵"之说，将诗词从礼法和教条的桎梏中解救出来，自然免不了受到卫道士的玷污诟病。被腐儒扫地出门的袁子才虽然称不上"儒雅"，却当得起"风雅"二字。无论是纵情山水、醉心营造，抑或是莳花灌园、藏茶论茗，乃至经营酒肆、著录食谱，都贯穿着性灵之美。

对于诗的"性灵"，袁枚如是说，作诗并非难事，不需要教条形式也不需要名师指点，只要你有心去寻觅，朝夕体会，日思夜想，灵光乍现之时就是了。纵观心有灵犀的古人莫不如此，李长吉骑驴囊墨，灵感随起随记。欧阳修"三上"思文，不废马上、枕上、厕上之片刻，方得成就案上、会上、庭上之才情。作诗刻意求新求奇不难，却不可取。难在将夕阳芳草这样的寻常事物用诗心观察揣摩，写出别出心裁的妙句。反过来说，能够化腐朽为神奇的就是高手。

或许有人质疑如此高妙的诗论，为何袁枚没有开宗立派、诗脉长流？一来以清代政治文化的保守之风，缺乏唐宋元明诗社词派繁衍的土壤；二来性灵之论本身就是摒弃门户之见的，个人依个人之性，自家抒自家之灵。但袁枚的诗论无疑是清代影响最为深远的，至今读来仍掷地有声。对于褒贬古人而自重的流俗，他说"不相菲薄不相师，公道持论我最知"。面对时人作诗务求险峭的风气，他笑称"诗人用笔求逼峭，何不看山到浙西"？有人反对苦思，以简率粗放为雅，他以阿婆梳头自谑，"爱好由来落笔难，

一诗千改心始安。阿婆还是初笄女,头未梳成不许看"。谈及诗者当以何为重,他说"品画先神韵,论诗重性情",厘清了前人的纷纭,诗不是文章应以道理为重,诗也不是绘画应以神韵为重,诗就是诗,以性情为重。立于诗坛摇旗呐喊的袁枚并不孤单,赵翼与之呼应道:"只眼须凭自主张,纷纷艺苑漫雌黄。矮人看戏何曾见,都是随人说短长。"诗人不应时而效从魏晋,时而崇仿唐宋,或必称李杜为尊,或唯言苏黄为雅,赞一个贬一个。一会儿奉为宗师,一会儿拉下神坛,人云亦云的跟风最是不可耐之俗。

七律·咏史

〔清〕龚自珍

金粉东南十五州,万重恩怨属名流。
牢盆狎客操全算,团扇才人踞上游。
避席畏闻文字狱,著书都为稻粱谋。
田横五百人安在,难道归来尽列侯?

【品注】 龚自珍(1792—1841),字璱人,号定庵,仁和(今浙江杭州)人,晚年寓居昆山羽琌山馆。这个在"万马齐喑究可哀"的世风下,在暴雨前黄昏中独立的先觉者,低诵着,愁唱着,笑叹着,呼唤着,在三十二年间吟出了315首诗,道光十九年(1839)集结成己亥杂诗。龚自珍之诗得于雄健,在清代一片颓丧哀吟之中尤显刚毅。不过他也认识到自己的诗作缺乏一些意境和情韵,"不能古雅不幽灵,气体难跻作者庭"。只能说鱼和熊掌不可兼得的时候,他选择了熊掌的雄健吧。

"金粉"形容富庶和声色之盛。既然是"咏史",此处的"东南"

并非泛指江南,而是吴越国治下的浙江及福建北部地区,共15州、军。黄庭坚在末代国君钱俶的画像赞中有句"提十五州,共为帝民"。"万重恩怨属名流"这句话很有意思,读者可以细想一下普通百姓的恩怨与金粉世家的恩怨有什么不同?"牢盆"本义为煮盐器具,借指盐商富户;"狎客",狎玩声色、溜须拍马之人。清代盐商巨贾捐官的现象十分普遍,目的是实现政治经济上的双重垄断,确实是"操全算"。"团扇"又称纨扇、宫扇,"团扇才人"指歌伎伶人。彼时歌伎的产业兴旺发达,她们从小被培养琴棋书画、诗词歌赋等各种技能,色艺上乘者被权贵富商所追捧,其财富和社会地位不亚于今天的演艺明星,的确是"踞上游"。权贵富商们在纸醉金迷,那文人又在做什么呢?"避席畏闻文字狱,著书都为稻粱谋。"士林噤若寒蝉,都怕因文字狱掉脑袋,所以埋头写书,但并非为了做学问,只为名闻利养罢了。可叹世间已无田横,再也没有以死殉节的五百义士了。"难道归来尽列侯?"反讽的是时下士人的气节。龚自珍的讽刺酣畅淋漓,读来痛快。虽作"咏史"之名,却完全是社会现实的反映,并且带有超越时代的共性。越是所谓的"盛世",越需要警醒,这首诗可算作是对形式主义之雅以及奢靡孱弱之风的一种反思。

五律·梦洞庭

〔清〕释敬安

昨夜梦洞庭,君山青入瓶。
倒之煮团月,还以浴繁星。
一鹤从受戒,群龙来听经。
何人忽吹笛,呼我松间醒。

【品注】释敬安（1851—1912），俗名黄读山，法号敬安，字寄禅。湖南湘潭（今湖南湘潭）人。曾于宁波阿育王寺燃二指，又剜臂肉燃灯供佛，人称"八指头陀"。敬安法师工诗，尤长于五律，意境空灵，冲澹幽雅。晚年主持宁波天童寺，后被推举为中华佛教总会首任会长。法师于中华民国元年（1912）圆寂，可谓是中国封建王朝的最后一位诗僧，也是共和时代的第一位诗僧。

这首《梦洞庭》成诗于宣统元年（1909），以家乡的洞庭湖为背景展开了一段奇妙的梦幻之旅。在梦中不知是天地缩小了，还是法师变大了，洞庭湖中的君山青青堪入一瓶，煮的团月、洗的繁星不知是天上之物，还是湖中之影。更有一鹤翩翩趋前受戒，群龙盘盘稳坐听经。忽听一声竹笛，吹破睡境，原来是松间一梦。其实天地没有缩小，法师也没有变大，只不过有了一颗空灵清澈的心，便可包容天地万物。诗歌充满了浪漫主义的想象，如同庄子见北冥之鱼，列子梦御风而行。同时也有"云在青天水在瓶"的禅机和随缘度化众生的宏愿。凡此种种诗意禅趣的由头却是法师可以放下身心，安卧于松间的雅兴。

所谓诗歌，没有绝对的美丑对错，但有相对的雅俗之别，真切为雅，虚夸为俗；朴质为雅，堆砌为俗；新趣为雅，陈滥为俗；余韵不绝为雅，乏味空洞为俗；温柔敦厚为雅，狂妄刻薄为俗；润物无声为雅，礼教绳人为俗；乐而不淫为雅，意象露骨为俗；哀而不伤为雅，凄惨絮叨为俗。言而总之，诗词之雅在志在情，

文字和声律之雅为次。文字与声律经历时空变迁易于流转，后人各执一词，徒惹笔墨官司。后世的形意之变会产生歧义，音律之变令人难读唐宋雅音，但无论如何，我们都能读懂其中意境和韵味继而感动唏嘘，大抵是因为诗歌的情志之雅吧。没有人能够选择出生的地域和时代，但在诗中，我们可以遨游江南塞北上下五千年。没有人能够自如地穿越古今，但有了诗，我们可以遍邀心仪之友共聚一堂。孔子说"不读诗何以言"，现代人可能不以为然，难道不读诗就不会说话了？其实孔子所说的"言"指的是雅言，诗词中的雅言正是五千年中华文明不曾中断的文化密码。在研究和研习雅道方面，诗词也是前人留给我们的一把钥匙。关于古典诗歌如何与不同时代风貌结合，臻于雅俗共赏的境地，苏东坡和黄庭坚有着相同的论述："以俗为雅，以故为新。"苏黄在雅俗的平衡点上对诗歌创作者提出了要求，以俗言俗事入诗词但要写出高雅的风尚和情趣，对于旧事典故赋予新时代的新观察和新思考。他们没有提及的是，诗歌的欣赏者也应向着这个平衡点靠拢，"脱俗沐雅，温故知新"。倘若诗歌的创作者和欣赏者两相靠拢，会于中道，古典诗词的复兴则指日可待。

后 记

　　每一个中国人都有雅的权利,并非只在有钱有闲阶层。抱怨无钱无闲的人,会在心智成熟后发现所谓有钱和有闲只在心境中相对而言,无论是富是贫都可以高雅或低俗。富而骄奢猎奇便俗了,贫而志短颓丧便俗了,专务博人眼球的炫富或哭穷更是俗了。人们通常认为雅是小众的情调或是古人的品味,这在某种程度上说有一定道理,但这不是雅俗之辨的本质。不能简单地说雅就是极少数人喜欢的东西,大多数人喜欢的就是俗;更不能粗暴地说古者雅,今者俗。雅在于返璞自然、归真自性的创造,如果大众能对古人流传下来的雅道内容和形式进行因时、因地、因人制宜的再创造,便不会流俗。所以说雅与俗的分野也不在寡众和古今,而在继往开来的创造或是因循守旧的跟风。近人能写一手清隽的小楷,大概会被认为是极雅的,但陈独秀看了沈尹默的字说"其俗入骨",后者默然接受,刮骨疗伤,遂成一代书家。陈氏的雅俗之论是从艺术高度对于独创性提出的更高要求,沈尹默早年专研帖学,不逾古人规矩,所以被讥评为"俗"。生活之雅虽然没有那么严苛,但是也需根据个人气质、家庭状况和经济条件将雅道的内容和形式化为己用,才不至于沦为附庸风雅。

　　从书中的诗词不难看出,"雅道如禅"是众多先贤的共识。故而"雅"字无须成天挂在嘴边或是四处寻觅,它就在每个人的内心深处,就在平日的行住坐卧一言一行之中。名利之中无雅道,雅道之中有衣食,研习雅道也如参禅一般,愈是执着于名闻利养,愈容易流俗。愈是执着于功德成就，离雅道愈远。今天有不少人以雅道为职业，从雅道传播上讲是一件好事。但我们应该看到古代的雅士通常不会专业从事某一项雅道，并以此为生的，所以他们能够抛弃功利心也抛弃所谓专业的条条框框，创造出个性的风尚，雅意斐然。雅是一种恰到好处的精神追求，也是自发自觉的精神需要，来不得半点执着和勉强。雅与俗，如同佛与魔，只在一念之间。明白这样的道理，在弘扬雅道的过程中应该更加精进，而对于结果则应该更加随缘。

纵观中国历史，一个时代的雅道繁荣程度与其整体创造力和文化水平总是相应的，当我们复兴中华民族传统文化时，雅道的复兴首先被触动。这比起空谈些口号或照搬些良莠不齐的传统风俗也更能"润物细无声"。本着这样的想法，笔者虽然才疏学浅也勉力梳理了中国古代关于雅道八项的诗词并做粗略的品注，希望对有志于复兴雅道的青年才俊有所裨益。过去百年，我们如一个家道中落的遗腹子，曾经质疑甚至否定先辈的荣光和风雅。希望在中华民族复兴之路上，能有更多的人对传统雅道进行思辨和继承、发扬与创造，使之继续成为新时代的中国文化符号。

甘达

2021 年 3 月 21 日

参考文献

[1] 刘义庆. 世说新语 [M]. 夏华, 编译. 沈阳：万卷出版公司, 2013.10

[2] 高濂. 遵生八笺 [M]. 成都：巴蜀书社, 1988

[3] 冯梦龙. 古今笑 [M]. 季静, 评注. 北京：中华书局, 2008.7

[4] 茶典：《四库全书》茶书八种 [M]. 上海：商务印书馆, 2017

[5] 王旭烽. 茶与茶人 [M]. 台北：漫游者文化事业股份有限公司, 2017.12

[6] 花谱：《四库全书》宋人花谱九种 [M]. 上海：商务印书馆, 2019

[7] 张谦德, 袁宏道. 瓶花谱瓶史 [M]. 张文浩, 孙华娟, 编著. 北京：中华书局, 2018.1

[8] 许淑真. 中国花艺 [M]. 北京：中信出版社, 2017.7

[9] 洪刍. 香谱 [M]. 田渊, 整理校点. 上海：上海书店出版社, 2019.9

[10] 周嘉胄. 香乘 [M]. 日月洲, 注. 北京：九州出版社, 2019.10

[11] 朱长文. 琴史 [M]. 北京：中国书店. 2018.2

[12] 孙过庭. 书谱 [M]. 郑晓华, 编著. 北京：中华书局, 2015.8

[13] 陈思撰. 书小史 [M]. 北京：中国书店. 2018.2

[14] 赵孟頫. 雪松斋, 题跋 [M]. 杭州：浙江人民美术出版社, 2017.1

[15] 俞丰. 经典碑帖释文译注 [M]. 上海：上海书画出版社, 2009.12

[16] 郭思. 林泉高致 [M]. 杨伯, 编著. 北京：中华书局, 2014.7

[17] 故宫藏画大系 [M]. 台北：台北故宫博物院, 2016.8

[18] 李霖灿．中国名画研究［M］．杭州：浙江大学出版社，2013.9

[19] 周克文．中国书画鉴定［M］．上海：东方出版中心，2017.2

[20] 苏易简．文房四谱［M］．石祥，编著．北京：中华书局，2015.11

[21] 杜绾．云林石谱［M］．寇甲，孙林，编著．北京：中华书局，2015.11

[22] 曹昭，王佐．格古要论［M］．赵菁，编．北京：金城出版社，2012.5

[23] 朱象贤．印典［M］．方小壮，编著．北京：中华书局，2012.5

[24] 王世襄．锦灰堆（合编本）［M］．上海：生活•读书•新知三联书店，2014.1

[25] 陶潜．陶渊明集［M］．扬州：广陵书社，2018.1

[26] 谢思炜．白居易诗集校注［M］．北京：中华书局，2009.11

[27] 苏轼．苏轼诗集［M］．王文浩，辑注．孔凡礼，校点．北京：中华书局，2012.6

[28] 苏轼．苏轼文集［M］．茅维，编．孔凡礼，校点．北京：中华书局，2013.7

[25] 杨万里．杨万里集笺校［M］．辛更儒，笺校．北京：中华书局，2007.9

[29] 郭茂倩．乐府诗集［M］．沈阳：万卷出版公司．2008.11

[30] 袁宏道．袁中郎全集［M］．上海：世界书局．1935.11

[31] 林语堂．晋唐心印［M］．北京：外语教学与研究出版社，2015.2

[32] 林语堂．明清小品［M］．北京：外语教学与研究出版社，2015.2

[33] 胡兰成．中国文学史话［M］．西安：中国长安出版社，2013.6

[34] 程俊英．诗经译注［M］．上海：上海古籍出版社，2016.4

[35] 魏耕原. 先秦两汉魏晋南北朝诗歌鉴赏辞典[M]. 北京：商务印书馆国际有限公司，2012.1

[36] 吴小如. 汉魏六朝诗鉴赏辞典[M]. 上海：上海辞书出版社，2016.9

[37] 全唐诗[M]. 上海：上海古籍出版社，2019.8

[38] 彭定求. 全唐诗[M]. 北京：中华书局，2012.7

[39] 缪钺. 宋词鉴赏辞典[M]. 上海：上海辞书出版社，2018.10

[40] 唐圭璋. 全宋词[M]. 北京：中华书局，2019.9

[41] 元明清诗鉴赏辞典[M]. 上海：上海辞书出版社，2018.3

[42] 元明清词鉴赏辞典[M]. 上海：上海辞书出版社，2018.3

图书在版编目（CIP）数据

雅道诗词 / 甘达编著. — 上海：文汇出版社，2021.7
（禅艺文化丛书 / 纯道主编）
ISBN 978-7-5496-3529-0

Ⅰ. ①雅… Ⅱ. ①甘… Ⅲ. ①古典诗歌－诗集－中国 Ⅳ. ①I222

中国版本图书馆CIP数据核字(2021)第091384号

雅道诗词

丛书主编：纯　道
编　　著：甘　达
责任编辑：竺振榕
特约编辑：郭伟涵
装帧设计：蔡沪建

出版发行：文汇出版社
　　　　　上海市威海路755号
　　　　　（邮政编码200041）
经　　销：全国新华书店
印刷装订：上海新文印刷厂有限公司
版　　次：2021年7月第1版
印　　次：2021年7月第1次印刷
开　　本：787×900　1/16
字　　数：221千字
印　　张：19.75

ISBN 978-7-5496-3529-0
定　　价：68.00元